西安文理学院中国古代文学省级重点学科资助项目

"张籍、王建体"研究

于展东 ◎ 著

中国社会科学出版社

图书在版编目（CIP）数据

"张籍、王建体"研究/于展东著.—北京：中国社会科学出版社，2017.6
ISBN 978-7-5161-9283-2

Ⅰ.①张… Ⅱ.①于… Ⅲ.①张籍(766-约830)—人物研究 ②王建体—人物研究 ③唐诗—诗歌研究 Ⅳ.①K825.6 ②I207.22

中国版本图书馆 CIP 数据核字(2016)第 270798 号

出 版 人	赵剑英
责任编辑	郭晓鸿
特约编辑	席建海
责任校对	张依婧
责任印制	戴 宽

出　　版	中国社会科学出版社
社　　址	北京鼓楼西大街甲 158 号
邮　　编	100720
网　　址	http://www.csspw.cn
发 行 部	010-84083685
门 市 部	010-84029450
经　　销	新华书店及其他书店
印刷装订	北京君升印刷有限公司
版　　次	2017 年 6 月第 1 版
印　　次	2017 年 6 月第 1 次印刷
开　　本	710×1000　1/16
印　　张	19.75
插　　页	2
字　　数	252 千字
定　　价	88.00 元

凡购买中国社会科学出版社图书，如有质量问题请与本社营销中心联系调换
电话：010-84083683
版权所有　侵权必究

目　录

绪　论 ……………………………………………………………… 1

上编　"张籍、王建体"综论

第一章　"张籍、王建体"的创作背景 ………………………… 19
　第一节　唐王朝由盛到衰的巨大转折 ………………………… 21
　第二节　文学创作由理想到写实的转变 ……………………… 25
　第三节　儒释道多元思想的同生共长 ………………………… 34

第二章　"张籍、王建体"内涵考论 …………………………… 40
　第一节　张籍、王建之间的交游及并称的由来 ……………… 40
　第二节　"张籍、王建体"内涵考论 …………………………… 46

中编　"张籍、王建体"的基本内涵：
"张王乐府"创作

第三章　张籍、王建的乐府诗创作（上） …………………… 57
　第一节　唐人关于乐府的几个概念 …………………………… 57

· 1 ·

第二节　初盛唐时期乐府诗的创作概况 …………………… 62
第三节　"张王乐府"创作概况 …………………………… 75

第四章　张籍、王建的乐府诗创作（下） ………………………… 84
第一节　平民写实意识对生活的广泛观照 ………………… 85
第二节　"略去葩藻、求取情实"的艺术风格 …………… 124
第三节　张籍、王建乐府诗之不同 ………………………… 142
第四节　张王乐府与元白乐府之不同 ……………………… 148

下编　"张籍、王建体"的另一层内涵：
张籍、王建的近体诗创作

第五章　张籍、王建的五言律诗 ………………………………… 159
第一节　清丽深婉、平淡可爱——张籍的五言律诗 …… 162
第二节　苦心体物、俗情入诗——王建的五言律诗 …… 176
第三节　王建五律与姚合五律的比较 ……………………… 183

第六章　张籍、王建的七言律诗创作 …………………………… 188
第一节　初唐至中唐七言律诗的发展概况 ………………… 188
第二节　张籍、王建的七言律诗创作 ……………………… 193

第七章　张籍、王建的绝句创作 ………………………………… 222
第一节　张籍的绝句创作 …………………………………… 222
第二节　王建的绝句创作 …………………………………… 227
第三节　王建《宫词》论析 ………………………………… 233

余编 "张籍、王建体"的贡献及影响

第八章 张籍、王建的贡献及影响 ………………………………… 243
　第一节 张籍、王建与中唐两大诗歌流派领袖人物的交游 …… 243
　第二节 张籍、王建的贡献及影响 ………………………………… 257

附录一 张籍、王建有关佛、道的作品名录 ……………………… 274
附录二 唐人写给张籍、王建二人的赠诗 ………………………… 278
参考文献 …………………………………………………………… 298

绪　　论

一　研究对象简介

本书的研究对象为"张籍、王建体",对张籍、王建诗歌进行了全面深入的考察。张籍、王建是中唐时期两位重要的诗人,宋人严羽在《沧浪诗话·诗体》"以人而论"中特别拈出"张籍、王建体"[①]。能在严羽所标举的唐人诗体的二十四体中占得一体是非常不易的一件事,而且严羽能把其与沈宋、陈拾遗、王杨卢骆、张曲江、少陵、太白、高达夫、孟浩然、岑嘉州、王右丞、韦苏州、韩昌黎、柳子厚、李长吉、李商隐、白乐天、元白、杜牧、贾浪仙、孟东野等一流诗人、名家相提并论,显然,其必有高出其他众多诗人的卓异之处,且对诗歌的发展做出了自己特殊的不可磨灭的历史贡献,否则是很难获得这一殊荣的。张籍存诗约485首,王建存诗约539首。张、王二人并称的最初原因是他们在当时相对大量地创作乐府诗并取得了一定的成就,所以他们被后人并称为"张王乐府"。但笔者经过仔细考察,发现张籍、王建二人除了在乐府诗创作上呈现出的共性特点之外,他们二人的近体诗创作,在中晚唐亦自成一家,呈现出平易浅近、尚实

---

① (清)何文焕:《历代诗话》下册,中华书局2004年版,第689页。

尚俗的共性特点。所以，笔者认为"张籍、王建体"之所以得以流传，还有一个非常重要的原因是张、王二人在近体诗创作实践中表现出来的共性、成就。

诗到盛唐，在意境创造上已达到了炉火纯青的程度，声律、风骨兼备，风情远韵臻至。含蕴深厚、韵味无穷而又出以自然之美的诗，可以说已至极境。在经过大历至贞元中那样一个徘徊的过渡期之后，诗人们开始寻找出路了。他们中的一部分人一变盛唐诗歌那种风骨远韵、多层意境、理想化的倾向，而转向写实、写得通俗详尽。当白居易还没有形成自己的风格，还没有像他后来那样追求尚实、尚俗、务尽的诗风的时候，张籍和王建已经向通俗化的探索认真走近一步，开始在这方面下功夫了。胡震亨《唐音癸签》卷7引高棅语云："大历以还，乐府不作，独张籍、王建二家体制相近，稍复古意，或旧曲新声，或新题古意，词旨通畅，悲欢穷泰，慨然有古歌谣之遗，亦唐世流风之变。"[①] 胡应麟《诗薮》内编卷五说："张籍、王建略去葩藻，求取情实。"[②] 可见，张籍、王建二人在诗歌发展史上自有其重要意义。

因此，"张籍、王建体"研究自有其价值：第一，对于考察盛唐到中唐这一时期的文学风貌来说，张籍、王建是一个不可忽视的"点"，而且是一个可以以小喻大的"切入点"；第二，考察唐代乐府诗歌发展过程，张籍、王建是不可绕过的一"站"；第三，学界对于张籍、王建的研究历来多集中在其乐府诗歌上，对于其近体诗歌的研究相对比较薄弱。所以，对于张籍、王建体诗歌作一个综合的研究，颇有必要。我们期望本书中对张籍、王建体诗歌创作进行一个较为全面的研究，进而更清楚地了解"张籍、王建体"的含义、特点，考察张籍、王建二人诗歌创作在诗史的流变过程中的地位。

---

① （明）胡震亨：《唐音癸签》卷7，上海古籍出版社1981年版，第66页。
② 转引自陈伯海主编《唐诗汇评》中册，浙江教育出版社1995年版，第1518页。

二 研究史回顾

古代及近代有关张籍、王建的批评及相关资料，散见于一些诗歌、序跋及诗话著作中，多着眼于其乐府诗歌和艺术欣赏等几个方面，更多地体现出一种直观式的感悟，东鳞西爪，缺乏系统的分析与论证，甚至有一些仅对一首诗或其中一两句加以论述，终显格局太小。

20世纪前半叶，除了在通史或断代性质的诗歌史、批评史、文学史著作中偶尔提及张籍、王建之外，研究论著几乎是一片空白。到了后半叶，相关张籍、王建的研究逐渐多了起来。20世纪张籍、王建研究主要体现在以下几个方面。

（一）研究著作及选注本

有关张籍的研究专著有一本纪作亮的《张籍研究》[①]，从张籍的时代、生平、思想、诗歌、影响五个方面进行了全面深入的研究，为后来的研究提供了很大的方便，此书1986年由黄山书社出版。有关王建的研究专著有一本巴蜀书社1997年出版的迟乃鹏的《王建研究丛稿》[②]，此书是作者对其在1988年出版的《王建年谱》基础上加以修订的。其中又收录作者的其他两组论文。一组是考证性质的：《〈王建诗集〉版本及诗作甄别》《〈唐才子传·王建传〉笺证》《王建交游考》《〈张籍、王建交游考述〉商榷》《关于王建六首诗系年的考辨》；另一组是立论性质的：《王建的创作道路及其诗歌成就》《王建的道教信仰》。另外，为了方便后来之研究者，作者又收集了有关王建的小传、同时代的诗人予王建的赠诗，以及后人对王建作品的评论附录于后。

---

① 纪作亮：《张籍研究》，黄山书社1986年版。
② 迟乃鹏：《王建研究丛稿》，巴蜀书社1997年版。

可以说，这本书为后来的王建研究奠定了基础。

此外，张籍、王建作品的整理出版工作也取得了一定成果，选本有：徐澄宇选编的《张王乐府》[①]，此书选取张、王二人的乐府诗，存十分之九，由上海古典文学出版社1957年出版。另有李树政选编的《张籍、王建诗选》[②]，此书由广东人民出版社1984年出版，其中选张籍诗五十五首，王建诗七十一首。此书也是比较侧重二人的乐府诗，同时，尽量注意题材、内容的广泛性和形式的多样性。

有关张籍个人的诗集整理有：1959年1月，中华书局上海编辑所据明嘉靖刻本《唐张司业诗集》为底本，校补重印《张籍诗集》[③]，凡八卷，收诗四百七十八首，逸句一条，联句六首，附录两项（张籍书两篇，他人序跋三则），是目前较为完备的本子。另外，张籍的诗文整理方面做出突出贡献的还有中国台湾学者李建昆校注的《张籍诗集校注》[④]，此书由台北华泰文化事业公司2001年出版。以上海涵芬楼景印明嘉靖、万历间刊本《唐张司业集》八卷为底本，依其编次，并以北京图书馆藏宋蜀刻本《张文昌文集》、续古逸丛书本《张文昌文集》四卷、唐诗百名家本、全唐诗本附注文、四部备要本、四库全书本《张文昌文集》、中华书局上海编辑所1965年8月出版的《张籍诗集》点校本、《文苑英华》《乐府诗集》等总集及古今多种选集参校，先校后注，标以号次，置各段文本之后。诗中典实、官职、山川、地名、皆探源索本。后附有张籍同时人之唱和、后世名家之评论资料、张籍研究论著集目。此书对于研究鉴赏张籍诗歌是目前较好的一个参考。

有关王建个人的诗集整理有：1959年7月，中华书局上海编辑所

[①] 徐澄宇：《张王乐府》，上海古典文学出版社1957年版。
[②] 李树政：《张籍、王建诗选》，广东人民出版社1984年版。
[③] 中华书局上海编辑所：《张籍诗集》，中华书局1959年版。
[④] 李建昆：《张籍诗集校注》，台北华泰文化事业公司2001年版。

据宋陈解元铺刻本校补断句印行《王建诗集》①，共十卷，是目前较为完备的本子。诗集校注的有：王宗堂校注，中州古籍出版社 2006 年版《王建诗集校注》②；尹占华校注，巴蜀书社 2006 年出版的《王建诗集校注》③。王注本是用宋临安府陈解元书籍铺刻本《王建诗集》十卷为底本，同时采录中华书局上海编辑所 1959 年编印的《王建诗集》十卷据他本补遗的诗；以明胡震亨《唐音癸签》抄本《王建诗集》十卷、明抄唐四十七家诗本《王建诗集》十卷、明毛晋汲古阁刻唐六家集本《王建诗》八卷、清席启寓琴川书屋刻唐百名家诗本《王家诗集》十卷、中华书局 1960 年排印本《全唐诗·王建诗》六卷为主校本，以《才调集》《文苑英华》《唐诗纪事》《乐府诗集》《万首唐人绝句》《唐诗品汇》为参校本，比勘对校、备列异文、择善而从。对于诗中当世有关人物、史实、官制、舆地沿革、典实故事、生僻词语及唐人习用语等有详细的笺证。而且本书一个突出的特点是为了兼顾一般读者，使文义疏通，还做了必要的句意串释。尹注本也是较好的注本，附录了王建研究资料，分为评论、纪事、艺文、著录、序跋五项，为研究者提供了方便。

（二）研究论文

关于张籍、王建的研究论文，可分为生平行迹、诗歌创作、诗歌辨伪系年等几个主要方面。

1. 生平行迹研究

20 世纪五六十年代之际，卞孝萱的《张籍简谱》④ 和《关于王建

---

① 中华书局上海编辑所：《王建诗集》，中华书局 1959 年版。
② 王宗堂校注：《王建诗集校注》，中州古籍出版社 2006 年版。
③ 尹占华校注：《王建诗集校注》，巴蜀书社 2006 年版。
④ 卞孝萱：《张籍简谱》，《安徽史学通讯》1959 年第 4、5 期合刊。

的几个问题》是系统研究张、王生平的开端,但这个开端直到进入20世纪80年代才有学者渐渐回应,大多是在卞文基础上的商榷、补正。

关于张籍,讨论焦点主要在生年、籍贯、出仕的系年官序等问题上。关于其生年,闻一多《唐诗大系》定为大历三年(768),胡适《白话文学史》及陆侃如、冯沅君《中国诗史》定为永泰元年(765),卞孝萱《张籍简谱》将其生年定于大历初年。20世纪80年代前期,潘竞翰的《张籍系年考证》[①]引方世举注张籍、张彻《会合联句》注、赵翼《瓯北诗话》句、韩愈《送孟东野序》句等证明张籍比韩愈晚生;继而以洪兴祖《韩子年谱》定韩愈大历三年生,推张籍生年不早于此;再据张籍《病中寄白学士拾遗》诗证张籍亦晚生于白居易;汪立中《白香山年谱》以白生于大历七年(772),则张籍生年不当早于此;但如晚于772年,又与长庆二年(822)张籍《新除水曹郎答白舍人见贺》"年过五十到南宫"之句不符;据陈振孙《白文公年谱》白居易生日为正月二十日,则张籍当生于772年而月份晚于白居易。

张籍籍贯旧有和州乌江及苏州两说,和州说的主要依据有张籍《寄朱阚二山人》诗、韩愈《张中丞传后序》(有句"籍大历中于和州乌江县见嵩,籍时尚小")、《与孟东野书》《新唐书·张籍传》、陆世良《宣城张氏信谱传》、清陈廷桂《历阳典录》等书文的记载,近百年来,持此说的有卞孝萱《张籍简谱》、纪作亮《张籍籍贯考辨》[②]等;苏州说的主要依据是张籍《送陆畅》诗、王建《送张籍归江东》《送远曲》《寄苏州白使君》诗及韩愈《张中垂传后序》之句"愈与吴郡张籍阅家中旧书"、王安石《题张司业集》诗等,持此说者有张国光《唐乐府诗人张籍生平考证——兼论张籍诗的分期》[③]。潘竞翰《张

[①] 潘竞翰:《张籍系年考证》,《安徽师范大学学报》1981年第2期。
[②] 纪作亮:《张籍籍贯考辨》,《阜阳师院学报》1984年第1、2期。
[③] 见霍松林主编《全国唐诗讨论会论文选》,陕西人民出版社1984年版。

籍系年考证》一文则认为两说并不矛盾,"吴郡张籍"系指郡望,因张氏前代勋贤甚多,其中之一"肱避地渡江始居于吴",唐世习称郡望,弗重里居,"固以别宗支,尤以显门阀也",潘氏以为张籍可能就属于这一支,至其父辈始徙居和州,故在吴郡仍有旧宅。

关于张籍仕途变迁中争论较多的是他任主客郎中和广文馆学士的时间问题。卞谱认为张籍应在大和二年(828)春刘禹锡由京职主客郎中后分司东都之主客郎中,继之为京职主客郎中;潘竞翰《张籍系年考证》对此说提出异议,认为是刘禹锡替张籍而非张籍替刘禹锡;随后迟乃鹏的《张籍、刘禹锡相替为主客郎中前后事迹考》[①]指出卞谱之说与事实有三点不符,认为刘禹锡大和元年(827)六月即任主客郎中、分司东都,并于大和二年春后不久继张籍为京职主客郎中,而张籍转为国子司业;此前(从长庆四年八月起)张籍的官职不是水部郎中而是京职主客郎中。20世纪80年代后期到90年代,学者们又对潘、迟等人之文进行了补正,谢荣福的《张籍杂考二则》[②]补正卞谱与潘文,主要探讨了张籍任广文馆学士的起讫时间,认为是在元和十三年(818)夏秋到元和十五年(820)秋之间;郭文镐《张籍生平二三事考辨》也是对潘文、张文的补正之作,提出了张籍任水部员外郎时两次出使南方、大和四年(830)秋尚在人世等新说。纪作亮继1985年4月完成第一本关于张籍研究的专著《张籍研究》之后,在这一时期又发表了《张籍年谱》[③],这既是他个人对张籍生平研究的一次总结,也是新时期有关这一问题的重要成果。

关于张籍的交游情况的研究,有朱宏恢《从白居易张籍的酬唱诗

---

① 迟乃鹏:《张籍、刘禹锡相替为主客郎中前后事迹考》,《南充师院学报》1983年第2期。
② 谢荣福:《张籍杂考二则》,《安徽师范大学学报》1987年第4期。
③ 纪作亮:《张籍年谱》,《阜阳师院学报》1990年第2期。

看他们的交往》[①]、李一飞《张籍、王建交游考述》[②]、迟乃鹏《〈张籍、王建交游考述〉商榷》[③]、刘国盈《韩愈与张籍》[④]、吴莺莺《张籍与韩愈、白居易的交游及唱和》[⑤] 等论文。

20世纪60年代初卞孝萱发表了《关于王建的几个问题》一文，此后二十余年学术界几乎忘记了王建的存在。直到1983年，谭优学才发表了《王建行年考》[⑥]，此文根据王建的作品及有关记载，简明清晰地排列出了王建的生平、行迹，是至今研究王建生平事迹最系统全面的论文。之后的此类论文都是在其基础上进行补正、辨证，从而使王建生平研究得以进一步深入。如迟乃鹏《王建生平事迹考》[⑦]（上、下），李军、史礼心《关于王建生平事迹的两点考证》[⑧]，李一飞《张籍、王建交游考述》，迟乃鹏《〈张籍、王建交游考述〉商榷》等。

2. 诗歌创作研究

在张籍、王建二人的诗歌创作研究方面，两人的乐府诗和王建的宫词是学者们关注的重点。

20世纪50年代以后，由于社会和历史的原因，人们集中地探讨张籍乐府诗的社会价值和艺术成就。中国社会科学院文学史学者认为他"能够站在同情人民的立场上，对当时社会上某些黑暗现象提出沉痛的控诉……在艺术手法上最善于用简练的笔墨，刻画出不合理的畸

---

① 朱宏恢：《从白居易张籍的酬唱诗看他们的交往》，《徐州师范学院学报》（哲学社会科学版）1988年第2期。
② 李一飞：《张籍、王建交游考述》，《文学遗产》1993年第2期。
③ 迟乃鹏：《〈张籍、王建交游考述〉商榷》，《文学遗产》1998年第3期。
④ 刘国盈：《韩愈与张籍》，《首都师范大学学报》（社会科学版）1997年第2期。
⑤ 吴莺莺：《张籍与韩愈、白居易的交游及唱和》，《安徽教育学院学报》2001年第6期。
⑥ 谭优学：《王建行年考》，《西南师院学报》1983年第4期。
⑦ 迟乃鹏：《王建生平事迹考》（上、下），上篇载《成都师专学报》（综合版）1990年第3期，下篇载《成都师专学报》（文科版）1991年第1期。
⑧ 李军、史礼心：《关于王建生平事迹的两点考证》，《北方工业大学学报》1989年第1期。

形社会，以少许胜人多许"；论文则有李听风《谈张籍乐府中所反映的唐代社会问题》[①]、陈力的《试论张籍的乐府诗》[②]、肖文苑《论张籍的乐府诗》[③]、杭成《试论张籍诗的思想意义》[④] 等，观点也大致如此，不过详加阐释而已。

与张籍相比，王建的乐府诗也受到一定关注，但由于他的宫词极富特色，分散了学者们对其乐府诗的关注。胡适的《白话文学史》《国语文学史》由于对白话文学、大众文学的青睐，甚至不提王建。只有罗根泽《乐府文学史》中言及"建亦颇留意妇女问题，社会问题"，"乐府歌词有极富尝试精神，极具特别词采者"。新中国成立时，中国社会科学院文学史学者认为他的乐府诗"常能做大胆的揭露……从各个方面替劳动人民呼吁"，成为时论。

到20世纪80年代末90年代初，张、王乐府诗的研究出现了新的特点，不再执着于对张、王个人乐府诗创作的探讨，而是把视野渐渐打开，或者从纵向的角度，考察两人乐府对后代创作的影响，对其在诗史发展流程中的意义进行评估和考察，如王锡九《"张王乐府"与宋诗》[⑤]，从宋人诗论对"张王乐府"的推尊，对其艺术特征的总结和归纳，"张王乐府"的题材特点对宋人开拓诗歌题材内容的启发，以及"张王乐府"的体制形式和艺术风尚对"宋调"中一种范式的巨大影响等方面，探讨了"张王乐府"与宋诗之间密切的承传关系，初步说明"张王乐府"何以会对宋人诗论和诗歌创作产生如此影响的原因；或者从横向的角度，考察两人的乐府创作与同时代诗人的同异与

---

① 李听风：《谈张籍乐府中所反映的唐代社会问题》，《文学遗产增刊》第1辑。
② 陈力：《试论张籍的乐府诗》，《昆明师院学报》1979年第2期。
③ 肖文苑：《论张籍的乐府诗》，《辽宁师院学报》（社会科学版）1980年第4期。
④ 杭成：《试论张籍诗的思想意义》，《盐城师专学报》（社会科学版）1985年论文选。
⑤ 王锡九：《"张王乐府"与宋诗》，《铁道师院学报》1998年第6期。

彼此间的影响,如周明《"道得人心中事"的艺术张籍、王建乐府比较》[①]、徐希平《以道得人心中事为工:张籍与白居易》[②]等。周文从平凡处见本质、反常处见真情、隐曲处见精神、对比处见是非、结尾处见爱憎等几方面细致地考察了两人在创作手法上的异同;徐文认为张白在创作主张、时政观点上颇具一致性;在创作上互相学习,也具有一致性。或者将他们个人的创作置之时代、文化的大背景中考量其意义与特色,如张佩华《谈张籍、王建对新乐府运动的贡献》[③]等,还有的论文试图跳出文艺学的窠臼,从民俗学的角度对乐府诗进行全新的考察,如朱炯远《王建〈促刺词〉与"长住娘家"的民俗》[④]、陈节《中唐民俗氛围中的王建乐府》[⑤]两文。可以说,在对张、王乐府这个老热点的研究上,明显地透露了新时期学术界有意识地拓宽研究视野,在研究角度和切入点上求新求变,从而获得对研究对象全方位立体化把握的新趋势。

对于王建,20世纪前期学界似乎更注重他的《宫词》。1932年出版的郑振铎《插图本中国文学史》不以王建为元白一派,而以之为李贺一派,说他们"复兴了宫体的艳诗,而更加上了窈渺之情思的。他们开辟了另一条大道,给李商隐、温庭筠他们走","宫词百首,尤传诵人口……很艳丽,且很富于含蓄之情。已是开了张籍与温李的先路"。1993年出版的苏雪林《唐诗概论》虽云"二王(王建、王涯)诗则坦易,甚至用白话写,可说是白居易一派",但仍将王建置于第

---

① 周明:《"道得人心中事"的艺术张籍、王建乐府比较》,《江苏教育学院学报》(社会科学版)1993年第1期。
② 徐希平:《以道得人心中事为工:张籍与白居易》,《西南民族大学学报》(人文社科版)1997年第1期。
③ 张佩华:《谈张籍、王建对新乐府运动的贡献》,《青海社会科学》2003年第2期。
④ 朱炯远:《王建〈促刺词〉与"长住娘家"的民俗》,《沈阳师范学院学报》(社会科学版)1989年第4期。
⑤ 陈节:《中唐民俗氛围中的王建乐府》,《福建师范大学学报》(哲学社会科学版)1990年第2期。

十七章《唯美文学启示者李贺》中进行论述，言"建工乐府，与张籍齐名，《宫词》百首尤传诵人口"。显然也是更重视王建的宫体诗。虽然如此，这一阶段的学者也仅止于一般的评论，并未做深入系统的研究。新中国成立后，王建的乐府诗受到了更多的关注。通行的中国社会科学院文学史论著、游国恩文学史著作都以较大的篇幅介绍了他的乐府诗，而对《宫词》百首则用只语片言一带而过。游史云"乐府外，王建的《宫词》一百首，也很有名，但价值不高"，这是当时学界通行的观点。对《宫词》的专门研究论文直到 20 世纪 80 年代才出现：吴企明先后发表了《王建〈宫词〉校识》《王建〈宫词〉辨证稿》《王建〈宫词〉札迻》三文①，对《宫词》百首做了详细的考订、甄别、校勘、笺注，为学界做进一步研究打下了良好基础。此后的卞孝萱、乔长阜文《王建的生平和创作》②也指出王建"宫词影响较大"，他"是唐代第一个大量写作宫词的人"，《宫词》百首的写作在诗史上是空前的，对后来宫词的发展起了推动作用，同时也客观地指出其中有"平庸之作"。随后的李贺平《试论王建的〈宫词〉》③一文主张将《宫词》百首放到唐代七绝组诗的大范围中考量，认为深具认识价值和教育意义，王建以组诗的形式扩大七绝容量的艺术实践对后世影响深远。文章体现出作者欲从诗史高度评估《宫词》百首之价值的衷心。经过十年的被遗忘，20 世纪末 21 世纪初，《宫词》再次进入学者们的视野，刘玉红《王建〈宫词〉与唐代宫廷游艺习俗》④《从王建〈宫词〉看唐代宫廷游艺习俗》⑤，傅满仓《论王建〈宫词〉的价值》⑥，

---

① 三文皆收入吴企明《唐音质疑录》，上海古籍出版社 1986 年版。
② 卞孝萱、乔长阜文：《王建的生平和创作》，《贵州大学学报》（社会科学版）1987 年第 3 期。
③ 李贺平：《试论王建的〈宫词〉》，《许昌师专学报》1988 年第 3 期。
④ 刘玉红：《王建〈宫词〉与唐代宫廷游艺习俗》，《文史杂志》1999 年第 4 期。
⑤ 刘玉红：《从王建〈宫词〉看唐代宫廷游艺习俗》，《贵州文史丛刊》1999 年第 4 期。
⑥ 傅满仓：《论王建〈宫词〉的价值》，《天水师范学院学报》2001 年第 1 期。

李慧玲《王建〈宫词〉分析》①，王伟《王建与花蕊夫人〈宫词〉之比较》② 先后发表。刘氏两文从文化习俗的角度来研究《宫词》；傅文认为王建是此体之"祖"的评价不妥，宫体应早源于齐梁，不祖于王建，但其作的确影响深远。文章还认为《宫词》含有深刻的隐喻意义将宫女遭遇与士人遭遇作为"客观并联物"，诗歌的主题是通过抒写宫女宠辱无常的生活和痛苦悲楚的感受，替包括自己在内的知识分子鸣不平。李文认为《宫词》主要反映了玄宗时期的后宫生活，材料则来源于宦官传说及个人想象，并认为在题材内容上较前同类作品有所突破。上述四文从文化、文人心态、比较接受等角度切入，对《宫词》作了深入的分析研究，对于我们深入把握《宫词》的自身价值、诗史地位、文化意义都助益匪浅。

值得关注的是，进入 20 世纪 90 年代，学术界对张籍诗歌的关注领域有所扩大，不再局限于乐府诗的研究，如吴莺莺《张籍的五、七言诗》③ 和《张籍的酬赠寄送诗》④ 两文、安易的《论晚唐体与张籍》⑤ 等。其中安文认为仅把张籍作为乐府诗人来研究是远远不够的。在探讨了姚、贾对张籍的推崇及其密切关系与张籍在格律诗创作时的平民心态、世俗化倾向、要"功夫"的创作态度、轻浅纤微的风格都是与晚唐体的共性之后，认为张籍对晚唐体这一晚唐主流诗风的形成作用直接而重大，是中晚唐诗风过渡的重要人物，是近体诗风格流变中的重要环节。作者极力拓宽研究领域，谋求全面而深入地把握诗人在诗

---

① 李慧玲：《王建〈宫词〉分析》，《广西民族学院学报》（哲学社会科学版）2002 年第 4 期。

② 王伟：《王建与花蕊夫人〈宫词〉之比较》，《聊城大学学报》（哲学社会科学版）2002 年第 6 期。

③ 吴莺莺：《张籍的五、七言诗》，《合肥教育学院学报》（哲学社会科学版）1995 年第 1 期。

④ 吴莺莺：《张籍的酬赠寄送诗》，《合肥教育学院学报》（哲学社会科学版）1995 年第 2 期。

⑤ 安易：《论晚唐体与张籍》，《唐山高等专科学校学报》1999 年第 9 期。

歌流变史上的作用,其努力是可贵的,其结论也是令人信服的。

到了21世纪,对于张籍、王建的研究还是多集中在张、王二人的乐府诗创作上,只是在研究角度和切入点上求新求变。成绩突出的学者如尚永亮主要是从传播接受的角度展开研究,还有如许总的《论张王乐府与唐中期诗学思潮转向》、刘光秋的《王建、张籍歌诗"通变时流"解》都是成就突出的代表性研究成果。

3. 考证和版本研究

这一类的研究论文有伶培基的《张籍诗重出甄辨》[①],对张籍和他人诗作28首的重出情况作了辨析。前述吴企明关于王建《宫词》三篇研究论文对《宫词》百首进行了整理、考订、校勘、甄别,颇有功于学界。此外,吴企明《姚合诗误入王建集》[②]、迟乃鹏《有关王建一些重出诗考辨》[③]《关于王建六首诗系年的考辨》[④] 亦有相当的学术价值;河南大学2005年硕士研究生白金的毕业论文《王建作品版本研究》、栾贵明《全唐诗索引·王建卷》[⑤] 与万曼《唐集叙录》[⑥] 也可做研究参考。

进入21世纪后,张籍、王建的研究呈现出百花齐放的局面,研究者能够不断拓宽研究视野,在研究角度和切入点上求新求变。代表的研究论文有:许总的《论张王乐府与唐中期诗学思潮转向》[⑦],张煜的《张王乐府与元白的新乐府创作关系再考察》[⑧],王一兵的《〈乐府

[①] 伶培基:《张籍诗重出甄辨》,《河南大学学报》(哲学社会科学版)1987年第5期。
[②] 收入吴企明《唐音质疑录》,上海古籍出版社1986年版。
[③] 迟乃鹏:《有关王建一些重出诗考辨》,《成都师专学报》(文科版)1988年第1期。
[④] 迟乃鹏:《关于王建六首诗系年的考辨》,《成都师专学报》(文科版)1991年第2期。
[⑤] 栾贵明:《全唐诗索引·王建卷》,现代出版社1995年版。
[⑥] 万曼:《唐集叙录》,中华书局1980年版。
[⑦] 许总:《论张王乐府与唐中期诗学思潮转向》,《华侨大学学报》(哲学社会科学版)2004年第2期。
[⑧] 张煜:《张王乐府与元白的新乐府创作关系再考察》,《文学评论》2007年第4期。

诗集〉中的"张王乐府"研究》[1],张金桐的《论"晚唐体"与张籍诗的共通性》[2],赵玉柱的《怎一个"怨"字了得——简论张籍诗对妇女问题的关注》[3],刘光秋的《王建、张籍歌诗"通变时流"解》[4]、张佩华的《谈张籍、王建对新乐府运动的贡献》[5]、祁光禄的《张籍与韩白的交游考论》[6],邓大情的《论"歌行则学流荡于张籍"》[7],徐礼节的《张籍的婚姻及其与胡遇交游考说》[8]、《张籍、王建求学"鹊山漳水"地域考》[9]、《论张耒晚年"乐府效张籍"》[10]、《张籍、王建生年及张籍两次入幕考》[11],焦体检的《张籍的方外之交及佛道思想研究》[12],贺忠的《唐代宫廷游戏中女性的男性气质——以王建宫词为中心》[13]、《唐代宫中的竞渡游戏——以王建宫词为中心》[14],王育红的《唐王建生年、仕举、行年三题》[15]、《王建〈宫词〉百首诗次与杂入篇章考》[16]、《弥足珍贵的唐代宫廷乐舞史料——王建〈宫词〉百首反映的

---

[1] 王一兵:《〈乐府诗集〉中的"张王乐府"研究》,《学习与探索》2008年第6期。
[2] 张金桐:《论"晚唐体"与张籍诗的共通性》,《宁夏社会科学》2004年第4期。
[3] 赵玉柱:《怎一个"怨"字了得——简论张籍诗对妇女问题的关注》,《安康师专学报》2004年第1期。
[4] 刘光秋:《王建、张籍歌诗"通变时流"解》,《黔东南民族师范高等专科学校学报》2003年第5期。
[5] 张佩华:《谈张籍、王建对新乐府运动的贡献》,《青海社会科学》2003年第2期。
[6] 祁光禄:《张籍与韩白的交游考论》,《零陵学院学报》2003年第1期。
[7] 邓大情:《论"歌行则学流荡于张籍"》,《信阳师范学院学报》(哲学社会科学版)2005年第6期。
[8] 徐礼节:《张籍的婚姻及其与胡遇交游考说》,《巢湖学院学报》2005年第4期。
[9] 徐礼节:《张籍、王建求学"鹊山漳水"地域考》,《巢湖学院学报》2007年第1期。
[10] 徐礼节:《论张耒晚年"乐府效张籍"》,《安徽大学学报》(哲学社会科学版)2007年第4期。
[11] 徐礼节:《张籍、王建生年及张籍两次入幕考》,《巢湖学院学报》2008年第5期。
[12] 焦体检:《张籍的方外之交及佛道思想研究》,《郑州航空工业管理学院学报》(哲学社会科学版)2008年第1期。
[13] 贺忠:《唐代宫廷游戏中女性的男性气质——以王建宫词为中心》,《兰州学刊》2005年第3期。
[14] 贺忠:《唐代宫中的竞渡游戏——以王建宫词为中心》,《兰州学刊》2005年第6期。
[15] 王育红:《唐王建生年、仕举、行年三题》,《兰州学刊》2006年第10期。
[16] 王育红:《王建〈宫词〉百首诗次与杂入篇章考》,《南通大学学报》(哲学社会科学版)2006年第1期。

乐舞》①、《王建〈宫词〉百首作时考》②，王君泽的《论王建酬唱寄送七律诗中的主体精神》③、《幽情壮采妇女图——王建妇女题作综述》④、《简析王建乐府诗的艺术因子》⑤、《王建宫词的内容新质》⑥，袁凤琴的《王建〈宫词〉的戏剧因素初探》⑦ 等。

回顾张籍、王建研究的学术史，我们发现关于张、王的诗歌创作，学者关注的目光由最初狭隘的乐府与宫词渐渐扩展开来，研究方法与观照视角也越来越趋于多元化，比较研究、民俗学、文献学等研究方法的引用，大大拓展和深化了张、王研究，取得的成果也不再局限于文艺学的范畴之内，而带有了更深层、更广阔的文化意义。但张、王研究仍存在许多的不足：关于两人的生平，有很多细节尚难以落实；对乐府和宫词的探讨虽有不少论文，但不少观点雷同，新意不多；一些研究角度较新的文章，则在深度上有待加强；此外张、王研究领域中仍然存在许多未开垦之地，关于张、王二人近体诗创作的研究很少有人涉足，关于张、王二人人文艺术思想、美学思想的研究也是本研究领域的严重缺失等，这些都有待于后来学者的努力。

三　研究范围与方法

本书以"张籍、王建体"为研究对象，全面考察张籍、王建的诗歌，采用知人论世的方法、作家作品分析的方法、文学史结合文学批评的方法和文学史阶段性研究的方法进行探讨、研究。分析张籍、王

---

① 王育红：《弥足珍贵的唐代宫廷乐舞史料——王建〈宫词〉百首反映的乐舞》，《兰台世界》2006年第22期。
② 王育红：《王建〈宫词〉百首作时考》，《中国韵文学刊》2007年第1期。
③ 王君泽：《论王建酬唱寄送七律诗中的主体精神》，《太原大学学报》2007年第4期。
④ 王君泽：《幽情壮采妇女图——王建妇女题作综述》，《德州学院学报》2008年第1期。
⑤ 王君泽：《简析王建乐府诗的艺术因子》，《德州学院学报》2007年第1期。
⑥ 王君泽：《王建宫词的内容新质》，《内江师范学院学报》2007年第3期。
⑦ 袁凤琴：《王建〈宫词〉的戏剧因素初探》，《科学大众》2008年第3期。

建二人并称的由来及其含义,分析二人诗歌的创作背景、渊源、内容、成就以及影响。希望能够较为准确地把握张籍、王建及其诗歌创作的整体面貌,能以发展的视角来审视张籍、王建在诗史的流变过程中的地位。

本书中所引用的张籍、王建诗歌以 1959 年中华书局编辑出版的《张籍诗集》《王建诗集》为底本,文中将不再标注诗歌页码。同时参照了其他版本:张籍的是中国台湾学者李建昆校注的 2001 年出版的《张籍诗集校注》;王建的有王宗堂校注、中州古籍出版社 2006 年版的《王建诗集校注》,以及尹占华校注、巴蜀书社 2006 年出版的《王建诗集校注》,这些都是近几年来新出的较好的注本,本书引用时,将会在脚注中注明各项信息。

上编 "张籍、王建体"综论

第一章 "张籍、王建体"的创作背景

张籍、王建生活在中唐时期,在文学研究史上,"中唐"作为一个概念出现得相当早。北宋杨时在《龟山先生语录》卷二论述诗歌发展时曾指出:"元和之诗极盛。诗有盛唐、中唐、晚唐。五代陋矣。"[①]杨时提出"中唐"之概念,虽然仅就诗歌而论,且未指明时间段限,毕竟意识到了唐代文学发展的阶段性。南宋严羽将唐诗分为"唐初体""盛唐体""大历体""元和体""晚唐体"五体[②],则从文体变迁的角度对唐诗史的进程加以描述,认识趋于明晰。宋元之际,方回在《瀛奎律髓》卷十云,"中唐则大历以后、元和以前,亦多取之","中唐"这一概念的时限略经界定。元朝杨士弘在其《唐音》卷首将若干诗人的作品划分为"唐初、盛唐诗"、"中唐诗"、"晚唐诗",正式列出初、盛、中、晚之标目。及至明代,"中唐"概念得到进一步阐述,如高棅曰,"略而言之(唐诗)则有初唐、盛唐、中唐、晚唐"[③];胡震亨言,"唐律,初、盛、中、晚时代声调,故自必不可同。然亦有初而逗盛,盛而逗中,中而逗晚者,何也?逗者,变之渐,非逗故无由变也"[④];王世懋在《艺圃撷余》说,"唐律由初而盛,由盛而中,

---

① 转引自陈伯海主编《唐诗汇评》下册,浙江教育出版社1995年版,第3171页。
② (宋)严羽:《沧浪诗话》,郭绍虞校释,人民文学出版社1983年版,第53页。
③ (明)高棅:《唐诗品汇》,上海古籍出版社1982年版,第8页。
④ (明)胡震亨:《唐音癸签》卷7,上海古籍出版社1981年版,第114页。

由中而晚,时代声调,故自必不可同"。他们认为,唐诗史既是一个连绵不断的延续过程,也是一个富于变化的演进过程。胡应麟还具体地指出中唐诗之渐变过程:"钱、刘稍为流畅,降而中唐,又一变也。大历十才子,中唐体备,又一变也。乐天才具泛澜,梦得骨力豪劲,在中、晚间自为一格,又一变也。张籍、王建,略去葩藻,求取情实,渐入晚唐,又一变也。"①而徐师曾云:"由高祖武德初至玄宗开元初为初唐,由开元至代宗大历初为盛唐,由大历至宪宗元和末为中唐,自文宗开成初至五季为晚唐。"② 至此,在研究者心目中,"中唐"这一概念内涵渐趋明确,中唐诗歌作为唐诗的特定阶段本身也存在发展变化,也受到关注。

总之,以上诸人对唐诗之分初、盛、中、晚并无一致公认之时间断限,认识亦不尽相同,但他们都注意到中唐诗歌的特殊地位。清人叶燮在论及中唐文学时说:"时值古今诗运之中,与文运实相表里,为古今一大关键,灼然不易。"这一见解的特异之处,在于把诗史变迁与整个文学史的变迁联系起来考察。可见,中唐虽然只是一个比较短暂的时段,其历史与文化之意义却相当特殊和重要。近代学者柳诒徵提出:"自唐室中晚以降,为吾国中世纪变化最大之时期。前此犹多古风,后则别成一种社会,综而观之,无往不见其蜕变之迹焉。"③

---

① (明)胡应麟:《诗薮》内编卷5,上海古籍出版社1979年版,第84—85页。
② (明)徐师曾:《文体明辨序说》,《文章辨体序说·文体明辨序说》,人民文学出版社1998年版,第107页。
③ 柳诒徵:《中国文化史》下册,东方出版中心1988年版,第478页。

第一节　唐王朝由盛到衰的巨大转折

　　研究作家的作品，首先必须了解他所处的时代背景和历史的发展状况。了解张籍、王建所处的时代背景，要溯源于玄宗天宝以来的社会情况。

　　唐王朝立国至玄宗当政的一百四十年间，由于社会长期安定，经济高度发展，社会财富空前地增加，遂使开元、天宝时代称为中国封建史上国力最为强盛、社会最为繁荣的时代。所以杜甫在他的《忆昔》一诗里追忆开元盛世说："忆昔开元全盛日，小邑犹藏万家室。稻米流脂粟米白，公私仓廪俱丰实。九州道路无豺虎，远行不劳吉日出。齐纨鲁缟车班班，男耕女桑不相失。宫中圣人奏云门，天下朋友皆胶漆。百余年间未灾变，叔孙礼乐萧何律。"一句一句把太平盛世的景象从各个方面刻画出来了。然而，在玄宗后期，懈于政事，过着"春宵苦短日高起，从此君王不早朝"的淫逸生活。尤其是在用人上逐渐为身边人事所纠结而失于明察，将政事外者委之李林甫、杨国忠，内者交付宦官高力士，导致权力严重下移。李林甫长于谄媚邀宠、嫉贤妒能，是有名的口蜜腹剑的阴险小人，专权自恣，先后排斥意见不同的大臣张九龄、裴耀卿、李适之等。天宝十一年（752）十一月，李林甫去世，但是虎去狼来，杨国忠取代其位，如果说李林甫还有其精于吏治的一面，而杨国忠则野心勃勃，骄横跋扈，更是事皆"责成胥吏，贿赂公行"，选官时则于"私第暗定"。在这种情况下，自贞观至开元的开明政治已发生实质性逆转，正是产生于统治阶层本身的政治腐败，构成了社会矛盾总爆发的最根本的内在因素。另外，玄宗后期喜好边功，不断发动大规模的拓边战争，但因政治腐败、社会矛盾加剧，这些战争或损失惨重或直接败绩。而随着这些代价惨重的边境战争的增多，人民赋税兵役的负担日益加重，国力亦因之日趋虚耗。再者，其时土地兼并日益盛行，促使均田制及建基其上的府兵制遭到彻底破坏，失去土地的农民日益增多，从而使招募兵员戍边成为一项国策，这就初步形成了藩镇畸重与边将擅权的局面。而中央军则是"六军宿卫皆市人，富者贩缯彩、食粱肉，壮者为角抵、拔河、翘木、扛铁之戏，及禄山反，皆不能受甲矣"。这样，在玄宗后期，不仅唐初朝廷举关中兵足以制四方的优势丧失殆尽，而且已成内轻外重的局面。

天宝十一年（752）十二月，平卢兵马使史思明兼任北平太守、充卢龙军使。上年二月安禄山兼任河东节度使，领平卢、范阳、河东三镇，有兵二十余万，合史思明所掌兵力，几乎据天下兵力之半。见玄宗年事已高且耽于声色，国内府兵制瓦解，武备松懈，不免生出异心。为此，安禄山招贤养士，募可用之才，以备驱遣。大诗人李白在《经乱离后天恩流夜郎忆旧游书怀赠江夏韦太守良宰》诗中曾写道："十月到幽州，戈铤若罗星。君王弃北海，扫地借长鲸。呼吸走百川，燕然可摧倾。心知不得语，却欲栖蓬瀛。"杜甫在《后出塞》里也写道："主将位益崇，气骄凌上都；边人不敢议，议者死路衢。"可见当时安禄山的嚣张气焰，势在必反，人们慑于他的威势，禁口不敢议论。危机在国家表面上的四海升平中酝酿着，敏感的志士仁人从这场风暴即将来临的沉闷和压抑中已经感受到了大乱的逼近。天宝十三年（754）秋，杜甫与高适、岑参、储光羲、薛据登慈恩寺塔，面对四望秦山，千里神州，忽然感到一种难言的忧虑，作有《同诸公登慈恩寺塔》："秦山忽破碎，泾渭不可求。俯视但一气，焉能辨皇州？回首叫虞舜，苍梧云正愁。惜哉瑶池饮，日晏昆仑丘。黄鹄去不息，哀鸣何所投。"这充满仓皇不安之感的景物描写"岌岌乎有飘摇析崩之惧"，诗人预感大乱将兴，眼前似乎出现战乱流离、哀鸿遍野的悲惨情景。事实上没过多久他就亲身经历了这场灾难并饱受其苦。

天宝十四年（755）十一月，安禄山在范阳大阅誓兵，发所部兵契丹、室韦等各部凡十五万众，号称二十万。出范阳、下太原，一路所向披靡。一个月内，即占领了今河北、山西、河南的大部分地区。时海内承平日久，府兵颓废，叛军所至，州县望风瓦解。君臣上下惊慌失措，一时竟无人能镇静应敌。年底，哥舒翰守潼关，郭子仪、李光弼、仆固怀恩在镇武破敌，颜真卿兄弟策动河北诸郡起兵讨贼，这才稍振群情，奋力抗敌。随着翌年六月潼关失守，长安沦陷，玄宗奔蜀，肃宗即位灵武，唐与安史乱兵开始了长达八年的艰苦战争。尽管一年后就收复长安，但二帝还京，安史又自相残杀，形势始终未轻松。九节度使兵败河阳，东都得而复失，李晟败绩北邙山，都曾使局面变得危急。除了淮河以北的中原平叛战争之外，南方还有永王东巡、刘展乱江淮、康楚元据襄州、段子璋陷绵州、徐知道反成都及浙东、袁晁农民起义等规模不一的战争，西北党项、吐蕃也趁机入侵，掠边夺州。四海之内，兵戎不定，哀鸿遍野，生灵涂炭。"烽火有时惊暂定，甲兵无处可安居。"这就是当时战乱的真实写照。

经过八年的挣扎，朝廷于广德元年（763）平定叛乱，在风雨飘摇中度过这场浩劫。然而此时的国家已经千疮百孔，惨不忍睹。"国破山河在，城春草木深。"山河虽在，无复旧貌；城池被毁，满目疮痍。昔日的繁华早已不复存在了，历来作为文化、经济中心的东西两京"宫室焚烧，十不存一；百曹荒废，曾无尺椽；中间畿内，不满千户，井邑榛荆，豺狼所号。既乏军储，又鲜人力。东至郑汴，达于徐方，北自覃怀，经于相土，为人烟断绝，千里萧条"。几乎整个黄河中下游，一片荒凉。河北是"城池百战后，耆老故旧几家残"；江南则是"吴越征徭非旧日,秣陵凋弊不宜秋";浙东是"空城垂故柳,旧业废春苗"……

安史之乱使唐王朝自盛而衰,此后一蹶不振,实际上统一的中央王朝已经无力再控制地方,安史余党在北方形成藩镇割据,各自为政,后来这种状况遍及全国。安史乱起,唐王朝分崩离析,已经没有力量镇压这次叛乱,只好求救于回纥,以及少数民族出身的大将。当史思明之子史朝义从邺城败退时,唐遣铁勒族将领仆固怀恩追击,仆固怀恩与唐王朝有矛盾,为了私结党羽,有意将安史旧部力量保存下来,让他们继续控制河北地区,使安史旧将田承嗣据魏博(今河北南部,河南北部)、张忠志(后改名李宝臣)据成德(今河北中部)、李怀仙据幽州(今河北北部),皆领节度使之职,这就是所谓"河北三镇"。三镇逐渐"文武将吏,擅自署置,赋不入于朝迁",把地方军事、政治、经济大权皆集于一身,"虽称藩臣,实非王臣也"。以后其他地区,如淄青(今山东淄川、益都一带)李正已、宣武(今河南开封、商丘一带)李灵曜、淮西李希烈等皆各自割据,不服朝廷管治。这些方镇或"自补官吏,不输王赋",或"贡献不入于朝廷",甚至骄横称王称帝,与唐王朝分庭抗礼。直到唐亡,这种现象也没有终止。

另外,安史之乱后,国家掌握的户口大量减少。潼关和虎牢关之间,几百里内仅有"编户千余",邓州的方城县,从天宝时的万余户,骤降至二百户以下。政府却把负担强加给犹在户籍上的农民,所谓"靡室靡农,皆籍其谷,无衣无褐,亦调其庸"。唐宪宗元和年间,江南八道一百四十万户农民,要负担唐朝八十三万军队的全部粮饷,所以"率以两户资一兵,其他水旱所损,征科妄敛,又在常役之外"。在方镇统治下的人民也遭受着"暴刑暴赋",如田承嗣在魏博镇"重加税率",李质在汴州搞得地区"物力为之损屈"等。政府和各藩镇的横征暴敛，终于激起了农民不断地发动武装起义，代宗一朝，"群盗蜂轶，连陷县邑"，其中规模较大的有发生于宝应元年（762）的浙东袁晁起义，同年的浙西方清起义，以及同期苏常一带的张度起义、舒州杨昭起义、永泰年间邠州起义等。这些起义虽说很快就被镇压，但更加削弱了唐朝的力量。

与此同时，经过安史之乱，唐王朝也失去了对周边地区少数民族的控制。安禄山乱兵一起，唐王朝将陇右、河西、朔方一带重兵皆调往内地，造成边防空虚，西边吐蕃乘虚而入，尽得陇右、河西走廊，安西四镇随之全部丧失。此后，吐蕃进一步深入，政府连长安城也保不稳了。唐王朝从此内忧外患，朝不保夕，更加岌岌可危。

第二节　文学创作由理想到写实的转变

安史之乱后的一个时期，历史上曾有过"中兴"的美誉，其实那不过是战火连年、民不聊生之时，得到了暂时苟安的一种满足。尽管社会表面承平，但早已经是败絮其中了。不可否认，代宗、德宗、顺宗等人即位之初，也有过重振朝纲、中兴王室的抱负和一些相应的措施，如削藩、平边、抑制宦官等；一些进步的改革家也曾励精图治，希望拯民于水火。但这一切很快就随着宦官专权、藩镇跋扈、朋党倾轧、边患四起而偃旗息鼓了。朝廷政治腐败、社会秩序动乱，以及国力虚耗、民生凋敝，已经成为一种时代性特征贯穿于整个唐代后期。社会秩序这样急剧动荡、由盛而衰的巨大转折猛然到来，对士人无疑是一种难以承受的强烈冲击，盛唐人那种昂扬明朗、积极热情、浪漫进取的时代精神在"惊破霓裳羽衣曲"的慌乱氛围中被强力扭变，人生的理想化追求失去了现实的基础,对朝廷的期望与信念亦褪尽了乐观的色彩。安史之乱带来的心灵创伤尚未愈合,人们又呼吸着令人窒息的、污浊而又沉闷的政治空气;加之由于生产经济的衰落而带来的物质生活的匮乏,这一时期的人们在心灵和肉体上同样遭受摧残与折磨。亲历战乱生活与颠沛流离的诗人们再也唱不出乐观、轻快、单纯、浪漫的欢歌,走到巅峰极致的理想主义文学终于让位于严酷的现实,形成反映战乱社会与民生疾苦的写实主义创作主流。诗歌创作形成"多纪当时事,皆有依据"、"直辞咏寄,略无避隐"的针对社会现实本身的写实化原则与方式。

开天盛世过来的老诗人,在升平岁月中度过数十年光阴,那由空前的繁荣强盛熏陶出的坚强信念、浪漫气质流动在他们的血液中,足以使他们在任何紧急存亡的关头,心中都存有一个辉煌的大唐梦。如李白《古风五十九首》之十九"俯视洛阳川,茫茫走胡兵"、《猛虎行》"秦人半作燕地囚,胡马翻衔洛阳草",虽是直接描写安史战乱之作,但其主观上认为"敌可摧,旌头灭,履胡之肠涉胡血。悬胡青天上,埋胡紫塞旁。胡无人,汉道昌"(《胡无人》),充满了乐观情绪与信念。再如王维战后遁入山水田园之境,在其心理深层实质上是对理想化人格建构的追寻,显然是浓厚的强盛时代理想主义精神的遗绪。写实的创作倾向在中国文学史上源远流长,就开天诗坛而论,是以理想和写实的结合为基本特征的,但是其写实的内涵主要在于亲历场合与创作环境,因此其写实内涵仍然体现为理想化倾向,写实并不是其时基本的创作法则。

随着社会历史的巨大转折,在文学创作法则上真正褪尽浪漫的理想化光晕,作为由理想向写实转变的鲜明标志只能以杜甫与元结及《箧中集》诗人为代表。当然,杜甫、元结等人皆为开元、天宝盛世的过来之人,但他们作为开天时代的失意者,又深受儒家正统思想与文学观念的浸染，因对政治腐败及社会黑暗特别敏感，以一种清醒的现实主义精神，甚至在天宝初年就写下了不少讥讽时政、暴露黑暗之作，到安史之乱爆发之后，这一倾向更是得到大规模的发展。所以，尽管杜甫、元结等人与开天时代较年轻的一辈诗人年岁相仿，但其创作精神已经截然不同，以写实为核心体现了又一种色调鲜明的时代性特征，明人胡应麟就曾指出杜甫诗"实与盛唐大别"。

杜甫早年受开天盛世气氛的熏染，作品充满了昂扬奋发的理想化精神风貌。但是从其一生看来，他对安史之乱为标志的时代盛衰巨变的感受是敏锐而深刻的，将其创作注意力完全集中于现实生活本身，着力于揭示社会现实、描绘时代风云，他的全部诗歌创作可以说是那个盛衰巨变的特定时代的纪实与缩影。杜甫诗在唐代就被人们称为"诗史"。可见，杜甫在文学创作的根本法则的意义上改变了艺术追求的方向，从而引导出真正意义上的写实化创作思潮。杜甫的写实确立在亲身经历的基础之上，因而从题材内容上看，既显示了盛衰巨变的特定时代的社会画卷，又构成了流落飘零的自身经历的完整自传。从构思方式上看，对于社会现实，既有对重大历史事件的总体把握与概括记述，又往往通过具体的一件事、一个人物的细致刻画构成社会生活的生动体现。由此，也就构成杜诗写实原则实践中的思想内蕴的深刻性、表现生活的广阔性、构思方式的多样性，以及多种元素完美结合的统一性。杜甫诗歌写实精神最为突出的体现，第一，无疑在于对安史之乱这场空前浩劫的惨烈景象的纪实，以及对其无穷祸患的忧心如焚。如天宝十五载（756）十月，唐军陈陶斜一战败绩，青坂再战又败。杜甫写下了《悲青坂》《悲陈陶》，描述了这两次战败的惨状："孟冬十月良家子，血作陈陶泽中水。野旷天清无战声，四万义军同日死。""山雪河冰野萧瑟，青是烽烟白人骨。"至德二载（757）四月，杜甫自陷落的长安奔赴凤翔行在，八月回鄜州省家，写《羌村》

三首,反映了战火中生民的苦难:"父老四五人,问我久远行。手中各有携,倾榼浊复清。苦辞酒味薄,黍地无人耕。兵革既未息,儿童尽东征。请为父老歌,艰难愧深情。歌罢仰天叹,四座泪纵横。"再如《北征》写诗人回家途中的所见与所感:"夜深经战场,寒月照白骨。潼关百万师,往者散何卒?遂令半秦民,残害为异物。"从陷贼中到脱身西走,从途中所见到对家人的挂念,全为真实记录与真情流露,对战乱场景的描写正与自身行状密切地结合在一起,使人读之如临其境。第二,是对战乱造成的巨大社会灾难与民间疾苦的真实情状深刻而广阔的记录及深切的关注与同情。乾元二年(759),杜甫从东都回华州途中,有计划地创作了千古传诵的名篇《三吏》《三别》,完全从社会的最底层反映这场战乱给百姓带来的血泪。例如,《无家别》写一个战败回家的士兵回到故乡时的情景:"久行见空巷,日瘦气惨凄。但对狐与狸,竖毛向我泣。四邻何所有?一二老寡妻。宿鸟恋本枝,安辞且穷栖。方春独荷锄,日暮还灌畦。县吏知我至,召令习鼓鼙。虽从本州役,内顾无所携。近行止一身,远去终转迷。家乡既荡尽,远近理亦齐。永痛长病母,五年委沟溪。生我不得力,终身两酸嘶。人生无家别,何以为蒸黎!"写出了一个战败归来的士兵眼中的故乡是荒芜残败,亲人尽丧,自己孑然一身仍需就役,可谓深刻至极。《三吏》《三别》所反映这场战乱的真实性和深刻性,类皆如此。以后凡所见民生疾苦,辄见诸诗章,或直写其事,或发为议论,至晚年愈为广泛而深刻。如诗人赴夔州途中写《负薪行》,叙述夔州村女在战争环境中的悲惨命运。在夔州还写有《驱竖子摘苍耳》,以议论的形式反映官吏的搜刮:"乱世诛求急,黎民糠籺窄。饱食复何心,荒哉膏粱客。富家厨肉臭,战地骸骨白。"作《白帝》,反映横征暴敛下村民的惨状:"戎马不如归马逸,千家今有百家存。哀哀寡妇诛求尽,恸哭秋原何处村。"直到诗人晚年出峡,泊舟岳阳,还写了《岁晏行》："去年米贵阙军食,近年米贱大伤农。高马达官厌酒肉,此辈杼轴茅茨空……况闻处处鬻男女,割慈忍爱还租庸。"可以说,有唐一代,写民生疾苦,没有一位诗人像杜甫写得如此真实、真挚、深刻。第三,杜甫在诗中还反复为民请命,既可见对暴政的强烈抨击,又可见对平民的体贴入微。这种以议论的方式直接表明自己的主张,体现了与写实传统密切相关的重美刺、主兴寄的文学观念。我们还记得初唐陈子昂曾标举"兴寄",主张恢复风雅传统,而杜甫对陈子昂极为推崇,他曾在《陈拾遗故宅》一诗中写道:"位下何足伤?所贵者圣贤。有才继骚雅,哲匠不比肩。公生扬马后,名为日月悬……终古立忠义,感遇有遗篇。"敬佩之情由此可见。但是,杜甫并未将风雅传统局限在反映社会现实或表现民生疾苦这类诗歌中,事实上,只要是有感而发、言之有物,不论是抒发个人情志还是反映社会现实之作,都可以纳入正体的范围。杜诗在写实原则的基础上,使民生疾苦的纪实与美刺讽喻的意旨结合起来,使叙述与议论融为一体,从而在现实问题与文学传统的联结中强化了作品的思想深度与表现力度。

与杜甫共同构成唐诗写实思潮重要组成部分的是元结在唐肃宗乾元三年(760)所编选的《箧中集》中的诗人们。这里我们可以把成书于天宝十二年(753)的由殷璠所编选的《河岳英灵集》与之比较一下,《河岳英灵集》为盛唐诗歌选本,共收王维、王昌龄等二十四位盛唐诗人的作品两百多首,时间从开元二年(714)到天宝十二年,收入其中的作品皆"既多兴象,复备风骨",或昂扬奋发,或清丽秀婉,都是典型的盛唐之音的代表。而《箧中集》与《河岳英灵集》虽然相距不过七年,但所选诗作差不多全是表现人生失意和反映社会黑暗的悲愁之音,代表的则是掩藏在盛唐之音后的另一面——一种由于处在社会底层而更早地感觉到这个社会将步入衰微的痛楚与无奈。《箧中集》所选共七人:沈千运、王季友、于逖、孟云卿、张彪、赵微明、元季川,收诗二十四首。元结《箧中集序》称:"自沈公及二三字,皆以正直而无禄位,皆以忠信而久贫贱,皆以仁让而至丧亡。"他们诗中的低沉情绪跟他们同代的那些唱出高昂慷慨的盛唐之音的诗人比,简直仿若两代人。他们看到的是另一种人生,与王维的恬静闲,李白的纵酒狎妓、使气任侠、平交王侯,高适、岑参那样向往边塞立功、充满豪情的人生是完全不同的。他们面对的人生是一个褪尽理想主义光环的现实人生,试看:孟云卿《悲哉行》,"朝亦常苦饥,暮亦常苦饥。飘飘万余里,贫贱多是非";《伤时》,"徘徊宋郊上,不见平生亲。独立正伤心,悲风来孟津。大方载群物,生死有常伦。虎豹不相食,哀哉人食人";张彪《北游还酬孟云卿》,"忽忽望前事,志愿能相乖。衣马久羸弊,谁信文与才。善道居贫贱,洁服蒙尘埃"。这样,他们不遇、穷困、被冷落、被遗弃,于是冷眼旁观,走向写人生,走向写实。他们是最先感受到衰败景象到来的一群诗人,在盛唐社会生活中,在一片盛唐之音的诗坛上,他们萌生了一种新的创作倾向,一种以沉实的调子写人生的倾向。在为《箧中集》所作的序中,元结特别谈到了他对诗歌的看法:"元结作《箧中集》。或问曰:公所集之诗,何以订之?对曰:风雅不兴,几及千年,溺于时者,世无人哉?呜呼!有名位不显,年寿不将,独无知音,不见称显,死而已矣,谁云无之!近世作者,更相沿袭,拘限声病,喜尚形似,且以流易为词,不知丧于雅正,然哉!彼则指咏时物,会谐丝竹,与歌儿舞女,生污惑之声于私室可矣。若今方直之士,大雅君子,听而诵之,则未见其可矣。吴兴沈千运,独挺于流俗之中,强攘于已溺之后,穷老不惑,五十余年。凡所为文,皆与时异。故朋友后生,稍见师效,能侣类者,有五六人。"[①]元结首先感叹风雅之道沦落已久,在他看

---

① (唐)令狐楚等:《唐人选唐诗》,上海古籍出版社1978年版。

来，入唐以后的诗歌仍是沿袭了六朝的路子"拘限声病，喜尚形似"，完全丧失了先秦儒家要求诗歌的美刺功能。这样一种诗歌，只配供歌儿舞女演唱于私室，而不能为大雅君子所吟诵。类似的看法，还见于《文编序》《刘侍御月夜宴会序》等文。这样彻底否定盛唐诗坛，否定诗歌的审美特性，其见解无疑是偏激片面的，但是它确实代表了盛唐后期一种新的诗歌创作思想动向。

说它代表了一种新的思想动向，不只是因为有《箧中集》这样的诗歌选本，还因为著名诗人杜甫对元结这种创作倾向的认同。安史之乱后，元结创作的《舂陵行》和《贼退后示官吏》两诗，颇得杜甫赞誉。他在《同元使君舂陵行》一诗的序中写道："览道州元使君结《舂陵行》兼《贼退后示官吏作》二首，志之曰：当天子分忧之地，效汉朝良吏之目。今盗贼未息，知民疾苦，得结辈十数公，落落然参错天下为邦伯，万物吐气，天下少安可待矣。不意复见比兴制、微婉顿挫之辞，感而有诗，增诸卷轴。""观乎舂陵作，欻见俊哲情。复览贼退篇，结也实国桢。贾谊昔流恸，匡衡常引经。道州忧黎庶，辞气浩纵横。两章对秋月，一字偕华星。"元结能于盗贼未息之时知民疾苦，欲拯民于水火，这与杜甫的一贯精神完全一致，所以杜甫认为元结的这些诗歌可以和星月争辉。元结的这两首诗的确无愧于杜甫对它的高度评价，但我们必须看到，元结的这两首诗和杜甫的《三吏》《三别》等作品一样，是特殊时代的产物，如果仅以此为唯一标准去衡量整个盛唐，甚至是整个诗史，显然是片面的，但既然得到了伟大诗人杜甫的高度赞扬，故元结那种片面的、偏激的观点，对其后的中唐诗人产生了直接的影响。而且，他的这种观点、态度、方法，又恰恰迎合了中唐诗人追求创变的心理，故能被接受、发展，以致达到一个新的高潮。而中唐诗人的创新意识，也恰恰就是从这里开始的。所以，无论是元结的古朴淡雅，还是杜甫的沉郁顿挫，都与唐代社会的盛极而衰有着直接的关联。而诗歌创作思想的变化，其实正反映出时代、社会的变化。在此意义上说，元结和杜甫的讽喻之作及相应的创作主张，已经开启后来白居易、元稹等人的新乐府运动，成为中唐文学思想的先声。

　　杜甫、元结及《箧中集》诗人都是大历前期诗坛的重要人物，但据有关史料看，杜甫及元结等人在当时不为人所重。如现存十种唐人所选编的唐诗选本中，杜甫诗仅被选入唐末韦庄所编的《又玄集》，《箧中集》诸人亦仅因与元结气味相投而自成一集。在当时诗坛影响较大、普遍为人所推崇的是一批会聚都城的才子与游历江南的逸士，也就是以长安、洛阳为创作中心的大历十才子与以江南吴越为创作中心的刘长卿、李嘉祐等这样的两大群体。大历诗人处于大乱之后的腐败政治环境之中，一方面极力避世隐逸，"窃占青山白云，春风芳草，以为己有"；另一方面又多依附权门，形成"不能自远权势"的猥琐心态，作品多为隐逸酬唱之作。但是，动荡乱离的生活遭遇，疮痍满目的社会现实，毕竟在大历诗人心中留下了深深的烙印，促使其诗歌创作表现出纪实的倾向。写民生疾苦，无论从感情的真挚还是从反映的深刻程度上，他们都无法与杜甫比，但是，他们毕竟写了。韦应物"邑有流亡愧俸钱"的名句不必说了，他的《观田家》："仓廪无宿储，徭役尤未已。方惭不耕者，禄食出闾里。"《冬至夜寄京师诸弟兼怀崔都水》："理郡无异政，所忧在素餐。"《京师叛乱寄诸弟》："何当四海晏，甘与齐民耕。"这些诗句都是抒发对人民的同情。还有钱起的《观村人牧山田》写山民耕作和输税的辛苦。卢纶的《逢病军人》写一个从战场上下来的既伤且病的士兵的悲惨情状。戴叔伦的《女耕田行》，则写战乱中山村的艰辛生活：丁壮从军，弱女耕田写得甚为深刻。与之相似的还有李端的《宿石涧店闻妇人哭》："山店门前一妇人，哀哀夜哭向秋云。自说夫因征战死，朝来逢著旧将军。"耿湋

《路旁老人》:"老人独坐倚官树,欲语潸然泪便垂。陌上归心无产业,城边战骨有亲知。余生尚在艰难日,长路初逢轻薄儿。绿水青山虽似旧,如今贫后复何为。"这些诗,都从不同的侧面,写出了战乱中最底层人民群众的遭遇。可以说,这是"安史之乱以后,由杜甫开始的写民生疾苦的新的创作倾向的继续。虽然这继续远没有杜甫深广,但它到底是一根线。从杜甫到白居易,这中间有着重要的联系。联系着这根似断还续的线的,便是大历初至贞元中诗人们的战乱写实"①。

总体来看,创作精神随着时代精神的快速变化,体现了这一时期文学史与社会史的发展惊人地同步,然而换一个角度,在与社会史表现出互渗制衡现象的同时,文学的发展表现出自身顽强的规律性进程。一方面,由盛而衰的历史转折与社会变乱,促使文学创作转向社会人生的现实问题;而另一方面,开天诗坛作为唐前期诗史发展的顶峰状态,积聚了极为丰富的艺术技巧与实践经验有待于总结和发展,因此,文学的进程不仅未随政治经济的衰败而消歇,反而以其丰厚的艺术经验在动荡的社会环境中造就面对现实的艺术大师——杜甫,在另一种意义上表现出文学更高层次的繁荣与发展。杜甫的出现,不仅改变了整个唐代诗歌发展的流程和走向,而且在艺术上既集前代之大成,又以其创新精神为后世开启了无限法门。正是在这一意义上,近人胡适在其所著《白话文学史》第十四章中即指出"以政治上的长期太平而论,人称为'盛唐',以文学而论,最盛之世其实不在这个时期。天宝末年大乱之后,方才是成人的时期。从杜甫中年以后,到白居易之死,其间的诗与散文都走上了写实的大路,由浪漫而回到平实,由天上而回到人间,由华丽而回到平淡,都是成人的表现",由此,他明确提出"八世纪下半叶到九世纪上半叶(755—850)的文学

---

① 罗宗强:《隋唐五代文学思想史》,中华书局1999年版,第133页。

遂成为中国文学史上一个最光华灿烂的时期","这个时代的创始人与最伟大的代表是杜甫",元结、顾况是"同道者",元稹、白居易、张籍、韩愈、柳宗元、刘禹锡等人则"发扬光大了这一时代趋势"。至于张籍、王建在这一文学灿烂时期的贡献和作用,罗宗强先生则指出:"当白居易还没有形成自己的风格,还没有像他后来那样追求尚实、尚俗、务尽的诗风的时候,王建和张籍已经先走一步了,一直到贞元末年,白居易的诗作中都还反映出摇摆不定的多种创造倾向……而在此期间,张籍、王建的尚实、尚俗的诗风已渐露端倪了。"[①] 可见,本书中研究的对象张籍与王建是中唐尚实、尚俗风气之先的开路人。

第三节　儒释道多元思想的同生共长

中唐时期思想界相当活跃,儒、释、道三家并重。作为生活在那个时代的知识分子,几乎都要接受儒、释、道三种思想的影响,只不过具体到某个人时,这三种思想不一定都具有并重的影响力。

众所周知,汉武帝罢黜百家,独尊儒术,第一次确立了儒家思想的统治地位。然而,东汉末年佛教的传入及黄老之术的盛行,遂演化为魏晋时期的三教合流。士人所崇尚的是玄言清谈、服食养生,《世说新语》正是反映了这种社会风尚。当时甚至还有儒、释、道公开论战的实况。这些对于占统治地位的儒家思想,不能不说是严重的打击和根本性的动摇。而在文学创作上,传统的《诗》《骚》精神已是威

---

① 罗宗强:《隋唐五代文学思想史》,中华书局 1999 年版,第 241—242 页。

风扫地,而老庄哲学和佛学思想却笼罩了整个文化领域。《文心雕龙》中记载:"自中朝贵玄,江左称盛……诗必柱下之旨归,赋乃漆园之义疏。"到了隋唐时期,道教又进一步发展壮大,并达到了各自辉煌的阶段,从而对当时哲学、思想及文化艺术的各个方面,就有了更为深刻的影响。

唐代儒学的衰微,与道教及佛教的兴盛有着直接关系。关于唐代儒学的衰微,高观先生在《唐代儒家与佛学》[1]一文中指出了三个方面的原因:第一,"唐太宗以好学之君,与崇尚佛教外,尤益奖励儒学。置弘文馆,招天下名儒为学官,选文学之士为学士。鉴于南北朝来经义纷争,久而莫决,为欲学说之统一,使颜师古校正五经之脱误,令孔颖达撰定五经正义……自五经正义厘定后,南北学说之纷争乃绝,由是学者皆伏案而尊正义,不复更有进究新说者。南北学派之争端虽泯,而儒学思想,亦坐是而不进焉"。第二,"当时佛学思想之盛,亦为儒致衰之一因。佛教在当时发达之势,已如旭日丽天,百花竞放。思想界之豪哲,多去儒而归佛,故佛教之人才鼎盛,而儒门人物亦是空虚也"。第三,"唐代重文学,以此为科举之要目,由是天下人士,多萃其才力诗文方面。于是文有韩柳,诗有李杜王白之伦,文学界之光辉灿烂,其质其量,均非后世之所能及。诗文之努力者多,儒术之研究者寡,此亦儒学衰微之一因也"。

而且道教、佛教的兴盛,与统治阶级的大力提倡是密不可分的。我们知道,李唐宗室是出于胡族,入主中原后,为了显宗耀族,光大门楣。首先,利用同为李姓的关系,尊奉道教奉为教主的老子李耳为祖神;其次,抬高道教在儒、释、道三教中的地位,令全国各州修建道观,诏定道教居"三教"之先,礼待为道士者,甚至有个别君主如

---

[1] 参见张曼涛主编《佛教与中国文化》,上海书店出版社1987年影印版。

睿宗送自己的女儿金仙公主、玉真公主出家为道；再次，科举考试设置"道举"，考试及第者授予官职；最后，还迷信道家所谓的炼丹术，服食所谓的"金丹"蔚然成风，像宪宗、穆宗均有服食金石之药的经历。道教对于最高统治者的影响尚且如此，上行下效，对于一般士大夫及士子的影响可想而知。

但是，唐代道教的兴盛，却又远不及佛教的兴盛。据唐末道士杜光庭《历代崇道记》载，唐以来共有宫观一千九百余，道士一万五千余。这个数字同佛教相比，差距就太大了。据《唐会要》卷47记载，仅会昌五年（845）毁佛，"其天下所拆寺四千六百余所，收膏腴上田数千万顷，收奴婢为两税户，十五万人，隶僧尼属主客"。一次性的毁佛数字如此之巨，足见唐代此前佛教繁盛的程度。《资治通鉴》卷243载：穆宗长庆四年（824）十二月，"徐泗观察使王智兴以上生日，请于泗州置戒坛，度僧尼以资福，许之。……于是四方辐凑，江淮尤甚，智兴家资由此累巨万。浙西观察使李德裕上言：'若不钤制，至降诞日方停，计两浙、福建当失六十万丁。'"按文宗降诞之日为六月九日，依李德裕的估计推算，平均每月将至少度僧尼十万之多，这个数字已是十分惊人了。又文宗太和四年（830），祠部奏请：天下僧尼非正度者，允许申请给牒。于是申请者达七十万人![1] 可见当时"私度"僧尼人数之多。

中唐时期的皇帝无一不佞佛，而且比此前更甚，尤其是宪宗李纯迎佛骨一事，成为轰动朝野的大事。时凤翔法门寺护国真身塔内，奉有释迦牟尼佛指骨一节。元和十四年（819）正月，宪宗命宦官杜英奇率领三十名宫人，持香花至法门寺把佛骨迎至京师，当时韩愈出于卫道之心，认为佛是夷人，佛教是夷教，皇帝如此崇奉，不利于推行

---

[1] 参见郭朋《隋唐佛教》，齐鲁书社1980年版，第361页。

孔孟之道，因此上《谏迎佛骨表》极力反对。在此表中，韩愈历述了前期帝王凡不信佛者，皆长命百岁，且"天下太平，百姓安乐寿考"；至东汉奉佛之后，不仅国运不长，而且一个个崇佛的皇帝也都成了短命鬼。韩愈反对奉佛，从根本上说是正确的，然而宪宗得表大怒，贬韩愈为潮州刺史。可见，当时从皇帝到王公士庶，对佛的崇信已经达到了迷狂的程度。正是在这样的局面下，韩愈力倡孔孟之"道统"，白居易竭力恢复儒家之"诗教"。

张籍、王建一生的思想以儒家为主，他们信奉儒教，尊崇仁义道德，追求圣人之道，而且与他们交游者，皆儒学之士。张籍于贞元年间所写《上韩昌黎书》指出，其时"世俗陵靡"，"圣人之道废弛"，原因正在于"西域浮屠法，入于中国""黄老之术相沿而炽"，所以他主张"时之人后之人"要"去绝异学之所为"，并恳请韩愈"为一书以兴存圣人之道"；王建早年在诗中同样表明"愿为颜氏徒，歌咏夫子门"（《从元太守夏宴西楼》）、"孔门忝同辙，潘馆幸诸甥"（《荆南赠别李肇著作转韵诗》），王建把自己视为孔门中的一份子，说自己愿意做一个如同孔子最为得意的门生颜回那样的人。可见，他们是儒家思想的维护者。这必然对二人在文艺创作中恪守儒家诗教，以恢复《诗经》、汉乐府以来的现实主义传统为己任产生了影响。如张籍《废瑟词》即云，"千年古曲不分明，乐府无人传正声""几时天下复古乐，此瑟还奏云门曲"，明确表达出对恢复乐府"正声"的渴望。王建《寄李益少监兼送张实游幽州》云："大雅废已久，人伦失其常。天若不生君，谁复为文纲？"同样表现出对"大雅"的追求。

但在诗人仕途坎坷、生活困顿、心情郁闷之时，时不时会萌生超脱现实的思想，而这种现象在诗人晚年尤为显著。晚年的诗人思想比较消沉，作品中送迎赠答的酬唱诗、寄情山水的闲适诗都逐渐多了起来。特别是在对佛老的态度上，由早年的力排佛老到后来的"年长道情多",我们发现张籍、王建二人曾写了为数不少的寄赠僧人、道士的诗作(见附录,其中张籍48首,王建26首)。张籍在《书怀》诗中曾说:"别从仙客求方法,时到僧家问苦空。"而王建在《七泉寺上方》中说,"归依向禅师,愿作香火翁";晚年的王建甚至新修了一个道居,以作求仙专用。其《新修道居》诗云:

> 世间无所入,学道处新成。
> 两面有山色,六时闻磬音。
> 闲加经数遍,老爱字分明。
> 若得离烦恼,焚香过一生。

此时的诗人,人世间的万事已无法入其心,他厌倦了官场那"烦恼"的生活,很想通过诵经、焚香的学道生活来脱尘出俗。于是,他"仙方小字写,行坐把相随",将全部身心都交与虚无缥缈的神仙境界。

张籍、王建二人到了晚年也都加入服食求仙的行列,这让人不能不深思。固然有社会大气候的影响,但笔者通过仔细阅读,发现张籍、王建二人的这类诗歌大多侧重于描写僧寺道观的幽僻环境和他们的苦行生活。由此推断,长期做冷官,居住僻陋处的诗人与僧人、道士的生活境遇有许多相似之处,虽然诗人与僧道间的宗教信仰不同、思想观点各异,但相似的生活境遇,自然会产生相似的思想情绪,由相似到相知、相交,这可能是张籍、王建二人与僧道多有交往的一个原因。另外,在张、王二人寄赠僧人道士的诗中,经常谈及采药、制药之事。估计贫病交加的诗人,与当时充当医治病者的僧人、道士之间的交往,可以得到一些实际的帮助。的确,那些与诗人交往的僧道,不光在药物上帮助诗人,甚至还赠给诗人藤杖之物,用来扶持诗人因长期患病而变得羸弱的躯体。如张籍的《答僧挂杖》:

灵藤为拄杖，白净色如银。

得自高僧手，将扶病客身。

春游不骑马，夜会亦呈人。

持此归山去，深宜戴角巾。

通过这一斑，可见张籍、王建二人在当时与僧人、道士交往之密切。

第二章 "张籍、王建体"内涵考论

中国文学史上，以两位或两位以上的作家相提并论的现象很多，以唐代诗歌而言，有初唐的"初唐四杰"、"文章四友"、"沈宋"；盛唐的"王孟"、"高岑"、"李杜"；中唐的"大历十才子"、"韩孟"、"元白"、"刘柳"、"张王"；晚唐的"小李杜"、"温韦"、"皮陆"等。这些并称有的是当时就已确定了的称呼，有的是后世学者对其的论定和概括。不管怎样，这些并称在文学史的出现和流传，都是人们对文学史上某种文学现象或作者的揭示、认同及研究的结果。本书所谈到的张籍、王建也正是如此。

第一节 张籍、王建之间的交游及并称的由来

中唐诗人张籍与王建两人并称是在他们生前的事情。当时的著名诗人贾岛是张籍、王建二人的朋友，他们关系甚密，颇为契合，互相推崇。就在贾岛与张籍、王建的赠答唱和诗里，他第一次将他的这两位朋友并称在一起，贾岛的诗作是《酬张籍、王建》：

疏林荒宅古坡前，久住还因太守怜。

  渐老更思深处隐，多闲数得上方眠。
  鼠抛贫屋收田日，雁度寒江拟雪天。
  身是龙钟应是分，水曹芸阁柱来篇。

  在这首诗里，贾岛主要写出了贫苦诗人艰难的生存状态。贾岛没有采用唐人习惯的做法，称呼张籍、王建的行第、官职或郡望等，而是直呼他们的姓名，可见他与张、王二人之间的关系非常亲密，远远超出了一般的朋友关系。据笔者统计，贾岛与张籍之间的唱和诗有七首，与王建的唱和诗四首。

  另外，贾岛将张籍、王建直接并称，也表明了张籍、王建二人之间非常特殊的关系。张、王二人约同生于大历元年（766），同于大和四年（830）去世。德宗贞元二年（786），二人在邢州相识，度过了十年同窗生活，并成为彼此一生中最诚挚的友人之一。张籍在《逢王建有赠》中提到："年状皆齐初有髭，鹊山漳水每追随。使君座下朝听易，处士庭中夜会诗。新作句成相借问，闲求义尽共寻思。经今三十余年事，却说还同昨日时。"可推知张籍、王建不仅同年生，而且青年时期二人曾共同求学，切磋诗句。张籍同王建的交游，可分为两个时期，前一个时期是游学河北时期，时间从贞元二年（786）至贞元十一年（795），同窗十年；后一个时期是在入京铨选后，时间从元和七年（812）岁末至大和二年（828）。

  张籍与王建在河北交游时，张籍至少曾经两次到过王建所居之地——邢州。一次是因求学而至邢州。张籍有《襄国别友》诗，所谓"襄国"，即指邢州。《元和郡县图志》卷十五"邢州"云："秦兼天下，于此置信都县，属钜鹿郡，项羽改曰襄国，盖以赵襄子谥名也。……隋开皇三年，以襄国属洺州。大业三年，改为襄国郡。武德元年，改为邢州。"可知襄国即邢州。张籍诗云"晓色荒城下，相看秋草时"，分别的季节应为秋季。王建亦有一首《送同学故人》诗，诗云："各为四方人,此地同事师。业成有先后,不得长相随。……黄叶堕车前,四散当此时。"分别的季节亦在黄叶纷飞的秋天。张、王二人又有"同事师"的经历,王建《送张籍归江东》诗曾云:"昔岁同讲道,清襟在师傍。出处两相因,如彼衣与裳。行成归此去,离我适咸阳。"一个"此"字,即道出了张、王"同事师"的地点应在邢州。张、王的这次分别应在贞元十年(794),因王建《送张籍归江东》诗接着又云:"失意未还家,马蹄尽四方。访余咏新文,不倦道路长。……回车远归省,旧宅江南厢。……五月天气热,波涛毒于汤。"张籍贞元十年同王建在邢州分别后,即往京师长安,但仕途失意,故自长安东回,于次年五月同王建重会于鹊山。张籍这次西去,是为求仕,但未能遂愿,故其《南归》诗云:"岂知东与西,憔悴竟无成。"

张籍、王建二人鹊山分别又重逢,已是十八年之后的事情。元和七年(812)年底,王建受魏博节度使田弘正之举荐,前往京师铨选。至京,适时张籍为太常寺太祝,二人得以重逢,张籍因有《喜王六同宿》诗。"王六",即王建,其行第为六。诗云"十八年来恨别离",张、王二人自鹊山分别后至元和七年(812)正是十八年,故如是云。

元和九年(814),王建被选为昭应丞后,张籍于元和十二年(817)由国子助教迁为广文博士,王建有《寄广文张博士》诗,诗云"春明门外作卑官",所谓"卑官",即昭应丞。

元和十二年(817)七月前,王建离昭应丞入京,于长安西街赁宅而居,张籍有《赠王建》诗,诗云:"自君去后交游少,东野亡来箧笥贫。赖有白头王建在,眼前犹见咏诗人。""东野"为孟郊字,孟郊卒于元和九年(814)八月,故诗必作于元和九年后。

约于元和十二年(817)岁暮,王建被授为太府寺丞,有《留别张广文》诗赠予张籍,是时张籍仍为广文博士。

长庆元年（821），王建由太府丞转为秘书郎，张籍有《赠王秘书》和《书怀寄王秘书》诗赠王建。

长庆三年（823），王建迁为秘书丞。宝历元年（825），王建以秘书丞、摄将军职，随敬宗南郊祭天，张籍有《贺秘书王丞南郊摄将军职》诗赠予王建。

宝历二年（826）暮春，王建以殿中侍御史外按至洛阳，时张籍正在洛阳，王建因有《洛中张籍新居》诗，而张籍则有《赠王侍御》和《逢王建有赠》诗。

大和元年（827）初春，王建罢殿中侍御史，将家移至长安西南百里原上，有《原上新居》十三首等诗。期间张籍有《寄王六侍御》和《赠王侍御》诗赠予王建。

约于大和元年暮春，王建被授为太常丞，时张籍以主客郎中出使江陵，至蓝溪驿，有《使至蓝溪驿寄太常王丞》诗赠予王建。使回，赠王建藤杖笋鞋，并有《赠太常王建藤杖笋鞋》诗。

大和二年（828），王建出为陕州司马，张籍等友人送之，张籍又有《赠王司马赴陕州》诗为其送行。随后大约在大和四年（830），张、王二人双双故去，故大和二年之别为二人永别。

张籍、王建二人际遇相似，贫苦度日，所任官职不高，再加上年龄相仿，故两人自然成为好友。又因他们在创作理念上相同，而且每逢会面时，论学谈心，同床而眠，所以二人感情匪浅。张籍《登城寄王建》诗回忆与王建友好相聚之乐："十年为道侣，几处共柴扉。"所谓的"道侣"应指在诗歌的创作理念上是志同道合的。而张籍的"道"所指为何呢？应指儒家关怀社会民生疾苦之道。王建《送张籍归江东》提道：

清泉浣尘缁，灵药释昏狂。君诗发大雅，正气回我肠。
复令五彩姿，洁白归天常。昔岁同讲道，青襟在师傍。

出处两相因，如彼衣与裳。行行成归此，离我适咸阳。
失意未还家，马蹄尽四方。访余咏新文，不倦道路长。
僮仆怀昔念，亦如还故乡。相亲惜昼夜，寝息不异床。
犹将在远道，忽忽起思量。黄金未为垒，无以把酒浆。
所念俱贫贱，安得相发扬。回车远归省，旧宅江南厢。
归乡非得意，但贵情义彰。五月天气热，波涛毒于汤。
慎勿多饮酒，药膳愿自强。

"君诗发大雅，正气回我肠。"说明王建相当欣赏张籍诗中的大雅之道，从总体上对其予以褒扬。而"复令五彩姿，洁白归天常"则进一步指出张籍诗歌亦具有辞采之美，而这种辞采之美给人的印象乃是自然纯真。这些都深深地影响了王建的创作。

正因二人的创作意识相同，遂于其乐府诗中表现出来。从张、王乐府中的唱和现象可以观察出二人的创作是相互影响的。所谓"唱和"一词，据白居易《和答诗十首并序》云："继成十章，亦不下三千言。其间所见同者固不能自异，异者亦不能强同。同者谓之和，异者谓之答。"似指立意与对方相同者为和，而立意迥异者则为答。张籍、王建二人在乐府中的唱和诗歌可分为两大类：同题唱和（十一题）及异题唱和（十二组）。关于张、王乐府中的唱和现象本书在后面有专节论述。

除上述二人创作乐府诗之共同趋向外，由张、王交往之诸诗篇亦可看出他们之间深厚的关系。张、王交往诗总共有20首，其中张寄王诗有14首，王寄张有6首。在这些作品中约可分为两类：一是讨论研究诗艺，二是感念深切情谊。从他们的交往诗可看出二人具有共同思想基础，时常切磋诗艺，不觉同床而眠，关系之密切，实耐人寻味。今制一表如下，以清眉目：

张、王交往诗一览

	探讨研究诗艺	感忆深切情谊
王建写给张籍的诗	《送张籍归江东》 访余咏新文， 不倦道路长。	1.《酬张十八病中寄诗》 　见君绸缪思，慰我寂寞情。 2.《洛中张籍新居》 　自君移到无多日，墙上人名满绿苔。 3.《扬州寻张籍不见》 　别后知君在楚城，扬州寺里觅君名。 　西江水阔吴山远，却打船头向北行。 4.《留别张广文》 　谢恩新入凤凰城，乱定相逢眼明。 　千万求方好将息，杏花寒食的同行。 5.《寄广文张博士》 　春明门外作卑官，病友经年不得看。 　莫道长安近于日，升天却易到城难。
张籍写给王建的诗	1.《逢王建有赠》 　使君座下朝听易， 　处士庭中夜会诗。 　新作句成相借问， 　闲求义尽共寻思。 2.《赠别王侍御赴任陕州司马》 　更和诗篇名最出， 　时倾杯酒户常齐。 3.《喜王六同宿》 　十八年来恨别离， 　唯同一宿咏新诗。 　更相借问诗中语， 　共说如今胜旧时。	1.《登城寄王秘书建》 　十年为道侣，几处共柴扉。 2.《寄昭应王中丞》 　独凭藤书案，空悬竹酒钩。 　春风石瓮寺，作意共君游。 3.《使至蓝溪驿寄太常王丞》 　水没荒桥路，鸦啼古驿楼。 　君今在城阙，肯见此中愁。 4.《赠太常王建藤杖笋鞋》 　以此持相赠，君应惬素怀。 5.《赠王秘书》 　自领闲司了无事，得来君处喜相留。 6.《赠王秘书》 　独从书阁归时晚，春水渠边看柳条。 7.《酬秘书王丞见寄》 　相看头白来城阙，却忆漳溪旧往还。 8.《书怀寄王秘书》 　赖君同在京城住，每到花前免独游。 9.《贺秘书王丞南郊摄将军》 　共喜与君逢此日，病中无计得随行。 10.《寄王六侍御》 　洞庭已置新居处，归去安期与作邻。 11.《赠王建》 　白君去后交游少，东野亡来箧笥贫。 　赖有白头王建在，眼前犹见咏诗人。

第二节 "张籍、王建体"内涵考论

一 关于诗体的概念

诗体,一般解释为诗歌的体裁和样式,但在我国古代诗歌批评史上,诗体的含义并不这样简单。最初先有文体的概念,诗是文体的一种,后来,"诗歌"这种文体内部又发展出很多类别,就顺承文体的概念出现了诗体的概念。所以要研究诗体,就要先解释清楚文体的概念。

文体是我国文论中非常重要的概念,文体的概念最早应见于曹丕的《典论·论文》。在《典论·论文》中有专门讨论文体的部分:"夫人善于自见,而文非一体,鲜能备善。""夫文,本同而末异。盖奏议宜雅,述论宜理,铭诔尚实,诗赋欲丽。此四科不同,故能之者偏也;唯通才能备其体。"[1] 曹丕归纳了当时的八种文学体裁,又把这八种文学体裁根据风格的不同分为四类。他从研究作家的才能与文体特征关系出发,特别强调作家个性对文学创作的重要意义。他认为:"文以气为主,气之清浊有体,不可力强而致。譬诸音乐,曲度虽均,节奏同检;至于引气不齐,巧拙有素,虽在父兄,不能以移子弟。"[2] 因为作家的气质不同、文气不同,擅长的文体也就不同。可见,在我国文学刚刚自觉的时代,就形成了体裁—风格—作家的文体观。

西晋时期,陆机的《文赋》也分析了文学体裁的差异:"诗缘情

---

[1] 王运熙、顾易生主编:《中国文学批评史》上册,上海古籍出版社 2002 年版,第 90 页。
[2] 同上书,第 92 页。

而绮靡,赋体物而浏亮。碑披文以相质,诔缠绵而凄怆。铭博约而温润,箴顿挫而清壮。颂优游以彬蔚,论精微而朗畅。奏平彻以闲雅,说炜晔而谲诳。"① 可以看出,《文赋》的分类比《典论·论文》更详细,还对诗和赋的体裁性质作了区分。更值得注意的是,陆机对文体性质的研究,不仅仅停留在体裁和风格的对应上,而且探索创作过程中的心理活动,用陆机自己的话来说,就是"余每观才士之所作,窃有以得其用心"。以"诗缘情而绮靡,赋体物而浏亮"为例,这两句的意思是说诗是用来表现人的情感的,所以要体会这些情感,用精妙的语言表达出来;赋是用来描写事物的面貌的,所以要体察这些事物,用清楚明朗的语言表现出来。这里涉及的有体裁的功用、把握和处理素材、选择恰当的语体等一系列创作过程中的艺术活动。

与陆机同时的挚虞从文体的产生和用途方面考虑,他在《文章流别志论》中云:"文章者,所以宣上下之象,明人伦之叙,穷理尽性,以究万物之宜者也。王泽流而诗作,成功臻而颂兴,德勋立而铭著,嘉美终而诔集。"② 很明显,它是从儒家传统思想出发,强调文章的人伦、王泽一类的教化作用。《文章流别志论》论述到的文体有颂、赋、诗、七、箴、诔、哀辞、哀策、对问、碑铭诸类,其中论述各体文章,除说明其性质和起源之外,很注意各体文章的发展变化。

到了刘勰的时候,已经形成了非常系统周密的文体论。他的《文心雕龙》共五十篇,其中第六篇至第二十五篇以体裁为中心,分别论述了骚、乐府、赋、颂、赞、祝、盟等三十三类文体,并对主要文体都做到"原始以表末,释名以章义,选文以定篇,敷理以举统"③,就是描述文体产生和流变的历史,解释名称的由来和含义,评论各体的

---

① 王运熙、顾易生主编:《中国文学批评史》上册,上海古籍出版社2002年版,第102页。
② 同上书,第110页。
③ 同上书,第147页。

代表作品,并且探讨各自的文体特性和规范。《文心雕龙·体性篇》也谈到文体:"若总其归途,则数穷八体:一曰典雅,二曰远奥,三曰精约,四曰显附,五曰繁缛,六曰壮丽,七曰新奇,八曰轻靡。……"① 此处的体显然指的是文学风格,它由作家个体的"才、气、学、习"决定,而不是体裁决定的。

由以上论述可以看出,文体的"体",最常用的含义有二:一种含义是文学的体裁,另一种含义是指文学作品呈现的风格。二者有一定的联系,但不是对等的,同一种体裁可以在不同的时代和不同的作家手中形成不同的风格,而同一种风格也可以在不同的体裁中表现出来,体裁是文学形式方面的规定性,风格主要是文学作品完成以后表现出的整体风貌。在给某种体裁赋予某种风格的过程中,隐含的是作家的个性和文学观念,甚至是时代的风尚。

随着诗歌的发展,这种文体内部又分化出多种体制,"体"的概念也被引入诗歌的研究中。挚虞《文章流别志论》有一段论到诗的体制,"古诗率以四言为体",可以看出诗歌体制首先从句式,即每句的字数来分的。钟嵘《诗品》是我国第一部诗歌专论,其中多次出现诗"体"的概念,因为它是以当时盛行的五言诗为研究对象,所以"体"的分类基本上不是指体裁,而是接近于上文分析的更广泛的"体"的含义。例如,"孙绰、许询、桓、庾诸公诗,皆平典似《道德论》,建安风力尽矣。先是郭景纯用俊上之才,变创其体"②;卷上"古诗"条,"其体源出于《国风》";卷上"魏陈思王植"条,"情兼雅怨,体被文质";卷中"齐光禄江淹"条,"文通诗体总杂,善于摹拟"。

---

① 王运熙、顾易生主编:《中国文学批评史》上册,上海古籍出版社 2002 年版,第167页。

② 同上书,第200页。

到了初盛唐时期，人们提到诗体有时指体裁，有时指风格，更多的是指在写作过程中对语体的创造。虽然我们现在所说的诗体五古、七古、五律、七律、五绝、七绝的分化在八世纪初已基本完成，但是当时这些名称并不存在。当时提到的体裁名称多是前代早已形成的，如，李世民有《两仪殿赋柏梁体》、卢照邻有《狱中学骚体》、李白有《代寄情楚词体》、岑参有《夜过盘石隔河望永乐寄闺中效齐梁体》，等等。这些都是唐人效仿前人的形式而写的诗，都是侧重形式体制的。但是，更多的情况是指诗歌的体貌和风格，如：李世民有《秋日效庾信体》、崔知贤等共作有《上元夜效小庾体》、徐晶有《阮公体》、崔颢有《结定襄狱效陶体》，等等。其他如宋之问《范阳王挽词二首》中有："公才掩诸良，文体变当时。"王维《别綦毋潜》中有："盛得江左风，弥工建安体。"苑咸《酬王维》中有："为文已变当时体，入用还推间气贤。"以上各例中，唐太宗、崔知贤、徐晶和崔颢学习庾信、阮籍、陶潜的肯定不是体裁，而是他们诗歌的语言、修辞、布局、意象等技巧要素。王维称赞綦毋潜"工建安体"和"得江左风"相对，也应该是语体、风格的意思。

由以上论述可以看出，我国古代的文体、诗体有多种含义，虽然复杂但是并不混乱，因为这些含义是互相联系的。

二 "张籍、王建体"内涵考论

严羽在《沧浪诗话·诗体》"以人而论"中特别拈出"张籍、王建体"[①]。能在严羽所标举的唐人诗体的二十四体中占得一体是非常不易的一件事，而且严羽能把其与沈宋、陈拾遗、王杨卢骆、张曲江、少陵、

---

① （清）何文焕：《历代诗话》下册，中华书局2004年版，第689页。

太白、高达夫、孟浩然、岑嘉州、王右丞、韦苏州、韩昌黎、柳子厚、李长吉、李商隐、白乐天、元白、杜牧、贾浪仙、孟东野等一流诗人、名家相提并论,显然,其必有高出其他众多诗人的卓异之处,且对诗歌的发展做出了自己特殊的不可磨灭的历史贡献,否则是很难获得这一殊荣的。严羽又云:"大历后,刘梦得之绝句,张籍、王建之乐府,我所深取耳。"①可见,严羽所谓的"张籍、王建体"是以张籍、王建二人在乐府诗创作方面所表现出的共性特点和所取得的成就为出发点的。

张籍、王建并称,最基本、最重要的原因,是他们二人在当时大量地创作乐府诗并取得了一定的影响,所以被后人并称为"张王乐府"。这也是"张籍、王建体"的内涵之一。

"张王乐府"之称首见于高棅《唐诗品汇·总叙》:"张王乐府,得其故实;元白序事,务在分明。"明确指出了张籍、王建乐府诗写实性的特点。

评论界最早是把张籍、王建、元稹、白居易四人放到一起评论的,南宋张戒《岁寒堂诗话》卷上云:

> 元白张籍、王建乐府,专以道得人心中事为工,然其词浅近,其气卑弱。②

这一评论有几个要点:第一,元、白、张、王之所以被放在一起评论,是因为他们都在乐府诗创作上取得了较大的成就。第二,既要道得人心中"事",可见诗歌中的重要部分是叙事,所以叙事性比较强就成为他们乐府诗创作的特点。以道得人心中事为"工",所谓"工",就是要讲得清、讲得明、讲得有意义,就是要讲得详尽、明白。要道得"人"心中事,就是要为他人代言,因而,透露出代言体

---

① (清)何文焕:《历代诗话》下册,中华书局2004年版,第697页。
② 丁福保:《历代诗话续编》上册,中华书局2006年版,第450页。

的写作手法。第三,其词浅近,是指诗歌语言浅显近俗,如果说"词浅近",还可说语气比较客观,那么"其气卑弱"的贬抑语气便十分明显了。我们暂且不论张戒对张、王、元、白四人的评论是否客观,但是张戒确是精准地抓住了他们四人乐府诗创作上的共性特点,后之论者大都无法跨越张戒的论语。

还有如北宋后期的魏泰在《临汉隐居诗话》中谈道:

> 诗者述事以寄情,事贵详,情贵隐,及乎感会于心,则情见于词,此所以入人深也。如将盛气直述,更无余味,则感人也浅,乌能使其不知手舞足蹈;又况厚人伦,美教化,动天地,感鬼神乎?"桑之落矣,其黄而陨。""瞻乌爱止,于谁之屋。"其言止于乌与桑尔,及缘事以审情,则不知涕之无从也。"采薜荔兮水中,搴芙蓉兮木末","沅有芷兮澧有兰,思公子兮未敢言","我所思兮在桂林,欲往从之湘水深"之类,皆得诗人之意。至于魏晋南北朝乐府,虽未极淳,而亦能隐约意思,有足吟味之者。唐人亦多为乐府,若张籍、王建、元稹、白居易以此得名。其述情叙怨,委曲周详,言尽意尽,更无余味。及其末也,或是诙谐,便使人发笑,此曾不足以宣讽。诉之情况,欲使闻者感动而自戒乎?甚者或谲怪,或俚俗,所谓恶诗也,亦何足道哉!
>
> 张籍、王建诗格极相似……①

从上面所引述的材料可以看出三层含义:第一,魏泰认为诗歌的主要功用是"述事以寄情",而且要做到"事详""情隐",这样才能达到"入人深也"的效果,一方面从感官上让人"手舞足蹈";另一

---

① (清)何文焕:《历代诗话》上册,中华书局2004年版,第322页。

方面达到"厚人伦，美教化，动天地，感鬼神"更高层次的目的。第二，依照魏泰的诗歌主张，他认为相对于魏晋南北朝乐府，张籍、王建、元稹、白居易的乐府诗歌"述情叙怨，委曲周详，言尽意尽，更无余味"，"不足以宣讽"，不能使"闻者感动而自戒"。可以说他的批评是非常不客气的。"甚者或谲怪，或俚俗，所谓恶诗也，亦何足道哉！"这个批评是否恰当我们暂且置而不论，但是从另外一个方面反映了诗人们诗歌创作叙事性强的特点。第三，魏泰又提到非常重要的一点，"张籍、王建诗格极相似"，指出了张籍、王建二人诗歌创作上有非常相似的地方。

值得注意的还有王安石的评价，其《题张司业集》曰：

> 苏州司业诗名老，乐府皆言妙入神。
> 看似寻常最奇崛，成如容易却艰辛。①

王安石此诗有以下几个要点：第一，张籍的诗作中，以乐府诗的艺术成就最高，堪称精妙入神；第二，他的乐府诗看起来都极为平常浅易，言语寻常无奇；第三，表面寻常，实际的立意和构思却是新奇峭拔，开人眼目；第四，看起来平易的外表让人觉得根本没有经过什么雕琢，实际上仍是诗人呕心沥血、苦心推敲的结果，只是诗人的笔力巧夺天工，能够不露斧凿之痕。这几个要点，基本上涵盖了后代论张籍诗的几个角度：乐府诗，寻常言语，奇崛立意，锤炼无痕，来往于韩孟诗派与元白诗派之间，受双方影响而基本面貌与元白诗派一致。王安石的这首诗，可谓深解张籍的诗歌艺术，是研究者所乐于征引的名作。

通过以上的分析，我们会发现诗评家们大都谈论的是张籍、王建

---

① 李壁注，李之亮补笺：《王荆公诗注补笺》，巴蜀书社2002年版，第867页。

乐府诗创作上的成就及特色。实际上，除了乐府诗外，在张籍、王建二人的诗集中保存了更多数量的近体诗。在对张籍、王建诗歌的全面考察中，发现不仅张、王二人的乐府诗呈现出共性的特点，张籍、王建在近体诗创作上也呈现出平易浅近、尚实尚俗的共性特点，在中晚唐亦自成一家。所以，著者认为"张籍、王建体"的另一层含义应是指他们在近体诗创作实践中呈现出来的成就及特点。前人对张籍、王建近体诗议论最多、评价最高的当属晚清李怀民，他在《重订中晚唐诗主客图》中对张籍、王建的律诗大力延誉：

> 怀民按：世之称仲初者但知其七言古与宫词耳，即张王并称亦止于乐府。若五七律则概不相许，至谓司马律不能工，或病其俗。噫嘻，世所谓不俗者吾知之矣。错彩镂金、娇饰补假以要博大精深之誉，至与言苦心体物，刻发难显，其实不能耐心一思也。顾惟纵其情不以为礼防者为俗耳。俗情入诗，直寻天秒，固是风雅之本。世惟认错俗字。并雅亦失之。而所谓不俗者乃真俗矣。按仲初律诗实与司业合调，第司业妙于清丽，司马偏于质厚，不能微分，不似朱庆余之句句追步。至其字清意远，工于匠物，则殊途同归也。

李怀民指出：第一，历来人们只知张、王并称"止于乐府"，而对其"五七律则概不相许"。有人认为他们的律诗"不能工"，有"俗"的弊病。诚然，细察张、王二人的律诗，确有"律不能工"的缺陷，然而，说"俗"是张籍、王建律诗的弊病，则不敢苟同。著者恰恰认为"俗"正是张籍、王建近体诗的一个重要特点。第二，值得注意的还有，李怀民指出尽管张籍、王建二人律诗在风格上稍有差异，张籍"妙于清丽"，王建"偏于质厚"，但"仲初律诗实与司业合调"，他认为这两个人的律诗"不能微分"。这的确是精确概括了张、王二人律诗的特点。

所以，除了二人在乐府诗创作上的突出成就之外，张籍、王建之所以并称，以及"张籍、王建体"的另一层内涵，就是他们在近体诗创作实践中表现出来的共性、成就。

中编 "张籍、王建体"的基本内涵:"张王乐府"创作

第三章　张籍、王建的乐府诗创作（上）

第一节　唐人关于乐府的几个概念

一　乐府

乐府原是朝廷音乐机构的名称，后来也用以指乐府演唱的歌词，自汉代以后这两个含义一直被人沿用。汉代以后虽然不再有"乐府"这样的官署，但人们也经常以"乐府"一词来代指朝廷设置的音乐机构。同时，这些音乐机构演唱的歌、诗也常常被人称作乐府。那么到唐代，人们所说的"乐府"是否继续沿用这两个含义？显然，这一问题非常重要，因为宋代乐府的含义有了一个大幅的扩张，与朝廷无关的歌词也被称为乐府。所以，首先要明确唐人所说的"乐府"含义。

经过考察发现，唐人所说的乐府仍然延续以往的含义，并没有扩大。首先，唐人所说的乐府仍然泛指宫廷音乐机构。唐代朝廷音乐机构不再以乐府命名，但唐人仍然习惯以乐府来代指这些机构。

唐杜佑《通典》卷143《乐三·十二》律：

大唐高祖受禅后，军国多务，未遑改创，乐府尚用隋氏旧文至武德九年正月，始命太常少卿祖孝孙考正雅乐，至贞观二年六月乐成，奏之。①

宋王溥《唐会要》卷33《雅乐下·诸乐》"显庆二年"条：

自宋玉以来，迄今千祀，未有能歌《白雪》曲者。臣令准敕，依仿琴中旧曲，定其宫商，然后教习，并合于歌。辄以御制《雪诗》，为《白雪》歌词。又按古今乐府，奏正曲之后，皆别有声，君倡臣和，事彰前史。辄取侍中许敬宗等奉和《雪诗》十六首，以为送声，各十六节。上善之，仍付太常，编于乐府。②

上述文献中提到的"乐府"一词，都是代指太常寺。在当时不仅是太常寺，梨园、教坊与朝廷有关的音乐机构，也被称作乐府。如《旧唐书》云："玄宗度曲，欲造乐府新词，亟召白，白已卧于酒肆矣。召入，以水洒面，即令秉笔，顷之成十余章，帝颇嘉之。"③唐李濬《松窗杂录》记载李白作《清平调》三首，李龟年率梨园弟子演奏事"上乘月夜召太真妃以步辇从，召梨园弟子中尤者，得乐十六色"④。从这两处记载可知，玄宗造"乐府新词"的乐府就不是指太常寺，应该是指梨园了。

由以上分析可以得知，在唐代，乐府虽然不是朝廷某一个音乐官署的名称，但是人们仍然习惯沿用这一名称来指当时朝廷所有的音乐机构。

其次，乐府作为一种诗体总是与宫廷有关。乐府诗的含义，到宋

---

① （唐）杜佑：《通典》卷143，中华书局1995年版，第2654页。
② （宋）王溥：《唐会要》第33卷，中华书局1965年版，第615页。
③ 《旧唐书》卷142下，中华书局1975年版，第5053页。
④ 丁如明等校点：《唐五代笔记小说大观》，上海古籍出版社2000年版，第1213页。

代以后逐渐扩大,已经用来泛指一切入乐的歌诗。但是唐代乐府的含义并没有扩大,无论在产生的途径上,还是在歌咏的对象和内容上,总是和朝廷密不可分。如杜佑《通典》卷145《乐五》"杂歌曲"条云:

> 大唐显庆二年……以《御制雪诗》为《白雪歌辞》。又乐府奏正曲之后,皆有送声,君唱臣和,事彰前史。辄取侍中许敬宗等奏和雪诗十六首,以为送声,各十六节。上善之,仍付太常,编于乐府。①

由上可知,在唐代,将皇帝亲制的或君臣唱和的歌辞交付给乐府演奏歌唱,基本已经形成了一个惯例。

再看唐人诗中提到的"乐府":

> 可怜一曲传乐府,能使千秋伤绮罗。②
> 帝歌流乐府,溪谷也增荣。③
> 朝来乐府长歌曲,唱着君王自作词。④
> 便将《何满》为曲名,御谱亲题乐府幕。⑤
> 愿播内乐府,时得闻至尊。⑥

---

① (唐)杜佑:《通典》卷145,中华书局1995年版,第3720页。
② (唐)刘长卿:《相和歌辞·王昭君》,《全唐诗》卷151,中华书局1960年版,第1579页。
③ (唐)张说:《奉和圣制幸凤汤泉应制》,《全唐诗》卷88,中华书局1960年版,第965页。
④ (唐)刘禹锡:《魏宫词二首》,瞿蜕园《刘禹锡集笺证》卷26,上海古籍出版社1989年版,第821页。
⑤ (唐)元稹:《何满子歌》,冀勤校点《元稹集》卷26,中华书局1982年版,第309页。
⑥ (唐)白居易:《读张籍古乐府》,朱金城《白居易集笺校》卷1,上海古籍出版社1988年版,第5页。

> 郊庙登歌赞君美，乐府艳词悦君意。①
> 昨日天风吹乐府，六宫丝管一时新。②

可以看出，以上诗中涉及的"乐府"都有一个非常显著的特点，即基本上都与帝王或宫廷有关。

总而言之，"乐府"一词在唐代，或是指与宫廷有关的音乐机构，或是指这些机构演唱的歌词，所描述的大多离不开宫廷内外的活动，前人所谓的乐府含义，到唐代没有扩大。

二 新乐府、新题乐府

另外，在唐代还出现了新乐府、新题乐府的概念。唐人使用"新乐府"一词的有白居易和马逢两人。白居易有《新乐府五十首》，主要是批评现实的政治讽喻诗。《全唐诗》收录马逢《新乐府》一首："温谷春生至，宸游近甸荣。云随天上转，风入御筵轻。翠盖浮佳气，朱楼依太清。朝臣冠剑退，宫女管弦迎。"③ 从马逢《新乐府》内容上看，他的新乐府概念，是指用于宫廷娱乐场合演唱的新歌。据此我们可以得知，唐代新乐府的内容至少包括以上讽喻和娱乐两类。

新题乐府的概念始见于中唐李绅、元稹、白居易等人的著述。明胡震亨在《唐音癸签》卷1中非常恰切地概括"新题者，古乐府所无，唐人新制为乐府题者"④。可见新题乐府或者乐府新题的概念是相对古题乐府而言。如元稹《和李校书新题乐府十二首并序》：

---

① （唐）白居易：《采诗官——监前王乱亡之由也》，朱金城《白居易集笺校》卷65，上海古籍出版社1988年版，第3550—3551页。
② （唐）章孝标：《赠陆粤浙西进诗除官》，《全唐诗》卷506，中华书局1960年版，第6751页。
③ （唐）马逢：《全唐诗》卷772，中华书局1960年版，第8761页。
④ （明）胡震亨：《唐音癸签》第1卷，上海古籍出版社1981年版，第2页。

中编 "张籍、王建体"的基本内涵："张王乐府"创作

> 予友李公垂贶予乐府新题二十首，雅有所谓，不虚为文。予取其病时之尤急者，列而和之，盖十二而已。①

又《叙诗寄乐天书》中云：

> 词实乐流，而止于模象物色者，为新题乐府。②

白居易在《与元九书》一文中说：

> 自武德至元和，因事立题，题为新乐府。③

元白等人都是强调题目上与古乐府的不同。白居易虽然没有使用"新题"一词，但话说得非常明确，"因事立题，题为新乐府"，等于说新题。

仔细分析上述材料，可以看出，元白对新乐府的表述也还是有着细微差别的。如元稹《和李校书新题乐府十二首》云"李公垂贶予乐府新题二十首，雅有所谓，不虚为文"，可知他最初的标准只是侧重于新题和内容。而从他后来《叙诗寄乐天书》中所说的"词实乐流，而止于模象物色"，侧重的又为内容和音乐性，二者所谓的"内容"也是前后不同，他先作的和李绅的新乐府，从内容上看完全是讽谏性质的，与他后来所说的"模象物色"的标准又显然是不尽吻合的。

"新题乐府"这一提法很有表现力。后世所谓新乐府，往往就是指这些新题乐府。如明胡应麟言"李绅作新乐府二十章"④。清冯班在《钝吟杂录·论乐府与钱颐仲》论"乐府与钱颐仲"中又说乐府"或直赋题事，及杜甫、元、白新乐府是也"⑤。然而，也必须看到，唐人

---

① 冀勤校点：《元稹集》第24卷，中华书局1982年版，第277页。
② 冀勤校点：《元稹集》第30卷，中华书局1982年版，第351页。
③ 朱金城：《白居易集笺校》第45卷，上海古籍出版社1988年版，第2789页。
④ （明）胡应麟：《诗薮》内编卷3，上海古籍出版社1958年版，第53页。
⑤ （清）何文焕：《历代诗话》，中华书局1981年版，第40页。

直接使用"新题乐府"来标明自己乐府歌诗题目的情况并不多见,仅见于李绅、元稹、白居易等少数人而已。

三 古乐府

唐人作新乐府,也作古乐府。所以"古乐府"是一个相对的概念,是相对于新乐府而言的。通常意义上,把汉、魏、两晋南北朝的乐府称为"古乐府",也就是《乐府诗集》近代曲辞以前的作品。同时,后人模仿其体制的作品,也称"古乐府"。"古题乐府"是相对于"新题乐府"而言的,元稹有《和刘猛古题乐府十首》《和李余古题乐府九首》。"旧题乐府"是"古题乐府"另外的一种说法,与"古题乐府"同义。对于古乐府与新乐府之间的联系和区别,元稹在《乐府古题序》中有一个说明:

> 近代唯诗人杜甫《悲陈陶》《哀江头》《兵车》《丽人》等,凡所歌行,率皆即事名篇,无复倚傍,予少时与友人乐天、李公垂辈,谓是为当,遂不复拟赋古题。[1]

在唐代,古乐府仍然具有旺盛的生命力。文人们作拟古乐府,变化出新,使乐府古题得以保存并不断地繁衍下去。

第二节 初盛唐时期乐府诗的创作概况

初盛唐乐府是六朝乐府向唐乐府转变的关键时期。初盛唐文人一方面继承前代乐府诗丰富的艺术养料,另一方面又力求新变,在继承与变革中获得生机。

---

[1] 冀勤校点:《元稹集》第23卷,中华书局1982年版,第254页。

一 恢复汉魏乐府古意，抒怀言志

据郭茂倩《乐府诗集》所录，初盛唐诗人创作的全部乐府诗计 450 首左右（《郊庙歌辞》和《燕射歌辞》不计在内），除去《近代曲辞》和《新乐府辞》，所拟汉魏六朝乐府古题就达 400 首左右。沿用乐府旧题来创作乐府，是初盛唐乐府的重要特点。初盛唐人的拟古乐府，在思想内容方面极力追步汉魏乐府，恢复古意，但又能在一定程度上出新，借古题来抒怀言志。

（一）内容围绕古辞题旨

初盛唐人创作拟古乐府，实际是以继承汉魏的古题为主，并且在内容上也多围绕古辞、古题展开。初盛唐诗人所沿用的乐府古题中，数量最多的是相和歌辞和杂曲歌辞。这两类曲辞主要是汉至魏晋间的古题，再加上横吹和鼓吹曲辞等，汉魏乐府古题的比重最大。从曹魏时期开始，围绕着乐府题与义之间的关系，各个时期的拟古乐府不尽相同。如《陇头水》是汉横吹曲，古辞已佚，南朝文人拟作都为征人苦于军旅、思念家乡之意，如"徒伤悲咽响，不见东西流。无期从此别，更度几年幽。"（江总《陇头水》）卢照邻在他的拟作中将这种感情表现得更加悲慨苍凉"陇坂高无极，征人一望乡！关河别去水，沙塞断归肠。马系千年树，旌悬九月霜。从来共呜咽，皆是为勤王"。古辞《长歌行》是说芳华不久，应当及时努力，以免生"少壮不努力，老大徒伤悲"之恨。魏明帝借此题来抒吐内心的积郁，类似阮籍诗"夜中不能寐"之情，其旨意异于古辞。晋陆机的同题乐府则表达了岁月易逝、功名难成的感慨，最后点出"追及岁未暮，长歌乘我闲"的题旨，比古辞多一层用意，之后南朝文人更多地从题面生发，围绕古题本身所蕴涵的内容指向创作。李白的拟作似乎是在融合前人之意,首句借鉴古辞的表述方式,中间"功名不早著,竹帛将何宣"几句化用陆机诗,末几句"畏落日月后,强欢歌与酒。秋霜不惜人,倏忽侵蒲柳",又有南朝人岁月易逝、不如及时饮酒纵乐之意。又如古辞《相逢行》写兄弟三人同为高官,门庭荣耀,南朝谢惠连同题乐府诗则讲与赏心人相逢,与之倾吐怀抱。崔颢拟作未离古辞本意,只是改为以一女子口吻炫耀家世的显赫,"使君何假问,夫婿大长秋。女弟新承宠,诸兄近拜侯"。对于魏晋后出现的乐府古题,初盛唐人拟作时也尽量不脱离原意。如《铜雀妓》,据说魏武帝死后,歌妓常在铜雀台为歌舞,以寄哀思,后人悲其意而作此题,王勃、沈佺期和高适在拟作此题时,都围绕原作的本意而展开。

从内容上讲,初盛唐乐府有追慕汉魏乐府的倾向,但与中唐相比,汉魏乐府的重要特征——现实主义精神并没有得到充分发扬。汉魏人用乐府的形式表现现实生活、时事政治,从中我们可以窥探到当时的人情世故、世事变迁,而初盛唐乐府中只有部分作品体现出这种现实性。如汉横吹曲《紫骝马》表现征人从军久戍、年老始归的悲凄之情。南朝文人拟作该题时多夸饰马的装饰华美,描绘少年骋马、佳人念客的情形。卢照邻的拟作去掉了南朝的脂粉气,多了一丝劲健之气,"骝马照金鞍,转战入皋兰。塞门风稍急,长城水正寒",反映边塞战争,语言简劲。古题《丁都护歌》,据传南朝徐逵之被杀后,其妻向丁都护询问此事时,每发问一句,便叹息地叫一声"丁都护",后人依声制曲,定名《丁都护歌》。李白在拟作中超越了原意,讲述朝廷显贵、豪门富户以太湖石修城筑殿,纤夫辛苦劳作拖船运石的情形:

云阳上征去,两岸饶商贾。吴牛喘月时,拖船一何苦!水浊不可饮,壶浆半成土。一唱《都护歌》,心摧泪如雨。万人凿盘石,无由达江浒。君看石芒砀,掩泪悲千古。

巨富商贾舒适安逸，而纤夫们头顶烈日，身载重负，只能以"浊水"解渴。纤夫们唱出的号子凄惨悲哀，为了满足统治者骄奢淫逸的生活，他们将无休止地拖运下去，诗人为劳动人民唱出了一首千古悲歌。如王昌龄《从军行七首》《出塞二首》虽沿用了乐府旧题，但所反映的内容又紧密联系盛唐边塞战争现实，如"青海长云暗雪山，孤城遥望玉门关。黄沙百战穿金甲，不破楼兰终不还"（《从军行七首》其四），诗中始终交织着报国与思乡两种情感，格调高昂，一改前代同类题材的哀怨忧伤。再如"秦时明月汉时关，万里长征人未还。但使龙城飞将在，不教胡马度阴山"（《出塞二首》其一），诗人从秦月汉关落笔，跨越千年，不仅写出了对历史的沉思，还隐含着对当时边患未能消除的忧虑。再如高适拟作《燕歌行》，突破了传统的"闺怨"题材，反映唐开元时期北部边庭的军旅生活，从中我们可以领略到盛唐男儿建功边塞的豪迈风采，并对边塞将帅骄奢淫逸、不恤士卒的问题有所认识。

初盛唐乐府多数袭用古辞的题意，但部分作品表现出一定的现实倾向，一方面是由于古题、古辞本身具有现实色彩，容易折射到拟作上；另一方面也是作者结合现实有意为之，如《从军行》《关山月》《出塞》等古题，历代拟作都不离征夫愁、戍妇怨和军旅艰辛的意思，唐人也如此，但唐人又能赋予其积极的现实意义。初盛唐乐府最主要的贡献既在其成熟、精湛的艺术表现上，也在内容的开拓上。

总之，初盛唐拟古乐府不同于曹操父子的全创新辞，也异于南朝文人拟作与古辞若即若离的关系，而是多从古辞的本意生发，每篇作品都在不同程度上投射出古辞的影子。

（二）借古题书怀言志

文人借乐府古题抒怀由来已久，魏人以旧曲作新辞，多出于己怀，曹操父子是这方面的开拓者。梁陈以后，文人拟乐府多缺乏真性情,这种借乐府古题来言志的传统渐渐衰微。初盛唐文人再次将乐府与抒怀言志连接起来,增加了作品的抒情意味,相较汉乐府而言,叙事减少,揉进了更多的抒情、议论成分。

初盛唐部分乐府诗中体现了创作者强烈的情感体验,这类作品虽然不多,但是最能体现作家的创作个性和精神风貌,艺术感染力极强。如卢照邻的《行路难》由渭桥边枯木横搓而触发思绪,诗人想象昔日的古木必定是姹紫嫣红,游人不绝,如今却是枯萎憔悴,无人问津,"一朝零落无人问,万古摧残君讵知?人生贵贱无终始,倐忽须臾难久恃"。作者的目光不再局限于个人情怀,而是转向对历史人生的思索:"谁家能驻西山日?谁家能堰东流水?汉家陵树满秦川,行来行去尽哀怜。自昔公卿二千石,咸拟荣华一万年。不见朱唇将白貌,惟闻素棘与黄泉。"议论中夹杂着强烈的感情,将世事无常与生命短促的感慨表现得淋漓尽致。又如《白头吟》是刘希夷的代表作,题又作《代悲白头翁》,作者以花喻人,将花开花落与人的年轻、衰老对照描写,由"今年花落颜色改"得出"明年花开复谁在"的人生慨叹,时光易逝,转眼头白,富贵不能永在,色衰不可逃避。"古人无复洛城东,今人还对落花风。年年岁岁花相似,岁岁年年人不同。"花相似,人不同,流露出作者内心深切的悲哀。还有,如诗人李白抱用世之才而不遇,心情郁闷,《将进酒》是他借酒悲歌、直抒胸臆之作。"君不见,黄河之水天上来,奔流到海不复回!君不见,高堂明镜悲白发,朝如青丝暮成雪!人生得意须尽欢,莫使金樽空对月。"人生易老天难老,面对短暂的生命,似乎只有以醉酒为乐了,然而作者壮心不泯,"天生我材必有用,千金散尽还复来",显示出无比的自信。"钟鼓馔玉不足贵,但愿长醉不复醒。古来圣贤皆寂寞,唯有饮者留其名。"作者叹世道不公,有志难展,索性借酒以消愁,整首诗流露出作者复杂的心情。李白在这类乐府诗中，抒发理想与现实的强烈碰撞而激发的愤感，以及"天生我材必有用"的自信，磊磊落落，豪迈不羁。李白的拟古乐府即使与古辞题意、格调非常相似，也总潜藏着一种个人气质，有一种表现自我的冲动在内，抒情主人公的形象跃然纸上。又如高适五十岁以前在政治上一直失意，对有才之士遭遗弃和埋没的现象，诗人特别愤慨"君不见富家翁，昔时贫贱谁比数？一朝金多结豪贵，万事胜人健如虎……东邻少年安所如，席门穷巷出无车。有才不肯学干谒，何用年年空读书！"（《行路难》其一）作者把因钱而得势的"富家翁"与有才学而"席门穷巷"的少年书生作对比，说明才子不遇的原因在于家贫无人引荐。在《行路难》其二中，诗人将长安世家子弟与穷书生作对比，表明不同的遭遇是由各自的出身造成的。"安知憔悴读书者，暮宿虚台私自怜。"这里有诗人切身的体验，作者借古题自伤落拓不遇的遭际，抒发沦落失志的感慨。古辞的意象、意蕴激发了诗人的某种情感，产生共鸣，诗人要借乐府古题的形式承载个人情怀。因为依托古辞，诗人的情感更显厚重，同时诗人新的思想感情融入古题，又使古题重新焕发光彩。

沿用乐府古题进行创作是初盛唐乐府诗的一大特色，所借用的古题和作品的数量都十分可观，取材宽广，内容丰富。在这些乐府诗中，初盛唐诗人多沿用古乐府的本意，但在因袭中又有所革新，利用这种较为自由的诗体来表现其审美情趣和人格理想，体现出一定的时代气息。

二 重现革新汉魏乐府的艺术形式

民间歌谣在口头流传中，相互传唱、模仿，渐渐形成自己独特的语言风貌、表述方式，它的艺术风格的形成是自发的过程，文人创作乐府诗则是在自觉地、有意地模仿民歌。然而乐府诗毕竟是来自民间的歌谣，无论文人怎样模拟、仿作，都是以文人的视点来解构、重建，不可能完全恢复它的本色，况且对于整个文学史的发展而言，这种偏离又是非常必要的。初盛唐人虽然唱不出原汁原味的汉乐府，但在艺术形式上，他们主要还是通过继承汉魏乐府的语言艺术和表现手法来重现古乐府的艺术魅力，同时又有所革新，以葆其生生不息。

（一）杂言诗涌现

杂言体是汉乐府的特征之一，但在汉以后至南北朝，杂言体在文人拟乐府中很少出现，文人多采用当时流行的诗体来创作乐府。魏晋多五言乐府，如曹操的《薤露》变古辞的杂言为整齐的五言，曹丕的《善哉行》也变古辞的四言为五言。这一做法被南朝文人推向极致，他们以当时日渐成熟的声律格式来拟作乐府，观其拟汉杂言乐府《铙歌》，几乎都是五言八句的体式。直到初盛唐，拟乐府才恢复到自由、流动的杂言体，出现了大量的杂言乐府诗，如：

> 秋夜长，殊未央，月明白露澄清光，层城绮阁遥相望。遥相望，川无梁。北风受节南雁翔，崇兰委质时菊芳。鸣环曳履出长廊，为君秋夜捣衣裳，纤罗对凤凰，丹绮双鸳鸯，调砧乱杵思自伤。
> （王勃《秋夜长》）

> 岁七月，火伏而金生。客有鼓瑟于门者，奏霹雳之商声。始戛羽以骖骖，终扣官而砰駖。电耀耀兮龙跃，雷阗阗兮雨冥。气鸣唅以会雅，态欻歙以横生。有如驱千旗，制五兵，截荒虺，斫长鲸。孰与广陵比，意别鹤侔精而已。俾我雄子魄动，毅夫发立，怀恩不浅，武义双辑。视胡若芥，翦羯如拾。岂徒忾慷中筵，备群娱之禽习哉。
> （沈佺期《霹雳引》）

王勃的《秋夜长》写秋夜思妇怀念征夫，内心有怨恨、烦乱、悲哀，诗人运用杂言的形式将人物内心的幽怨自然婉转地传达出来。沈佺期的《霹雳引》表现的是雷电的奇丽景象，三言、六言、七言杂用，参差错落，与雷鸣电耀的景象正相协调，再加上作者丰富的想象，更给人一种惊心动魄的感觉。其他如王勃的《临高台》《江南弄》，卢照邻的《行路难》，李白的《将进酒》《天马歌》《有所思》《君马黄》，刘方平的《宛转歌》，都沿用了古辞的杂言体。有时古辞为齐言体，初盛唐人也会以杂言的形式来拟作，如梁简文帝的《霹雳引》本为五言体，沈佺期变为杂言；古辞《上留田行》《公无渡河》《梁甫吟》《独漉篇》《白鸠辞》本为四言或五言，李白的拟作全部变成杂言体。

　　值得注意的是，初盛唐时诗歌的格律理论已十分完善，五、七言近体诗的艺术成就逐渐达到了炉火纯青的程度，在这样的背景下，初盛唐诗人创作杂言乐府诗的意义绝不同于汉代人，是一种主动的复古返朴，更具有自觉性。杂言体自由灵活，能在长短错综中形成富有张力的和谐节奏形式，本身就具有一种独特的美感，初盛唐诗人继承了汉乐府杂言的特点，使杂言乐府诗重新焕发出昔日的光彩，初盛唐诗坛也因此多了几分活泼和灵动。

（二）歌行化的盛行

　　与前代文人乐府相比较，初盛唐乐府诗的语言总体上更加流丽生动，这是由于吸收了歌行体的语言特点。七言歌行是七言古诗和骈赋相互渗透、融合而产生的一种诗体，以七言为主，杂有少量的三言、五言，成熟于初盛唐。

　　初唐卢照邻、骆宾王等人的乐府诗受到七言歌行的影响，如卢照邻的《行路难》感慨沧海桑田、世事无常，"君不见长安城北渭桥边，枯木横槎卧古田。昔日含红复含紫，常时留雾亦留烟"。全诗以七言为主,长短间杂,融合了赋体长篇的特点和诗的意趣,气势恢宏,跌宕流畅,形象美与声律美得到了完美的结合,加深了诗歌的艺术感染力。此外,王勃的《秋夜长》《采莲曲》《江南弄》,骆宾王的《从军中行路难》,张说的《邺都引》,王维的《燕支行》,王翰的《蛾眉怨》,李白的《将进酒》《行路难》等乐府诗的歌行体特征也十分鲜明。以李白的《梁甫吟》为例:

> 长啸梁甫吟,何时见阳春?君不见,朝歌屠叟辞棘津,八十西来钓渭滨!宁羞白发照清水,逢时吐气思经纶。广张三千六百钓,风雅暗与文王亲。大贤虎变愚不测,当年颇似寻常人。君不见,高阳酒徒起草中,长揖山东隆准公!入门不拜骋雄辩,两女辍洗来趋风。……梁甫吟,梁甫吟,声正悲。张公两龙剑,神物合有时。风云感会起屠钓,大人𪚥屼当安之。

诗人慨叹历史人物如姜太公、郦食其的风云际会,控诉自身的不幸遭际,尽情倾吐内心的愤懑。乐府古辞原是五言,篇幅不长,到了李白的手里,竟挥洒成长达四十二句的长篇。全诗以七言为主,杂以三言,随着诗人的情感变化而行文,率意任情,一气贯注,气势流转,节奏感强。

歌行体的特征融入乐府诗,增强了诗歌的流动感、韵律感和抒情性,在唐代乐府诗不入乐的情况下,初盛唐乐府诗歌行化的趋势,增强了乐府诗的音乐感和可歌性。由于歌行体结合了骈、赋的特点,以长篇居多,这在一定程度上助长了唐乐府篇幅偏长的趋势。

(三)语言平易、自然流畅

汉乐府多出自闾巷口语,语言质朴厚拙,但质而不俚,浅而能深,六朝时乐府文辞雅化,文人刻意修饰语言,直到唐以后乐府诗的语言才变得平易流畅。初盛唐诗人有吸收汉魏乐府的语言特点及民歌口语，追求自然、轻快、省净、流畅的语言风格，如：

> 白水东悠悠，中有西行舟。舟行有返棹，水去无还流。
> 奈何生别者，戚戚怀远游。远游谁当惜，所悲会难收。
> 自君间芳蕤，青阳四五道。皓月掩兰室，光风虚蕙楼。
> 相思无明晦，长叹累冬秋。离居分迟暮，驾高何淹留。
> 　　　　　　　　　　　　　　　　　　　（沈佺期《古别离》）

> 行至上留田，孤坟何峥嵘。积此万古恨，春草不复生。
> 悲风四边来，肠断白杨声。借问谁家地，埋没蒿里茔。古老向余言，言是上留田，蓬科马鬣今已平。昔之弟死兄不葬，他人于此举铭旌。一鸟死，百鸟鸣。一兽走，百兽惊。桓山之禽别离苦，欲去回翔不能征。田氏仓卒骨肉分，青天白日摧紫荆。交柯之木本同形，东枝憔悴西枝荣。无心之物尚如此，参商胡乃寻天兵。孤竹延陵，让国扬名。高风缅邈，颓波激清。尺布之谣，塞耳不能听。
> 　　　　　　　　　　　　　　　　　　　（李白《上留田行》）

沈佺期以行舟和流水起兴，行舟还有归航的时候，而游子像流水一般一去不返，以此来象征离别相思之苦，这样平实的语言传达出的感情更显得真挚。李白诗中的"孤坟""悲风"是汉魏乐府中常见的意象，这类意象最易渲染出一种悲凉的气氛，两首诗流露出的悲情和朴素的语言风格都酷似汉魏乐府。还有如李白的《长干行》中以女子口吻自述纯真的儿时生活，"妾发初覆额，折花门前剧。郎骑竹马来，绕床弄青梅。同居长干里，两小无嫌猜"，运用平铺直叙的白描手法，不事渲染和雕琢，简洁明快。岑参的《忆长安曲》"东望望长安，正值日初出。长安不可见，但见长安日。长安何处在，只在马蹄下。明日归长安，为君急走马"，该诗语言风格酷似古代民歌，不用任何装饰烘托，回环往复，明朗流转。崔颢的《长干曲》吸收南朝民歌的语言特点，"君家何处住？妾住在横塘。停舟暂借问，或恐是同乡"，用白描的手法，寥寥几笔，就使人物、场景跃然纸上，风格朴素直率，有民歌遗风。其他人的作品如崔国辅的《妾薄命》《采莲曲》《小长干曲》，储光羲的《江南曲》也深得民歌韵味。

初盛唐诗人除了向汉魏乐府学习，还借鉴辞赋、散文等其他文体的语言特点，丰富了乐府诗的语言。如王勃的《临高台》以赋笔铺叙长安的盛况"俯瞰长安道，萋萋御沟草。斜对甘泉路，苍苍茂陵树。高台四望同，帝乡佳气郁葱葱。紫阁丹楼纷照耀，璧房锦殿相玲珑"，极力形容长安城内殿阁林立、朱轮翠盖的景象。沈佺期《霹雳引》中"电耀耀兮龙跃，雷阗阗兮雨冥"一句模仿楚辞语，同时该诗又以散语结句"岂徒慨慷中筵，备群娱之禽习哉"。李白的《梁甫吟》大量运用历史故事和神话传说构成奇妙诗境，抒发诗人遭谗受谤后的悲愤心情。"我欲攀龙见明主，雷公砰訇震天鼓。帝旁投壶多玉女，三时大笑开电光，倏烁晦冥起风雨。阊阖九门不可通，以额叩关阍者怒。"想象奇诡，充溢着《离骚》式的恣肆之气。全诗大部分虽为整齐的七言，实以散文句法行文，冲破了声律对偶的拘束。散语中常见的问句、语气词也频频出现在初盛唐乐府诗中，特别是李白的乐府诗中：

> 黄河西来决昆仑，咆哮万里触龙门。波滔天，尧咨嗟。大禹理百川，儿啼不窥家。杀湍湮洪水，九州始蚕麻。其害乃去，茫然风沙。被发之叟狂而痴，清晨临流欲奚为。旁人不惜妻止之，公无渡河苦渡之。虎可搏，河难凭，公果溺死流海湄。有长鲸白齿若雪山，公乎公乎挂罥于其间，箜篌所悲竟不还。

（李白《公无渡河》）

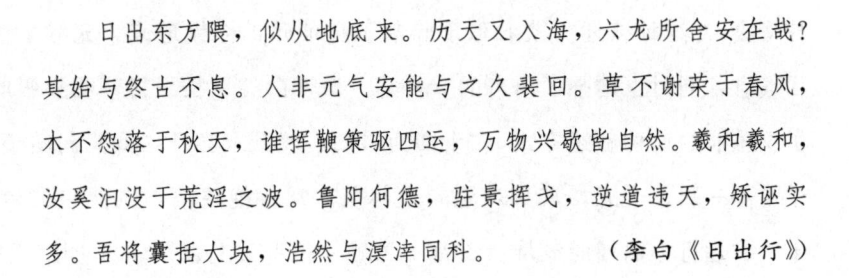

> 日出东方隈,似从地底来。历天又入海,六龙所舍安在哉?
> 其始与终古不息。人非元气安能与之久裴回。草不谢荣于春风,
> 木不怨落于秋天,谁挥鞭策驱四运,万物兴歇皆自然。羲和羲和,
> 汝奚汩没于荒淫之波。鲁阳何德,驻景挥戈,逆道违天,矫诬实
> 多。吾将囊括大块,浩然与溟涬同科。　　　(李白《日出行》)

汉乐府本身是不拘一格、无章法可寻的,初盛唐人的乐府诗亦不囿于古辞框架,其诗任情纵肆,不受音律约束,只是随着情感的变化而行文,无固定格式、无规则,虽无定数,却能尽音韵之美,自然婉曲,这种"无规则"的规则正暗合了古乐府的创作精神——自由。

(四)吸收汉乐府的叙事手法、表现手段

叙事诗在汉乐府中占有突出的地位,其中代言和问答是汉乐府叙事诗最有特色的叙述手段,如古辞《孤儿行》《有所思》《饮马长城窟行》采用了代言体,《董逃行》《东门行》《妇病行》中有人物的对话。汉乐府通过人物的语言来刻画人物形象,展示人物的内心世界,进而也能折射出真实的社会生活。初盛唐人取汉乐府的叙事手段,如李白的《山人劝酒》《长干行》《江夏行》,高适的《秋胡行》,崔颢的《相逢行》都运用了代言体;乔知之的《定情篇》,吴少微的《怨歌行》,李白的《上留田行》《山人劝酒》,陶翰的《燕歌行》,高适的《秋胡行》,崔颢的《邯郸宫人怨》《相逢行》中也都穿插了问答的叙述手法。

古辞在叙述中常渲染细节,铺叙场面,如:"大子二千石,中子孝廉郎。小子无官职,衣冠仕洛阳。三子俱入室,室中自生光。大妇织绮苎,中妇织流黄。小妇无所为,挟琴上高堂。"(《长安有狭斜行》)"十三能织素,十四学裁衣。十五弹箜篌,十六诵诗书。"(《焦

仲卿妻》)这种叙述方式看似琐碎却不觉琐碎,徐徐道来,充满了生活气息,同时也增强了语言的节奏感。像李白的《长干行》明显吸收了汉乐府的这种叙述方式,"十四为君妇,羞颜未尝开。低头向暗壁,千唤不一回。十五始展眉,愿同尘与灰。常存抱柱信,岂上望夫台。十六君远行,瞿塘滟滪堆。五月不可触,猿鸣天上哀"。"羞颜""展眉"几个字抓住了女子容颜、情态的变化,细腻生动,寥寥数笔便交代了人物从羞涩的少女到少妇的情感变化。崔颢《邯郸宫人怨》中,女主人公倾诉生平时也借鉴了这种话语模式"七岁丰茸好颜色,八岁黠惠能言语。十三兄弟教诗书,十五青楼学歌舞",诗用年龄序数法巧妙地把一些生活片断连缀成完整的艺术形象。初盛唐诗人吸收了汉乐府以白描见长的特点,少议论评述,多通过人物语言来展示内心世界,以细节来体现人物性格,多用渲染性的描绘代替交代性的叙述。在这种铺叙当中,人物形象逐渐鲜明起来,也使全诗充满浓郁的抒情意味。

可见,初盛唐文人在借鉴前代乐府诗的艺术方面有着强烈的主体意识。他们有意恢复乐府诗的古貌,保留乐府独特的艺术性,因为唐乐府失去了音乐的依托,若不能在文辞上保持其独特性,则乐府就消失了。初盛唐文人走的是一条糅合历代乐府诗,而又有明显唐人气质的革新之路。说其糅合历代乐府诗精华,具体说是指取汉魏乐府的质朴,融南北朝乐府的流美,初盛唐人虽然倾慕汉魏乐府,但并未完全否定梁陈文人乐府。初盛唐诗人大量地借用前代乐府旧题进行创作,悉心揣摩前代乐府诗的语言风格、表现手法等,这极大地磨砺了诗人的文笔,为他们进行其他文学体裁的创作积累了丰富的经验。当梁陈繁缛文风影响到文学的健康发展时,乐府这种民间文学为诗坛提供了新体裁、新风趣,注入了鲜活的血液。鲁迅先生在《门外文谈》中提到:"旧文学衰颓时,因为摄取民间文学或外国文学而起一个新的转变,这例子是常见于文学史上的。"① 雅文学和俗文学间的相互促进和补充是文学获得健康发展的必要条件,初盛唐文人创作乐府诗就是一例。而且初盛唐时期乐府诗这样的革新与发展,为中唐时期乐府诗的大力发展奠定了基础,指出了方向。

第三节 "张王乐府"创作概况

正如前文所谈到的,在乐府的发展史上,中唐是一个转折期和繁荣期。中唐文人主动肩负起拯救民族、复兴国家的使命,在文学创作中,他们反思盛唐文化,要求文学具有服务于政治的品格,儒家的诗教传统在实际创作中被放到重要的地位,于是有着关切民生传统的乐府诗成为文人首选的诗歌样式,用以承载他们的政治理念及对现实的关注。元和年间,李绅、元稹、白居易创作的"新题乐府"在元稹、白居易等人的推动下,中唐翻开了乐府诗史上最壮丽辉煌的一章——新乐府运动。并提出系统而明确的理论主张,他们强调诗歌的讽喻作用,提倡质实直切、浅近晓畅的艺术风格。杜甫、元结、顾况、张籍、王建等人都是这一运动的重要成员。他们创作了大量针对现实、反映时事的乐府诗,或以新题,或以古题,与此前的乐府诗比较,这些诗体现出了强烈的讽喻性和干预时政的精神,创作更富有自觉性和功利性,乐府诗被赋予了更严肃、更深刻的社会政治内容。

---

① 鲁迅:《且介亭杂文》,人民文学出版社1973年版,第89页。

一　张籍、王建大力创作乐府诗的原因

张、王二人之所以大力创作乐府诗，首先，他们为官及交游的经历对他们创作新乐府产生了积极的影响。《旧唐书》卷160《张籍传》云：

> 张籍者，贞元中登进士第。性诡激，能为古体诗，有警策之句传于时。调补太常寺太祝，转国子助教、秘书郎。以诗名当代，公卿裴度、令狐楚，才名如白居易、元稹，皆与之游，而韩愈尤重之。累授国子博士、水部员外郎，转水部郎中，卒。世谓之张水部云。[①]

据《唐六典》卷14《太常寺·太祝》条："太祝三人正九品上，太祝掌出纳神主，于太庙之九室，而奉享荐禘祫之仪。"[②] 复据卞孝萱《张籍简谱》，张籍任太常寺太祝始于元和元年（806）[③]。另据潘竞翰《张籍系年考证》，始于永贞元年（805）[④]。相差无几。张籍在太祝任上长达十年之久，自然熟悉朝廷祭祀仪式、相关的礼乐，这对他创作乐府诗有很大的影响和帮助。

王建与张籍经历相近。他一生只做过几个小官，但是也曾在太常寺任职。关于其在太常寺所任官职，史书中无明确记载。据傅璇琮《唐才子传校笺》所考："《才子传》于太府寺丞、秘书丞之间，漏言太常丞官历，兹为补出。张籍诗《使至蓝溪驿寄太常王丞》及《赠太

[①] 《旧唐书》卷160，中华书局1975年版，第4204页。
[②] （唐）李林甫等：《唐六典》卷14，陈仲夫点校，中华书局1992年版，第396—397页。
[③] 参见卞孝萱《张籍简谱》宪宗元和元年丙戌年（806年）载："约四十岁，调补太常寺太祝。"《张籍简谱》，《安徽史学通讯》1959年第2期，第80页。
[④] 参见元和九年（814），白居易居丧服除，重入长安任赞善大夫作《重到城七绝句》（白集卷十五），其中《张十八》一首云："谏垣几见迁遗补，宪府频闻转殿监独有吟诗张太祝，十年不改旧官衔。"由元和九年上推十年，则籍授太祝约在本年。另，张籍《赠主客刘郎中》诗"忆昔君登南省日，老夫犹是褐衣身""登南省"，指刘禹锡为屯田员外郎。刘授屯田在本年四月时张籍"犹是褐衣"。八月顺宗立，改元永贞，刘即贬出连州，则籍授太祝当在四月后。参见潘竞翰《张籍系年考证》，《安徽师范大学学报》1981年第2期。

常王建藤杖笋鞋》称王建为太常丞可证。而张籍之使之蓝溪驿,据卞孝萱先生之《张籍简谱》在长庆二年(822)七月,是王建之官太常丞至晚必在该年。"① 谭优学《王建行年考》也认为王建于唐宪宗元和十四年至穆宗长庆元年(819—821)官太常丞。②

在此期间,张籍还结识了白居易、元稹等著名诗人。元和二年(807),张籍结识白居易③。同声相应,同气相求,新乐府诗人"才名如白居易、元稹,皆与之游"④。张籍有《哭元九少府》诗云:"平生志业独相知……醉后齐吟唱和诗。"这些交游对张籍新乐府诗的创作产生了积极的影响,换言之,这些新乐府诗人之间诗歌往来同题唱和促进了新乐府的发展与繁荣。

可见,张籍、王建先后在长安任职,虽然其官职都不显著,但其工作性质有助于他们对乐府音乐、诗歌的了解和掌握,促使他们写出更多、更新的乐府诗。张籍与志向相同的新乐府诗人元白等人密切交往,诗歌酬唱,也可以视为他开始大力创作新乐府诗的一个因素。

其次,裨补教化,作"乐府正声"的责任意识。张籍新乐府诗《废瑟词》云:

> 古瑟在匣谁复识,玉柱颠倒朱丝黑。
> 千年曲谱不分明,乐府无人传正声。

这不是单纯对音乐的一种客观描述,其中也表达了非常自觉的乐府意识。王建《励学》诗云:"若使无六经,贤愚何所托?"《寄李益

---

① 傅璇琮:《唐才子传校笺》第2册,中华书局2000年版,第153页。
② 参见谭优学《唐诗人行年考》,巴蜀书社1987年版,第118—123页。
③ 参见张籍诗《病中寄白学士拾遗》云:"自寓城阙下,识君弟事焉。"白居易此年十一月始由盩厔尉入为翰林学士、左拾遗,是当为白居易与张籍初识时。详参见潘竞翰《张籍系年考证》,《安徽师范大学学报》1981年第2期。
④ 《旧唐书》卷160,中华书局1975年版,第4204页。

少监兼送张实游幽州》诗云："大雅废已久,人伦失其常。天若不生君,谁复为文纲?"《送张籍归江东》诗云"君诗发大雅,正气回我肠",可知王建也主张恢复"大雅"的传统。

在白居易看来,张籍的乐府"可裨教化",是理想的乐府诗。其《读张籍古乐府》:

> 张君何为者?业文三十春。尤工乐府诗,举代少其伦。
> 为诗意如何?六义互铺陈。风雅比兴外,未尝著空文。
> 读君学仙诗,可讽放佚君。读君董公诗,可诲贪暴臣。
> 读君商女诗,可感悍妇仁。读君勤齐诗,可劝薄夫敦。
> 上可裨教化,舒之济万民。下可理情性,卷之善一身。
> 始从青衿岁,迨此白发新。日夜秉笔吟,心苦力亦勤。
> 时无采诗官,委弃如泥尘。恐君百岁后,灭没人不闻。
> 愿藏中秘书,百代不湮沦。愿播内乐府,时得闻至尊。
> 言者志之苗,行者文之根。所以读君诗,亦知君为人。
> 如何欲五十,官小身贱贫。病眼街西住,无人行到门。[1]

虽然白居易诗题仍为《读张籍古乐府》,但是《学仙》《董公》《商女》《勤齐》这些诗已经不是真正意义上的旧题乐府,而是寓有新意的古题乐府。

元稹在作于元和十二年(817)的《乐府古题序》中论述乐府诗的发展过程时,特别强调了在创作过程中敢于变化的重要性:"至于乐流,莫非讽兴当时之事,以贻后代之人。沿袭古题,唱和重复,于文或有短长,于义咸为赘剩。尚不如寓意古题,刺美见事,犹有诗人引古以讽之义焉。"[2] 他指出写古题不如借古题以讽时

---

[1] 朱金城:《白居易集笺校》卷1,上海古籍出版社1988年版,第5页。
[2] 冀勤校点:《元稹集》第23卷,中华书局1982年版,第256页。

事，借古题以讽时事还不如作新题。这一观点，不是元稹个人的看法，而是其和白居易、李绅的共同观点，与张、王二人创作新乐府的初衷也不谋而合。

再次，来自最高统治者皇帝的提倡。元稹作《授张籍秘书郎制》云：

> 《传》云"王泽竭而诗不作。"又曰"采诗以观人风。"斯亦警予之一事也。以尔籍雅尚古文，不从流俗，切磨讽兴，有取政经，而又居贫宴然，廉退不竞。俾任石渠之职，思闻木铎之音。可守秘书郎。①

白居易作《张籍可水部员外郎制》云：

> 登仕郎守国子博士张籍：文教兴则儒行显，王泽流则歌诗作，若上以张教流泽为意，则服儒业诗者宜稍进之。顷籍自校秘文而训国胄，今又核名揣称，以水曹郎处焉。前年以来，凡历文雅之选三矣，然人皆以尔为宜，岂非笃于学，敏于行，而贞退之道胜邪？与之宠名，可以奖夫不汲汲于时者。可尚书水部员外郎，散官如故。②

据《唐才子传校笺》和《张籍系年考证》，可以确定这两篇制书的具体写作时间当分别在元和十五年（820）和长庆二年（822）。③ 这两篇制书表明，在元和十五年之前，张籍的乐府诗就已名动天下了。

"切磨讽兴"是指创作讽喻性的乐府诗。张籍创作"不从流俗，切磨讽兴"的乐府，天子非常赞许，认为"有取政经"，希望张籍授

---

① 冀勤校点：《元稹集》外集卷4，中华书局1982年版，第661页。
② 朱金城：《白居易集笺校》卷49，上海古籍出版社1988年版，第2919页。
③ 参见《唐才子传校笺》中称："可确定张籍为秘书郎必在元和十五年（820）五月至九月间。"《张籍系年考证》称："长庆二年壬寅（822），张籍五十一岁，除水部员外郎。"

官之后"思闻木铎之音",创作更多可补时政的乐府诗。"斯亦警予之一事也",指天子自己能够自觉地以乐府诗为警戒。这是元白起草的制书,既代表了天子的意旨,也代表元白二人自己的观点。这种自上而下的号召,自然会成为张籍乐府诗歌创作的重要的主导思想。由此二制书可见,张籍的乐府、新乐府在当时的影响极大,影响直至天子,天子亦充分肯定张籍的乐府、新乐府的价值,并且这成为张籍授官的主要原因。

综合上面所分析的张籍、王建创作新乐府的原因,可以简要归纳为以下几点:第一,张籍、王建先后在长安任职,官职虽不显著,但是对于二人乐府创作的发展,无疑提供了很大的帮助。他们相似的一点是都曾经在太常寺任职,张籍为太常寺太祝,王建为太常丞,尽管官卑职微,但是有助于他们对乐府音乐、诗歌的了解和掌握,促使他们写出更多、更新的乐府诗。张籍与志向相同的新乐府诗人元白等人密切交往,诗歌酬唱,也可以视为他开始大力创作新乐府诗的一个因素。第二,从个人的思想来看,张籍、王建都有着根深蒂固的儒家经世济民的理想,这在他们二人的诗文中都有清晰的体现。因此二人十分看重并且身体力行,不断创作能够裨补教化的诗歌。第三,从朝廷的倡导和号召来看,朝廷希望他们多多创作政治讽喻诗歌以助观人风。

二 张籍、王建乐府在当时被传唱的情况

张、王的乐府诗在当时非常著名。姚合《赠张籍太祝》云:

> 妙绝江南曲,凄凉怨女诗,古风无敌手,新语是人知。
> 飞动应由格,功夫过却奇。麟台添集卷,乐府换歌词。[①]

---

① 刘衍:《姚合诗集校考》卷4,岳麓书社1997年版,第53页。

中编 "张籍、王建体"的基本内涵："张王乐府"创作

古风当指张籍的旧乐府，"古风无敌手，新语是人知"表示张籍的旧乐府非常优秀，新乐府人人皆知。两句诗是互文，言其新、旧乐府都非常优秀，也非常有名。"麟台添集卷"中的"麟台"指秘书省。《通典》卷二十六《职官夕》"秘书监"："天授初，改秘书省为麟台。"[①]《新唐书》卷47《百官志》云："武后垂拱元年，秘书省曰麟台；太极元年曰秘书省。有典书四人，楷书十人，令史四人，书令史九人，亭长六人，掌固八人，熟纸匠十人，装演匠十人，笔匠六人。"[②]《旧唐书》本传："（籍）转国子助教、秘书郎。"[③] 张籍《祭退之》诗亦自云："我官麟台中。"由上可知，"麟台添集卷"当指张籍乐府被采进朝廷秘书省收藏。唐无可《哭张籍司业》诗云："乐章谁与集，垄树即堪攀。"[④] 也可知他大量的歌词被谱入朝廷乐章。

张籍的乐府歌词不仅被朝廷采进，而且被社会广为传唱。这一点，我们还可以从他自己的诗中得到印证。张籍《祭退之》诗云："籍在江湖间，独以道自将。学诗为众体，久乃溢笈囊。略无相知人，黯如雾中行。北游偶逢公，盛语相称明，名因天下闻，传者入歌声。"[⑤]可知张籍的"众体诗"当包括新乐府歌词，天下闻名，尤其值得注意的是当时被人"入歌"传唱。还有如唐赵璘《因话录》卷3《商部下》云："张司业籍善歌行，李贺能为新乐府，当时言歌篇者，宗此二人。"[⑥] 也说明张籍的乐府歌行可与李贺的新乐府相提并论，为天下所推崇。

王建也以乐府歌词创作闻名于当时。《唐才子传·王建传》云："王建，字仲初……与张籍契厚，唱答尤多，工为乐府歌行，格幽思

---

① （唐）杜佑：《通典》卷26，中华书局1995年版，第733页。
② 《新唐书》卷47，中华书局1975年版，第1214页。
③ 《旧唐书》卷160，中华书局1975年版，第4204页。
④ 《全唐诗》卷814，中华书局1960年版，第9168页。
⑤ 《唐五代笔记小说大观》，上海古籍出版社2000年版，第847页。
⑥ 同上。

81

远。二公之体，同变时流。"①《唐才子传》所谓"格幽思远"，是指他的乐府寓有深意。所谓"二公之体，同变时流"，就是指他们的乐府创作皆能影响当时诗歌风气。

三 张籍、王建诗集在唐五代时期的流传

张籍在世时就已享有盛名，诗歌广为流播。张籍本人对此亦甚为自得，自称"新诗才上卷，已得满城传"，《祭退之》诗也云："公文为时师，我亦有微声。而后之学者，或号为韩张。"但遗憾的是张籍生前并没有来得及整理编辑自己的作品。无可《哭张籍司业》诗云：

> 先生抱衰疾，不起茂陵间。
> ……
> 遗文禅东岳，留语葬乡山。
> 多雨铭旌故，残灯素帐闲。
> 乐章谁与集？垅树即堪攀。

"乐章谁与集"说明张籍生前未对自己的作品进行系统地整理结集。这也是其诗文大量散佚，"十不存一"的一个重要因素。

据今所知，张籍作品的结集是在五代南唐时期。张洎《张司业集序》有曰：

> 自皇朝多故，荐经离乱。公之遗集，十不存一。予自丙午岁迨至乙丑岁，相次辑缀，仅得四百余篇，藏诸箧笥。余则更俟博访，以广其遗阙云耳。②

---

① 傅璇琮主编：《唐才子传校笺》卷4，中华书局2000年版，第159页。
② 中华书局上海编辑所：《张籍诗集》，中华书局1959年版，第110页。

张洎，南唐人，后入北宋。丙午（946）至乙丑（965）张洎正仕于南唐，其所谓的皇朝是指南唐。他耗时二十余年编辑的《张司业集》，是一个五代、宋初时期流行于江南地区的张籍诗集。这个本子后为宋人钱公辅所得，更名为《木铎集》。陈振孙《直斋书录解题》著录："《木铎集》十二卷，张洎所编。钱公辅名《木铎集》，与他本相出入，亦有他本所无者。"①

除此之外，张洎还编有五卷本、三卷本两个集子。晁公武《郡斋读书志》卷4著录一个张洎编五卷本《张籍诗集》。《直斋书录解题》著录了一个三卷本《张籍集》，并云："川本作五卷。"此二本与十二卷本《张司业集》："异同如何，乃不能明。"②对张籍三种卷数各异的集子，余嘉锡先生解释道："是洎原欲陆续搜访以求完善，故其所编，遂有数本，其作五卷或三卷者，初编之本也，盖即乾德乙丑以前所缀辑；其作十二卷者，续编之本也，所谓博访以广遗阙者，后为钱公辅所得，名之《木铎集》，以别于他本。"③南宋理宗时魏峻所见张洎家本《木铎集》收诗四百三十首左右，而张洎乙丑岁时所辑，即已达四百余篇，如果张洎这个家本是十二卷本的话，余先生视为"续编"就令人生疑了。

与张籍齐名的诗人王建，在唐、五代时主要是以《宫词》百首获得时人的赞誉，王建《宫词》一卷，陈振孙认为是从"集中第七卷录出别行"④于世的。《宫词》旧跋称："《宫词》凡百绝，天下传播，效此体者虽有数家，而建为之祖耳。"⑤

---

① （宋）陈振孙：《直斋书录解题》卷19，上海古籍出版社1987年版，第565页。
② 万曼：《唐集叙录》，中华书局1980年版，第219页。
③ 余嘉锡：《四库提要辨证》卷20，中华书局1980年版，第1276页。
④ （宋）陈振孙：《直斋书录解题》卷19，上海古籍出版社1987年版，第565页。
⑤ （宋）胡仔：《苕溪渔隐丛话》前集卷22引，人民文学出版社1962年版，第149页。

第四章　张籍、王建的乐府诗创作（下）

据笔者统计，张籍现存乐府诗七十三题、七十五首，其中自拟新题五十一首，古题新制二十四首。《乐府诗集》辑入张籍乐府诗五十三题、五十五首，其中标明为"新乐府辞"者二十首，标明为"杂曲歌词""近代曲辞"及"杂歌谣辞"这三种近乎自拟新题者十四首，古题新意二十一首。两项统计都是新题超过古题。王建现存乐府诗七十六题，八十七首，其中自拟新题五十一首，古题新制三十四首。又《乐府诗集》辑入王建乐府诗三十六题，四十三首。其中标明为新乐府辞者十首，标明为"杂曲歌词""近代曲辞"及"杂歌谣辞"这三种近乎自拟新题者十五首，古题新意十九首。这两项数字显示，其新题乐府在所作乐府诗创作中，均在半数以上。如此大量创作新乐府诗在当时唯有张籍、王建二人。对于二人的乐府诗，《彦周诗话》中云："张籍、王建乐府皆杰出。"[①] 严羽《沧浪诗话》谓："张籍、王建乐府，吾所深取耳。"明人高棅也给予了较高评价："大历以还，古声愈下，独张籍、王建二家体制相似，稍复古意。或旧曲新声，或新题古义，词旨通畅，悲欢穷泰，慨然有

---

① （清）何文焕：《历代诗话》上册，中华书局 2004 年版，第 385 页。

古歌谣之遗风……"① 肯定了他们在扭转大历风调,继承汉魏乐府和杜诗传统方面所作出的突出贡献。

第一节 平民写实意识对生活的广泛观照

张籍、王建的乐府诗继承发扬了汉乐府民歌"感于哀乐,缘事而发"的现实主义传统,深入而广泛地反映了当时社会生活的方方面面。

一 对乐府诗风俗内涵的着意开拓

中唐之前,乐府诗和风俗之间的关系既密切又松散。众所周知,乐府诗很早便与风俗结下了不解之缘。《汉书》卷22《礼乐志》云:"至武帝定郊祀之礼……乃立乐府,采诗夜诵。"在乐府发展史上,汉武帝有着不可磨灭的贡献,他不但大大地扩充了乐府的规模与职能,还下诏进行广泛的民歌采集,由此形成了乐府诗的第一次高潮。《汉书》卷30《艺文志》云:"自孝武立乐府而采歌谣,于是有代、赵之讴,秦、楚之风;皆感于哀乐,缘事而发,亦可以观风俗,知厚薄云。"可见相当一部分乐府诗之所以被采集,与观风察政有直接的关系。然而,"感于哀乐,缘事而发"的创作特点决定了汉乐府中的反映社会生活之作往往是针对某一有代表性的具体事件的褒贬,它所反映的主要是社会心理,而对于社会风俗的描写常常并不深入,有的甚至几乎看不到风俗的影子;而汉代统治者观风采谣的主要目的又在于

---

① 转引自陈伯海主编《唐诗汇评》中册,浙江教育出版社1995年版,第1893页。

考察郡守的政绩和民间的风化，所以注意的焦点在民众之哀乐，对风俗本身也无太大兴趣。创作和采集两方面的原因，使得乐府诗与风俗形成了一种复杂矛盾的关系，具体表现形式就是目的与内容在一定程度上的疏离。而汉代作为乐府诗史上的第一个繁盛期，无疑会垂范后世，为以后的乐府诗定下基调。

汉代统治者本着"观风俗，知厚薄"的目的采集的歌谣里尚且很少有深入细致地描绘风俗之作，六朝为满足宫廷的需要而采集的诗歌距离风俗更远也就不足为奇了。在这种风气的影响下，文人乐府诗也就难免越来越偏离风俗，唯在辞藻和手法上争奇斗胜。《蔡宽夫诗话》云："齐、梁以来，文人喜为乐府词，然沿袭之久，往往失其命题本意。"① 明代朱承爵《存余堂诗话》亦云："古乐府命题，俱有主意，后之作者，直当因其事用其题始得。往往借名，不求其原，则失之矣。"② 其实，即便在汉魏六朝新制的乐府诗中，这种情形也时有发生。例如《乌夜啼》之命名，本出于"乌啼则有喜"的民间信仰，但在中唐以前的作品里，却全然看不到这种民间信仰的影子，哀切的乌啼声只充当了衬托幽闺愁绪的工具，例如现存最早的梁简文帝所作的《乌夜啼》：

绿草庭中望明月，碧玉堂里对金铺。
鸣弦拨捩发初异，挑琴欲吹众曲殊。
不疑三足朝含影，直言九子夜相呼。
羞言独眠枕下泪，托道单栖城上乌。

可以说是从产生伊始就已经失去了其命题的本意。还有些作品干脆撇开"乌夜啼"这个无足轻重的点缀，单书艳情，内容与《子夜歌》《懊

---

① 《蔡宽夫诗话》"乐府条"，郭绍虞《宋诗话辑佚》，中华书局1980年版，第379页。
② （明）朱承爵：《存余堂诗话》，《历代诗话》本，中华书局1981年版，第786页。

侬歌》毫无二致，如《乐府诗集》卷47《乌夜啼八曲》其一、其八：

歌舞诸少年，娉婷无种迹。菖蒲花可怜，闻名不曾识。

巴陵三江口，芦荻齐如麻。执手与欢别，痛切当奈何。

连命题与民间信仰密切相关的《乌夜啼》在中唐以前尚且与风俗内涵了无关涉，六朝其他新出现的乐府诗题目与内容的疏离就更是顺理成章的事了。直到张籍《乌夜啼引》，才对"乌啼则喜"的民间信仰做出具体的描绘：

秦乌啼哑哑，夜啼长安吏人家。
吏人得罪囚在狱，倾家卖产将自赎。
少妇起听夜啼乌，知是官家有赦书。
下床心喜不重寐，未明上堂贺舅姑。
少妇语啼乌，汝啼慎勿虚。
借汝庭树作高巢，年年不令伤尔雏。

少妇半夜起来时听到了乌鸦的叫声，知道朝廷将会下赦书免除丈夫的罪名。这下高兴得没法再睡了，天还没大亮，就赶忙上堂去给公婆道喜。她还对啼叫的乌鸦说："你的叫声可千万别不灵验！假若官家真的下了赦书，庭院里的这棵大树就借与你做巢穴栖身，而且年年不让人伤害你的幼雏。"可谓乍喜还忧，真切感人。

再如《估客乐》，从题目本身看，当是吟咏商人生活之作，但在中唐以前，《估客乐》及同题材的《贾客词》等，却一向被用来抒发爱情与别绪，如：

郎作十里行，侬作九里送。拔侬头上钗，与郎资路用。

（释宝月《估客乐二首》其一）

> 五两开船头，长樯发新浦。悬知岸上人，遥振江中鼓。
>
> （庾信《贾客词》）

事实上，《估客乐》在制作之初甚至距离商人生活更远，《乐府诗集》卷48引《古今乐录》云："《估客乐》者，齐武帝之所制也。帝布衣时，尝游樊、邓。登祚以后，追忆往事而作歌。使乐府令刘瑶管弦被之教习，卒遂所成。有人启释宝月善解音律，帝使奏之，旬日之中，便就谐合。敕歌者常重为感忆之声，犹行于世。"可见齐武帝制此题的初衷只是追忆往事，与商人生活无甚关联。齐武帝感慨地写道：

> 昔经樊邓役，阻潮梅根渚。感忆追往事，意满辞不叙。

之所以命名为《估客乐》，大约是因为樊、邓两地是当时有名的商业城市。这就无怪乎其后继者多用此体着力抒写商旅生活造成的离恨别愁了。到了唐肃宗、代宗时代，卖官鬻爵的现象时有发生，商人的地位提高了许多。例如穆宗长庆二年（822）三月，下诏对各藩镇表示优容。"洎颁此诏，方镇多以大将文符鬻之商贾，曲为论奏，以取朝秩者，叠委于中书矣。名臣扼腕，无如之何。"[①] "于是商贾、胥吏，争赂藩镇，牒补列将而荐之，即升朝籍。奏章委积，士大夫皆扼腕叹息。"[②] 这使本来就深受重农抑商的传统观念影响的中唐社会普遍产生了深深的忧虑，《估客乐》之类的乐府旧题又一次成为众人选择的热点，然而内容却与以前的作品迥乎不同，张籍的《贾客乐》如下：

> 金陵向西贾客多，船中生长乐风波。
> 欲发移船近江口，船头祭神各浇酒。

[①] 《旧唐书》卷16《穆宗本纪》，中华书局1975年点校本，第496页。
[②] 《资治通鉴》卷242，中华书局1995年点校本，第7812页。

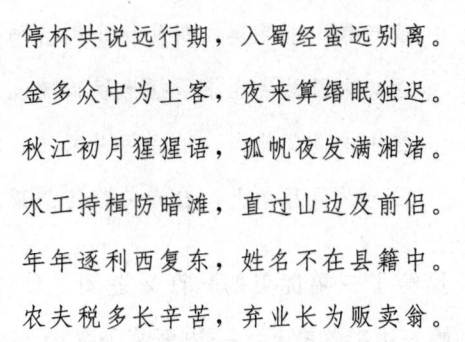

  停杯共说远行期,入蜀经蛮远别离。
  金多众中为上客,夜来算缗眠独迟。
  秋江初月猩猩语,孤帆夜发满湘渚。
  水工持楫防暗滩,直过山边及前侣。
  年年逐利西复东,姓名不在县籍中。
  农夫税多长辛苦,弃业长为贩卖翁。

  在内容上不同于之前的作品:着意向纵深方向挖掘商人这一民俗圈特有风貌:出发前船头祭神,祈求一路平安;在众多商人当中,多金者为上客;商人们每天都要独自算账到很晚……但是篇末两句,笔锋一转,以农夫与商贾作对比,写出了商贾暴富而农夫穷困潦倒的现实,以达到贬斥商贾的目的。

  还有如乐府诗里著名的《采莲曲》《采菱曲》产生于六朝,长期以来都是变相的艳诗,与其说是咏采莲、采菱之俗,还不如说是在咏采莲、采菱的美女。诗人们的笔墨几乎都集中在少女华美炫目的服饰和娇弱不胜的仪态上,但"锦带杂花钿,罗衣垂绿川"等华贵的衣饰只应见于豪门宫廷,哪里有一点民间的气息?而诗中的女子在采莲时,不是顾影自怜地"看妆碍荷影,洗手畏菱滋",便是娇痴欢快地"擎荷爱圆水,折藕弄长丝",其意又岂在采莲?正所谓"游戏五湖采莲归""戏采江南莲""曲浦戏妖姬",一个"戏"字,道破了此类诗歌所吟咏的实际情形。到了开元、天宝时期,李白、王昌龄曾以之实写江南水乡妇女采莲时的美好形象,如王昌龄《采莲曲二首》之二"荷叶罗裙一色裁,芙蓉向脸两边开。乱入池中看不见,闻歌始觉有人来",即为一时佳构。尽管如此,张籍的《采莲曲》仍有独到之处:

  秋江岸边莲子多,采莲女儿凭船歌。
  青房圆实齐戢戢,争前竞折漾微波。

> 试牵绿茎下寻藕，断处丝多刺伤手。
> 白练束腰袖半卷，不插玉钗妆梳浅。
> 船中未满度前洲，借问阿谁家住远。
> 归时共待暮潮上，自弄芙蓉还荡桨。

诗人为我们描绘了一幅优美的秋江采莲图。秋江澄碧，青莲馥芳，小船上的姑娘一边唱着歌儿，一边荡桨采莲……在张籍笔下采莲女子洗净铅华，以"白练束腰袖半卷，不插玉钗妆梳浅"的清新面目出现，如芙蕖出水，一派民间少女的纯朴本色；而"试牵绿茎下寻藕，断处丝多刺伤手"这一前人从未言及的细节，显然使人感到这是一个具体可感场景，也恰与"洗手畏菱滋""殷勤护惜纤纤指，水菱初熟多新刺"形成了鲜明的对照。单就这两点，便不难看出张籍是如何煞费苦心地将《采莲曲》转化为真正描绘江南采莲习俗的诗篇的。还有同样是吟咏江南风土的《江南曲》：

> 江南人家多橘树，吴姬舟上织白苎。
> 土地卑湿饶虫蛇，连木为牌入江住。
> 江村亥日长为市，落帆度桥来浦里。
> 清莎覆城竹为屋，无井家家饮潮水。
> 长干午日沽春酒，高高酒旗悬江口。
> 娼楼两岸临水栅，夜唱竹枝留北客。
> 江南风土欢乐多，悠悠处处尽经过。

这首《江南曲》之所以会被姚合叹为"妙绝"，固然与此诗极具悠扬婉转之致有关，但它的成功之处却主要在于张籍一反以往《江南曲》旖旎风流的情调，纯用白描手法，写水乡小镇景观，充满江南民歌情调，不仅写出当地人居住条件、生活习惯及下层妓女卖唱生涯，而且甚至将江边沽酒、娼楼流连，都一一纳入诗中，构成一幅充满江南民间俚俗情事的风土民俗的长卷。淡雅清新，别具一格。再如王建记事名篇的《簇蚕辞》，立意不外乎同情蚕农、抨击官府的横征暴敛，并无新颖之处，却一直颇受称道，也同样是由于写法的别致：

> 蚕欲老，箔头作茧丝皓皓。
> 场宽地高风日多，不向中庭燃蒿草。
> 神蚕急作莫悠扬，年来为尔祭神桑。
> 但得青天不下雨，上无苍蝇下无鼠。
> 新妇拜簇愿茧稠，女洒桃浆男打鼓。
> 三日开箔雪团团，先将新茧送县官。
> 已闻乡里催织作，去与谁人身上著。

官府作为被抨击的对象，却始终隐藏在幕后。诗人将笔墨集中在簇蚕之俗上，在对蚕农祭神仪式浓墨重彩的描绘中，农家向蚕神祈祷："你赶快结茧吧，莫要慢悠悠的。过了年，我为你去祭祀神桑，让它长出好桑叶给你吃。但愿青天不要下雨，上无苍蝇，下无老鼠，让蚕儿安稳地吐丝成茧。"媳妇在蚕簇面前下拜，祝愿蚕茧又多又密。女儿开始洒桃浆，男孩敲起了鼓。祭祀后的第三天，打开蚕簇一看，尽是一团一团白得像雪一样的茧子。折射出他们的辛劳，也透露着他们的热望。然而，这所有的勤苦都只不过是为他人作嫁衣，在刚刚品尝到丰收喜悦的同时，希望就化为泡影，劳动成果被盘剥净尽。结尾一句"已闻乡里催织作，去与谁人身上著"，借蚕农心中的阴影突出了主题，显得尤为冷峻犀利，奇崛不凡。沈德潜评此诗云："意亦他人同有，然此觉入情。"[①]这与诗人对簇蚕之俗细致深入的描绘不无关系。

张籍、王建在深入挖掘乐府诗题中所蕴含的风俗内涵的同时，往

[①] （清）沈德潜：《唐诗别裁集》卷8，上海古籍出版社1979年版，第277页。

往并不满足于详尽描述风俗本身,而是力图展示出主人公的民俗心理,以细致入微的心理描写发展深化了汉乐府的叙事艺术。关于这一点,前人已多有论述,如《岁寒堂诗话》卷上云:"元、白、张籍、王建乐府专以道得人心中事为工。"《唐才子传》卷4云:"(王建)又于征戍迁谪,行旅离别,幽居官况之作,俱能感动神思,道人所不能道也。"《诗镜总论》亦云:"人情物态不可言者最多,必尽言之,则俚矣。知能言之为佳,而不知不言之为妙,此张籍、王建所以病也。元白好尽言耳,张王好尽意也。尽言特烦,尽意则亵矣。"他们尽管大都对此不甚称许,却均认为细致入微的心理描写是张、王、元、白这四位中唐最著名的乐府诗人的共同特点。这其中张籍、王建二人用力尤深,刘熙载《艺概·诗概》云:"白香山乐府与张文昌、王仲初同为自出新意,其不同者在此平旷而彼峭窄耳。"所谓"峭窄",就是指在纵深方向上的开掘,这种做法必然会带来所谓的"尽",虽然这正是张、王乐府的成功所在,在讲求含蓄的中国古代,却难免经常遭到非议,如《临汉隐居诗话》就认为张、王等人的乐府诗"述情叙怨,委曲周详,言尽意尽,更无余味"。王建的《镜听词》,就为我们展示了一个饱受相思之苦困扰的妇女的心理。

> 重重摩挲嫁时镜,夫婿远行凭镜听。
> 回身不遣别人知,人意丁宁镜神圣。
> 怀中收拾双锦带,恐畏街头见惊怪。
> 嗟嗟嚓嚓下堂阶,独自灶前来跪拜。
> 出门愿不闻悲哀,身在任郎回未回。
> 月明地上人过尽,好语多同皆道来。
> 卷帏上床喜不定,与郎裁衣失翻正。
> 可中三日得相见,重绣锦囊磨镜面。

镜听，是古代一种占卜方法。具体的做法主要是占卜人于深夜独自怀抱铜镜，避开众人，在灶神前跪拜求告，然后怀镜出门，悄悄听人说话，所听到的第一句话即预示着吉凶。忐忑不安，本来就是占卜人的普遍心理。镜听以别人无意中说出的话来占卜，更易使人产生命运不能自主的感觉。占卜的少妇由于夫婿远行，独守空闺，其苦闷忧伤自不待言。因此，她在占卜时格外虔诚，一边"重重摩挲嫁时镜"，一边想着丈夫能否归来，就靠镜听的方式知道了。一个"凭"字，既写出了她在别无他法只能求助于镜听占卜时的虔诚，也写出了她在无奈中不能不将一切交付于镜听的茫然。卜得好兆后，她不由得心中狂喜，回到家中坐卧不宁，并暗自许愿："可中三日得相见，重绣锦囊磨镜面。"这一心理活动惟妙惟肖地刻画出一个失望已久的人在占卜结果恰如所愿时经常出现的那种复杂微妙的心理状态：一方面希望佳兆，连同对占卜本身的信心也急剧上升；另一方面又不免有点担心，唯恐因为某些不可预见的因素使佳兆难验，于是又急忙许愿以便巩固这个理想的结果。《镜听词》中的这个少妇便是如此，"月明地上人过尽，好语多同皆道来"，使她长期以来的失望情绪在一瞬间几乎被扫荡得干干净净，取而代之的是对夫妻团聚的热烈期盼，并对重聚之时限以时日，暗对镜子祝告许愿。显然，她对镜听的信赖程度已经远非占卜可比，这一心态变化也不露声色地照应了前面的那个"凭"字。我们在这个少妇"与郎裁衣失翻正"的狂喜中，可以推想她往日的幽怨和柔情，在"身在任郎回不回"的祝愿中，也可以窥见她那颗善良的心。

我们可以再看看王建的《新嫁娘词》，饶有趣味地描绘了当时的婚俗：

邻家人未识，床上坐堆堆。郎来傍门户，满口索钱财。

锦障两边横，遮掩侍娘行。遣郎铺簟席，相并拜亲情。

三日入厨下，洗手做羹汤。未谙姑食性，先遣小姑尝。

这组《新娘嫁词》记述了当时的婚俗，像一组风俗画。第一首写新嫁娘出嫁那天，夫家邻居们都来看新嫁娘，床上坐满了人，新郎也来凑热闹，靠着门站着，满口索要钱财。第二首写新娘在新郎的陪伴下拜见翁姑，路两侧由锦障遮挡，新娘由侍女服侍着遮遮掩掩地走过来，新郎铺好席子，二人一起拜谢爹娘。第三首最为著名，流传最广。是写合卺礼结束后的第三天，即所谓"过散朝"时，新娘子下厨做菜的风俗。这个风俗的意义，一为表示对公婆的孝敬，二为检验新嫁娘的烹饪手艺。在封建宗法社会里，女子的地位是非常低的，一个男子娶亲主要是为了父母，也就是为了延续后代。正如《礼记·昏仪》中云："昏礼者，将合二性之好，上以事宗庙，而下继后世也，故君子重之。"女子要成为一个好媳妇，从小就必须接受所谓"妇德"的教育，出嫁以后，侍奉公婆更应该谨慎小心，不可造次，《礼记·内则》中严格规定媳妇"在父母舅姑之所，有命之，应唯敬对，进退周旋慎齐。升降、出入、揖避，不敢哕噫、嚏咳、欠伸、跛倚、睇视，不敢唾涕"。在这样求全责备之下，做"媳妇"的哪有一天不是战战兢兢、如履薄冰？即使刘兰芝"奉事循公姥，进至敢自专？昼夜勤作息，伶俜萦苦辛"，也依然被婆婆以"此妇无礼节，举动专自由"的罪名赶出家门。更不用说那个触犯了"女人家须要温柔稳重，说话安详，方是做媳妇的道理"的快嘴李翠莲，只能凄凄切切独傍青灯古佛。为了巩固自己在夫家的地位，王建诗中的新娘子是聪明心细、精于世故的，她使出了"先遣小姑尝"的花招，借以判断公婆的口味，争取给婆婆一个最好的印象。王建的这组诗，因为糅合了民俗和捕捉了为世人所熟悉的家庭生活细节，所以不仅趣味盎然，而且亲切动人。我们不能不佩服作者对封建家庭关系了如指掌，对媳妇用心良苦的体贴入微。

如《田家留客》：

人家少能留我屋，客有新浆马有粟。
远行僮仆应苦饥，新妇厨中炊欲熟。
不嫌田家破门户，蚕房新泥无风土。
行人但饮莫畏贫，明府上来何苦辛。
丁宁回语屋中妻，有客勿令儿夜啼。
双冢直西有县路，我教丁男送君去。

这首诗写的是诗人官昭应丞时的一段亲身经历。全篇以第一人称代田家致辞，以白描手法描写了田家情真意切、殷勤留客的动人情景：或邀来客，或顾新妇，或嘱其妻，或教其子，人物口吻逼肖，明白如话。作者未置一词，而对田家纯朴人情的褒扬之意，已可于言外获得。这样的篇章，充溢着生活之趣与人情之美，可以使人长久地回味与感动。

中国是个多神的国家，我国汉民族信仰的神是个十分庞杂的系统，既有本土的，又有舶来的，各种各样的神几乎无处不在。而且中国老百姓还有随意造神的习惯，只要灵验能治病救人、消灾去难、降福生财，一棵大树、一块巨石、一眼水井，都可以成为神灵。这些名不见经传的"杂神"反而香火旺盛，一年四季，善男信女，顶礼膜拜，香火不断。这种风俗，至今犹存。我们可以看看王建的《神树词》：

我家家西老棠树，须晴即晴雨即雨。
四时八节上杯盘，愿神莫离神处所。
男不着丁女在舍，官事上下无言语。
老身长健树婆娑，万岁千年作神主。

"树崇拜"在今天某些地区还存在，崇拜者认为某种物或者某棵树具有神异的力量，定时向它致祭、祷告。这首诗反映的就是这样的风俗：一个老婆婆面对着一棵她奉为"神主"的老棠树，絮絮地诉说自己的愿望：希望官府能够少找她的麻烦，使她一家人都平平安安、团圆和睦地过日子。

如王建的《祝鹊》：

神鹊深鹊好言语，行人早回多利赂。
我今庭中栽好树，与汝作巢当报汝。

旧俗以为喜鹊是吉祥喜兆，能先知，因此称神鹊。这首诗借祝鹊语兆喜，表现家人盼行人早归之情。

再如张籍的《白鼍鸣》：

天欲雨，有东风，南谿白鼍鸣窟中。
六月人家井无水，夜闻鼍声人尽起。

鼍，即扬子鳄，穴居在江河岸边，古人认为鼍鸣预示着即将下雨，例如《埤雅》云："豚将风则踊，鼍欲雨则鸣。故里俗以豚讥风，以鼍讥雨。"[①]《本草纲目》亦云："（鼍龙）其声如鼓，夜鸣应更，谓之鼍鼓，亦曰鼍更，俚人听之以占雨。"[②] 张籍这首诗惟妙惟肖地模仿了古童谣，表达了农民大旱时渴盼下雨的急切心情，大有汉魏歌谣之风。

张、王尤其是王建乐府反映民俗内容是十分丰富的，反映在游艺民俗的诗篇中，王建一扫其乐府诗中那样厚重、阴郁的色调，而以鲜丽热烈的笔墨，描绘了中唐女杂技演员的飒爽英姿，表现了中唐百姓心中勇敢、豪爽、乐观的一面。杂技在唐代称为百戏，盛唐时有完备的杂技组织和训练的场所——教坊。在安史之乱后，许多杂技艺人都流落民间，在民间的沃土上汲取了更为丰富的营养而使技艺日臻完

[①] （宋）陆佃：《埤雅》卷2，北京图书馆古籍珍本丛刊5"经部"，第271页。
[②] （明）李时珍：《本草纲目》卷43，人民卫生出版社1982年版，第2382页。

善。所以中、晚唐的杂技艺术比唐代前期达到了更高的境界。王建的《寻橦歌》正是反映了杂技界的这一状况。

> 人间百戏皆可学，寻橦不比诸余乐。
> 重梳短髻下金钿，红帽青巾各一边。
> 身轻足捷胜男子，绕竿四面争先缘。
> 习多倚附欹竿滑，上下蹁跹皆著袜。
> 翻身垂颈欲落地，却住把腰初似歇。
> 大竿百夫擎不起，袅袅半在青云里。
> 纤腰女儿不动容，戴行直舞一曲终。
> 回头但觉人眼见，矜难恐畏天无风。
> 险中更险何曾失，山鼠悬头猿挂膝。
> 小垂一手当舞盘，斜惨双蛾看落日。
> 斯须改变曲解新，贵欲欢他平地人。
> 散时满面生颜色，行步依前无气力。

寻橦，是一种爬竿杂技节目。寻橦杂技发展到汉代已由汉代的附竿而舞发展为有歌有舞。表演时，一人或肩承或头戴长竿，另有舞者（女子或童子）从四面攀缘而上，翩于竿头，歌舞不辍。唐代的寻橦，有戴竿、花竿、险竿、上竿、长竿、立竿、竿木、透橦、缘橦等多种别称。著名的花竿女艺人王大娘，天宝十载九月曾在勤政楼前为唐玄宗表演过。姚汝能《安禄山事迹》描述戴竿表演说："或一人肩符首戴二十四人，戴竿长百余尺。至于竿杪人，腾挪如猿狖飞鸟之势，竟为奇绝！累目不悚，观者流汗、目眩。"王建的《寻橦歌》用诗歌的形式描写寻橦艺人的精彩表演，诗中的女子不但神力惊人，而且从容起舞，视若闲庭信步："大竿百夫擎不起，袅袅半在青云里。纤腰女儿不动容，戴行直舞一曲终。"意态何等娴雅！担任上竿的尖子演员也是女性，她们在高入"青天里"的竿顶上，进行种种惊险绝伦的表演："身轻足捷胜男子，绕竿四面争先缘。……翻身垂颈欲落地，却住把腰初似歇。"不但身手不凡，而且胆勇过人。演出结束后，从竿头舞者的角色中出来，一改表演时矫健轻捷之态，恢复了女孩子平日娇媚无力的妙姿。

除此之外，王建还有单纯写神话传说故事的如《精卫词》《望夫石》《七夕曲》等，也都写得独具特色。以《望夫石》为例：

> 望夫处，江悠悠。化为石，不回头。
> 山头日日风复雨，行人归来石应语。

望夫石的故事流传很广泛，许多地方都有望夫山、望夫石、望夫台。此诗似是信手拈来，却是情意无穷，描写了一个有丰富内涵的景物和诗人刹那的感受，绘出了一幅感人的图画：浩浩不断的江水，江畔屹立着望夫山，山头伫立着状如女子翘首远眺的巨石。山，无语伫立；水，不停地流去；人，已变为磐石，在漫长的岁月中经受着风吹雨打，但未改初衷。形象地写出了思妇登临之长久，想念之深切。而结句"行人归来石应语"，诗人宕开笔墨，作了浪漫的推想：待到远行的丈夫归来之时，这伫立江边的石头定然会倾诉相思的衷肠！

通过以上论述可以得知，张、王乐府中保存有大量反映一方风土人情、民风民俗的诗作，这些诗作对于乐府诗风俗内涵有极大的开拓，是元白"规讽时事"的理论所不能局限的，这也正是张、王乐府能够在中唐诗坛独树一帜的一个重要原因。

二　对下层百姓生活的全面细致反映

张籍、王建二人皆终身沉沦下僚，处境贫寒，一生多奔走南北，因而二人作诗同样取材于田家、蚕妇、织女、水夫等现实内容，广泛地反映了下层平民的生活。仅从诗题看，如张籍的《樵客吟》《江村行》《野老歌》《贾客乐》《山头鹿》《牧童词》等，王建的《田家行》《当窗织》《田家留客》《水夫谣》《海人谣》等，皆为这类题材的代表作。对于张、王二人这一类乐府诗作，《唐诗选脉会通评林》中评之："周珽曰：诗以清远为佳，不以刻苦为贵，固矣。然情到真处，事到实处，音不得不哀，调不得不苦者。说者谓文昌、仲初乐府，瘖哑逼侧，每到悲惋，一如儿女啼哭，所为真际虽多，雅道尽丧，不知彼心口手眼各自有精灵不容磨灭光景。非善读二家者也。《诗镜》云：'七古欲语语生情，自张、王始为此体，盛唐人只得大意。'得矣。唐汝询曰：文昌乐府，就事直赋，意尽而至，绝不于题外立论。如《野老》之哀农，《别离》之感戍，《泗水》之趋利，《樵客》之崇实，《雀飞》之避祸，《乌栖》之微讽，《短歌》之忧生，各有一段微旨可想，语不奥古，实是汉魏乐府正裔。"[①]

试看张籍的《野老歌》：

> 老农家贫在山住，耕种山田三四亩。
>
> 苗疏税多不得食，输入官仓化为土。
>
> 岁暮锄犁傍空室，呼儿登山收橡实。
>
> 西江贾客珠百斛，船中养犬长食肉。

这是张籍的乐府名篇。前四句开门见山，写山农终年辛劳而不得食；五、六句写老农迫于生计不得不采野果充饥；结尾通过山农之贫苦与豪贾之奢侈的对比。一面是"不得食""傍空室""收橡实"充饥；一面是"化为土""珠百斛""养犬长食肉"。表现了一个终年辛苦的老农，受尽朝廷横征暴敛的剥削，过着穷困潦倒的日子。全诗似

---

① 转引自陈伯海主编《唐诗汇评》中册，浙江教育出版社1995年版，第1896页。

乎只是摆一摆事实,像一个没有说完的故事,用语看似平淡无奇,读来却动人心魄、发人深思。如实揭示了当时都市畸形发展致使农民愈益困苦的社会现实,在简短的篇制与平淡的描述中蕴含着重大的主题,足见诗人敏锐的感受能力与独特的表达技艺。可以说这正是张籍诗歌创作的最主要成就与特征。也正因此,张籍乐府甚至被后人称为唐人乐府第一,如周紫芝《竹坡诗话》就说:"唐人作乐府者甚多,当以张文昌为第一。"① 又如其《山头鹿》:

山头鹿,双角芰芰,尾促促。
贫儿多租输不足,夫死未葬儿在狱。
早日熬熬蒸野冈,禾黍不收无狱粮。
县家唯忧少军食,谁能令尔无死伤。

如果说,前诗侧重于白描与对比中揭示深刻的社会问题。那么,此诗则着重于对重税盘剥下农民困苦生活本身的纵深剖露,由于赋税太重,贫苦人家缴不起,结果诗中妇人的丈夫被逼死了还没有掩埋,儿子又被关进了监狱。因为大旱,庄稼枯死,粒米不收,连监狱里开饭也成了问题。"无狱粮"三字尤沉痛!妇人无暇自忧,先念及狱中儿子无食,写出了天下父母心。表达出诗人对民生疾苦的深切同情,对如虎苛政的激愤抨击。这种相对激切的表现方式,在张籍诗中固属少数,但正是因此而更加明晰地显露出其与杜甫"草堂乐府擅惊奇"之间的渊源关系。

在张籍的诗中还有写到牧童的作品《牧童词》:

远牧牛,绕村四面禾黍稠。
陂中饥鸟啄牛背,令我不得戏垄头。

---

① (清)何文焕:《历代诗话》上册,中华书局2004年版,第354页。

入陂草多牛散行，白犊时向芦中鸣。

隔堤吹叶应同伴，还鼓长鞭三四声。

牛牛食草莫相触，官家截尔头上角。

不看最后两句，诗歌的前半部分给我们描绘了一幅非常美好的牧童放牧图：在远离村庄的水边坡岸上，青草茂盛，牛群四散开欢快地啃嚼着，幼小的牛犊还不时对着芦苇丛"哞哞"地叫唤着。牧童隔着堤岸吹响了叶片，应和着放牛的小伙伴。他还时不时扬起长长的鞭子，甩出几下清脆的声响。此诗刻画了一个天真质朴而活泼的农村儿童形象。末二句用官家来吓唬牛儿，牛儿啊，你快乖乖地吃草，不要用犄角斗闹了，当心官家截掉你们头上长的角。可见当时连不谙世事的牧童也深知赋税的繁重、官家的厉害。最后一句用了典故，原来，北魏时，拓跋晖出为万州刺史，出发时用车载物，从信都（今河北省冀州市）至汤阴（今河南省汤阴县）间首尾相继，道路不断。由于其车没有盛车轮油的角（脂角），便叫人在路上逢着牛就生截取角，以充其用。这一故事在民间广为流传，牧童们都知道"官家截尔头上角"，这是牧童挥鞭时随口所说，也是牧童认为这是有效的恐吓。这是值得深思的。韩愈有《醉赠张秘书》诗云："张籍学古淡，轩鹤避鸡群。"所谓学古淡，古是指"尤工乐府诗"，淡是指辞意通显，不作雕饰。本篇就是其中的优秀诗作之一，不仅把口语用得恰到好处，而且运用典故也不着痕迹。

再看王建反映纤夫生活的作品《水夫谣》：

苦哉生长当驿边，官家使我牵驿船。

辛苦日多乐日少，水宿沙行如海鸟。

逆风上水万斛重，前驿迢迢后森森。

半夜缘堤雪和雨，受他驱遣还复去。

>夜寒衣湿披短蓑，臆穿足裂忍痛何。
>到明辛苦无处说，齐声腾踏牵船歌。
>一间茅屋何所值，父母之乡去不得。
>我愿此水作平田，长使水夫不怨天。

本篇以水边纤夫的生活为描写对象，通过一个纤夫的内心独白，写出了水上服役不堪忍受的痛苦。唐代水运发达，江南各地的丰富物产大都通过运河源源不断地送到长安，水运成了唐王朝赖以生存的经济命脉之一。因此沿水路皆设有水驿，并需征调大批的船家纤夫服役，唐代水驿之船夫都有定数。全诗以纤夫自己的口吻倾诉了他们为官府纤船的非人生活，诗以"苦哉"二字领起全篇，定下了全诗的感情基调。水夫脱口发出这一声嗟叹，说明他内心的悲苦是难以抑制的。水夫们像海鸟一样野宿水船、日行沙上，过着完全非人的生活：顶风、逆水、船重，备述行船条件的艰难，而前面的驿站是那样的遥远，水波茫茫无边无际，苦难的日子似乎走不到尽头。诗人选取了一个雨雪交加的寒夜为背景，纤夫们披着短蓑、纤绳磨破了胸口、冻裂了双脚，一切痛苦，他们都无可奈何地忍受着。可是这些痛苦他们无处诉说，只好把满腔愤懑积郁在心里，"齐声腾踏牵船歌"，用歌声发泄内心的怨愤不平、用歌声协调彼此的动作，在百般困乏疲惫之中，他们又举步向前了。纤夫们为什么不逃离这苦难的深渊呢？一间茅屋的财产不值得留恋，可故乡却又舍不得离开，即使离开水乡，他们的处境也不会好。"田家衣食无厚薄，不见县门身即乐！"（《田家行》）没有了水上的徭役，陆地上同样有徭役和租税。最后，水夫们明明受人驱来遣往，却只说怨天而不敢尤人，"我愿此水作平田，长使水夫补怨天"。实际上怨愤之意尤深。

全诗对水夫心理描写细致而又层次分明，由嗟叹到哀怨，到怨恨，又到无可奈何，把其内心世界揭示得淋漓尽致。而且诗歌不断变换韵脚，使人觉得水夫倾诉的哀愁怨愤是如此之多。虽然诗人刻画的是一个水夫形象，反映的却是整个水乡人民的痛苦生活。全诗的语言既具有民歌通俗流利的特点，又具有文人作品凝练精警的特点，颇具特色。

再如王建反映广东沿海一带在海上谋生的百姓的生活状况的作品《海人谣》：

> 海人无家住海里，采珠役象为岁赋。
> 恶波横天山塞路，未央宫中常满库。

唐代以前，包括广东到安南的武南州一带（今越南）全部都是采珠区域，"采珠役象"正是当地两种富于特色的生计。王建的这首诗以简括、俊爽的笔调描写了海边居民的辛苦，他们无所谓家，长年累月在海上漂泊，采集珍珠、驯养大象，滔滔的波浪连天翻卷，重重的山峦阻塞道路，尽管这样，在朝廷的宫殿里，珍珠却常常堆满了皇宫的仓库。末句以鲜明的对比，看似平静不着痕迹，却讽刺了统治者的贪暴。

王建的作品中还有表现纺织女的作品如《当窗织》：

> 叹息复叹息，园中有枣行人食。
> 贫家女为富家织，翁母隔墙不得力。
> 水寒手涩丝脆断，续来续去心肠烂。
> 草虫促促机下啼，两日催成一匹半。
> 输官上顶有零落，姑未得衣身不著。
> 当窗却羡青楼倡，十指不动衣盈箱。

这是王建乐府诗中广为流传的一首，主要叙写贫家女为输税而日夜苦织，极尽辛劳仍贫苦异常的事实。结语"当窗却羡青楼倡，十指不动衣盈箱",化用了《汉书·货殖列传序》所引的谚语"以贫求富,农不如工,工不如商,刺绣文不如倚市门",却用了一个非常刺眼的"羡"字表达了"不如"之意。这"羡"字就因为不合情理,被沈德潜斥为败笔:"本意薄之,然'羡'字失言矣。"① 显然是认为良家女子羡慕娼家于理大谬,但如果抛却"温柔敦厚"的传统论诗理念,仔细体味全诗,就会发觉这位贫家女子之所以会萌生此念,完全是由于"水寒手涩丝脆断,续来续去心肠烂。草虫促促机下啼,两日催成一匹半"那无休无止、非人所堪的劳作与"输官上顶有零落,姑未得衣身不著"的彻骨之贫长年累月地折磨着她,令她无法喘息,以致心理被严重扭曲,只剩下一个念头盘旋在心头,哪怕只是暂时地摆脱这种境遇,这便是她羡慕无须织作就遍身罗绮的青楼女子的缘由。与《促刺词》中的女主人公由于"少年虽嫁不得归"而痛感"我身不及逐鸡飞",以致绝望地发出"出门若有归死处,猛虎当衢向前去"那种置生死于不顾的呼号是同一个道理。"羡"字非但不"失言",恰恰是点睛之笔。诗人通过刻画主人公扭曲的心态,表达了对官府残酷压榨百姓的极大愤慨。相较之下,同是悯叹织妇辛劳、结尾也用了这个"羡"字的元稹《织妇词》便逊色得多了:"……东家头白双女儿,为解挑纹嫁不得。檐前袅袅游丝上,上有蜘蛛巧来往。羡他虫豸解缘天,能向虚空织罗网。"劳作过苦,又耽误了青春,对织作一事厌倦怨恨方为情理之常,蜘蛛再巧,又有什么心情羡慕呢?

在张籍、王建的乐府诗中还有大量表现征夫思妇的作品,如张籍的《寄衣曲》就是通过一个妇人之口来细致婉约地表达反战情绪:

织素缝衣独苦辛,远因回使寄征人。
官家亦自寄衣去,贵从妾手著君身。

---

① (清)沈德潜:《唐诗别裁集》上册,上海古籍出版社1979年版,第275页。

高堂姑老无侍子，不得自到边城里。

殷勤为看初着时，征夫身上宜不宜。

诗中刻画了一位"贤妻"的形象，她辛辛苦苦地缝制衣服，让使者带给远在边关的"征人"。并不是因为征人没有衣服穿，"官家亦自寄衣去"，但官家的衣服不如自己做得好，尤为可贵的是，自己亲手缝制的衣服穿在丈夫身上，就如同自己亲身前往探望丈夫一般。通过这个典型性的细节，把女子的深情爱意及对丈夫的思念准确地表达出来了。在使者面前，征妇不便详细询问丈夫的身体近况，唯有请使者帮自己看看新衣穿在丈夫身上长短宽窄如何。"宜不宜"三字，含蓄委婉地道出了征妇之幽念之情。但通过这种关心话语传达给读者的却是战争的冷酷无情，尤其是"高堂姑老无侍子，不得自到边城里"两句，绵里藏针，另有所指，让我们想到战争的无情。

张籍、王建诗中对民间现实生活的广泛包容，其实质正是诗人对社会政治问题的强烈关注。这在当时的政治背景下，表现为政治改革与图变氛围中寒族士人的积极参与意识，在文学思潮的演进历程中，则表现为儒家政教文学观极度发展的前奏。张、王大量写作乐府诗，正是对便于托物寓意的传统文学范式的选择，王建在《送张籍归江东》诗中说"君诗发大雅，正气回我肠"，在《寄李益少监兼送张实游幽州》诗中又说"大雅废已久，人伦失其常，天若不生君，谁复为文纲"，张籍在《赠王秘书》诗中也说"赋来诗句无闲语"。可见，在写实的基础上，以振兴"大雅"为旨归，以重整"伦常"为作用，期望通过诗的作用来托寓讽谏、针砭时弊，实为张籍、王建二人的共同主张，这也就是白居易所说的"风雅比兴外，未尝著空文"之实质内容。

三 对广大女性命运的特别关注

与前面谈到的种种人物相比,张籍、王建似乎更注意妇女,特别是下层劳动妇女这个群体。他们有大量的诗篇几乎涉及中国古代各类身份地位的女子,从宫妃、宫女、公主这些上层社会的不幸女子,写到官吏之妻,再到征夫之妇等普通妇女,直至生活在社会最底层的娼女,广泛反映了中唐社会各个阶层妇女的不幸命运。而且作者能够大胆承认妇女有她们对正当生活的要求,有她们对青春幸福的要求。

他们通过对妇女艰辛、痛苦生活的描写,深刻地反映了中唐社会妇女被奴役、被压迫的黑暗现实。试看王建的《织锦曲》:

> 大女身为织锦户,名在县家供进簿。
> 长头起样呈作官,闻道官家中苦难。
> 回花侧叶与人别,唯恐秋天丝线干。
> 红缕葳蕤紫茸软,蝶飞参差花宛转。
> 一梭声尽重一梭,玉腕不停罗袖卷。
> 窗中夜久睡髻偏,横钗欲堕垂著肩。
> 合衣卧时参没后,停灯起在鸡鸣前。
> 一匹千金亦不卖,限日未成宫里怪。
> 锦江水涸贡转多,宫中尽著单丝罗。
> 莫言山积无尽日,百尺高楼一曲歌。

由于战争的破坏,社会制度的腐败,盛唐那种男耕女织的时代已经成为历史,代之而来的是"耕者不得食,织者不得衣"的血淋淋的现实。唐代宗时,宫中的织染署所领作坊有绫锦巧儿三百六十五人,织造专供宫中或朝廷使用的特织品。据《唐六典》载,朝廷还挑选有技能的工匠在原住州县立户籍,按番到两监(少府监和将作监)服役，称为"短番匠"。也有的在家为官府做工，限日缴纳织物。此篇写的就是当时织户的遭遇。诗人王建饱含着爱与恨的强烈思想情感，描写了一个技艺精湛，以织锦为业的女子，夙兴夜寐织出了"千金不卖"的锦缎，被皇宫中的统治者当作"一曲歌"的缠头而轻易挥霍掉，深刻反映了唐代被剥削者和剥削者之间尖锐的矛盾。"一梭声尽重一梭，玉腕不停罗袖卷。""合衣卧时参没后，停灯起在鸡鸣前。"王建对织女辛勤劳作而深表同情的思想情感溢于言表！"莫言山积无尽日，百尺高楼一曲歌。"诗人对那些不劳而获的现实的彻骨愤懑之情，更是显而易见！这首诗和我们在前面已经谈到过的《当窗织》也是同类题材的作品。

中唐时代战患连年不断，导致了兵役制度的黑暗和人民徭役负担的沉重。经年累月的征戍，一方面使征人、征夫有家难归；另一方面使无数思妇居家独守，因而产生了许多"征妇怨"一类的闺怨诗。张籍的《征妇怨》写道：

> 九月匈奴杀边将，汉军全没辽水上。
> 万里无人收白骨，家家城下招魂葬。
> 妇人依倚子与夫，同居贫贱心亦舒。
> 夫死战场子在腹，妾身虽存如昼烛。

将帅无能，致使全军覆没，兵士们都惨遭屠杀，边城是"万里无人收白骨"，咸阳城中是"家家城下招魂葬"，而他们的妻子怀着遗腹子，为征人招魂埋葬。本来在封建社会中"妇人依倚子与夫"，但是诗中的妇人丈夫已经战死，儿子又未出世，自己虽还活着，如同白天点蜡烛，完全是多余的。她悲愤、绝望的心情交织在一起，不仅使人感到凄婉。诗人在《邻妇哭征夫》中，也是一字一泪地倾诉了征妇的苦难心声："双鬟初合便分离，万里征夫不得随。今日军回身独殁，去时鞍马别人骑。"

张籍还在《妾薄命》中如是说：

> 薄命嫁得良家子，无事从军去万里。
> 汉家天子平四夷，护羌都尉裹尸归。
> 念君此行为死别，对君裁缝泉下衣。
> 与君一日为夫妇，千年万岁亦相守。
> 君爱龙城征战功，妾愿青楼歌乐同。
> 人生各各有所欲，讵得将心入君腹。

这首诗也是写丈夫从军，征妇思念的情状。那时的征战，总是凶多吉少。"古来征战几人回？"大部分人都是马革裹尸还。诗中的征妇满腹哀怨，无处发泄，只好抱怨自己命运、福气不济。在征夫别离时，征妇就感到前景不妙，于是沉痛地说："念君此行为死别，对君裁缝泉下衣。"并且发誓说："与君一日为夫妇，千年万岁亦相守。"这种生离死别之苦是对妇女的极端摧残。在古代封建社会里，有很多男子在服役征戍前先行婚配，即是当天从戍出征，也要即日匹配成婚，所以杜甫才有《新婚别》："结发为妻子，席不暖君床。暮婚晨告别，无乃太匆忙！……妾身未分明，何以拜姑嫜？"这是极其惨痛的诗句，有时，甚至因为男子出征迫切，来不及举行婚礼仪式，也要待后以雄性的动物，如公鸡之类作为象征性的东西举行婚礼，然后把她们娶过门来守活寡，充当伺候公婆的奴隶，这种不公正、不人道的恶习陋俗，实际上也正是封建礼教对妇女的惨痛压迫。末一句征妇无可奈何地感慨道"人生各各有所欲，讵得将心入君腹"，每个人都有自己的想法和打算，自己又怎么能将自己的心放进丈夫的腹里！怨中带恨，怨恨丈夫为什么不能和她一条心，为什么不能一家人快快乐乐地生活？

又如张籍的《别离曲》云：

行人结束出门去，几时更踏门前路。
忆昔君初纳采时，不言身属辽阳戍。
早知今日当别离，成君家计良为谁。
男儿生身自有役，那得误我少年时。
不如逐君征战死，谁能独老空闺里。

诗中这位"身属辽阳戍"的士卒，在说亲的时候，显然在对方面前隐瞒了自己的身份，欺骗了这位天真的姑娘，当姑娘嫁到男方家里后，才弄明白"身属辽阳戍"是无法改变的局面。她有些后悔——"成君家计良为谁。男儿生身自有役"；由后悔而生埋怨——"男儿生身自有役，那得误我少年时"；进而牢骚满腹——"不如逐君征战死，谁能独老空闺里"？唐代的丁男都有服役期限，这位丁男服役未满，就偷偷地跑回家骗婚，这种骗婚的结果，无疑会给这位姑娘造成痛苦，如果这位"辽阳戍"一旦因战争而阵亡于疆场，那么这位十三四岁的少妇，就得遵从封建礼教对女子"从一而终"的苛求。所以诗中的女子思前想后，与其"独老空闺"，还不如逐君征战而死，这是血泪般的控诉和呼号。诗人在那个封建社会，勇于承认妇女"少年时"应当爱护珍惜，并替她们呼号冤苦，大大超出了他的前代及同时代的许多诗人。

我们可以再看看王建的《送衣曲》：

去秋送衣渡黄河，今秋送衣上陇坂。
妇人不知道径处，但问新移军近远。
半年著道经雨湿，开笼见风衣领急。
旧来十月初点衣，与郎著向营中集。
絮时厚厚绵纂纂，贵欲征人身上暖。

愿身莫著裹尸归,愿妾不死长送衣。

诗写闺中妻子制寒衣送边关征人,一表相思之情,但更希望的是双方都能安然无恙。尽管征人行踪不定,久戍不归,但他是妻子的精神支柱、希望所在,不敢有所怨恨。"愿身莫著裹尸归,愿妾不死长送衣。"两句高度概括的诗句,极尽曲折地道出了男女双方微妙复杂的心理,只要征人健在,妻子愿意长送"贵欲征人身上暖"的厚厚棉衣,这就是做妻子的最大慰藉。这不怨之怨里,包含了多少凄楚与愤恨。在当时,不仅从军在外的士兵生命随时有牺牲的可能,从而造成"闻道西凉州,家家妇人哭"的惨况;就是在家的人,也没有人身安全的保障,生命朝不保夕,所以王建这短短的两句诗,切中时弊,更表现出诗人对这样的时代的无比愤慨和抨击。

在张籍、王建所处的时代,妇女随时都有可能被抛弃的现象是十分严重的,一旦不如意,便弃之如草芥。在诗人的笔下还有一些表现弃妇的诗作,如张籍的《离妇》:

十载来夫家,闺门无瑕疵。薄命不生子,古制有分离。
托身言同穴,今日事乖违。念君终弃捐,谁能强在兹。
堂上谢姑嫜,长跪请离辞。姑嫜见我往,将决复沉疑。
与我古时钏,留我嫁时衣。高堂拊我身,哭我于路陲。
昔日初为妇,当君贫贱时。昼夜常纺织,不得事蛾眉。
辛勤积黄金,济君寒与饥。洛阳买大宅,邯郸买侍儿。
夫婿乘龙马,出入有光仪。将为富家妇,永为子孙资。
谁谓出君门,一身上车归。有子未必荣,无子坐生悲。
为人莫作女,作女实难为。

诗中的女子是辛苦、勤劳、忠诚的,她和一个贫贱的男子成婚后,同甘共苦,日夜辛勤劳作,刚刚创立了一个富裕良好的家业,当有了车马、房屋，要去享受这种劳动换来的幸福果实时，没想到丈夫昧了良心，因嫌她不生儿子逼着她离了婚。我国古代从西周时期开始关于婚姻的解除就有若干制度，被称为"七出三不去"。所谓"七出"，又称为"七去"，是指女子若有下列七项情形之一者，丈夫或公婆即可休弃之，即不顺父母去；无子去；淫去；妒去；有恶疾者去；多言去；盗窃去。按照周代的礼制，已婚妇女若有下列三种情形则可以不被夫家休弃，即所谓三不去：有所娶无所归，不去；与更三年丧，不去；前贫贱后富贵，不去。"七出三不去"制度是宗法制度下夫权专制的典型反映。我们看《离妇》中的诗句，"薄命不生子，古制有分离"，"有子未必荣，无子坐生悲"，直接点明了这种"古制"的野蛮性，并表达了强烈的遣责。另外，诗中还对男子的薄情寡义给予了有力的批判：贫贱时嫁给你，经过我的辛勤劳动，生活富裕了，却把我休了。张籍的批判，既直截了当，又犀利深刻，让我们再一次领略到他的"狷直"性格。

谈到婚俗，必须谈到王建的《促刺词》：

促刺复促刺，水中无鱼山无石。
少年虽嫁不得归，头白犹著父母衣。
田边旧宅非所有，我身不及逐鸡飞。
出门若有归死处，猛虎当衢向前去。
百年不遣踏君门，在家谁唤为新妇。
岂不见他邻舍娘，嫁来常在舅姑傍。

这是一首描写不幸婚姻的诗作，从这位妇女"少年虽嫁不得归"等叙述来看，她实行的是"入赘婚"形式，即所谓的"招养老女婿"。这是一种母系家族婚制，是从妻居、服役婚风俗的沿袭发展。它的出现有历史原因，更有现实原因。张亮采《中国风俗史》说得很明确：

"其始高门与卑族为婚,利其所有,财贿纷遗,其后遂成风俗,婚嫁财币,争多竞少。"男子如果下不起聘礼,就难以娶到妻子,那就只好入赘到女家。名为招婿,实际上是以身为抵押去服劳役。赘婿的地位是非常低微的,招婿对本家财产,在招期间无任何权利,对于招家财产也无权支配。因此诗中妇女才说"田边旧宅非所有",在农业经济为主的社会中,土地归谁所有是决定人与人之间关系的物质基础,更何况招婿和媳妇的关系仅在于性别的不同,一旦招家父母兄弟反悔,立刻就会被扫地出门。如非万不得已,没有人愿意去当招婿的。所以诗中那个为畸形婚姻,因为"水中无鱼山无石"——为有名无实的"媳妇"身份而感到压抑、烦闷、悲痛的女主人公是不幸的,是值得同情的。她非常不满意自己的婚姻状况,"少年虽嫁不得归,头白犹著父母衣",虽然也是嫁人了,但是到了两鬓斑白的年纪都穿不上一件夫家的衣服,她深切感受到"我身不及逐鸟飞",因而绝望地发出了置生死于不顾的呼号——"出门若有归死处,猛虎当衢向前去"。但是静心想想,她背后那位因"家贫子壮则出赘"的丈夫也是让人同情的。

还有如王建的《去妇》诗:

> 新妇去年胼手足,衣不暇缝蚕废簇。
> 白头使我忧家事,还如夜里烧残烛。
> 当初为取傍人语,岂道如今自辛苦。
> 在时纵嫌织绢迟,有丝不上邻家机。

因婆婆听取旁人的挑唆而被遗弃的故事。王建的《赠离》一诗,写到了当一个少妇知道丈夫遗弃她时,心中发出无比悲愤和悔恨的呼号:"若知中路各东西,彼此不结同心结!"并对此采取了非常强烈的反抗手段:"我今焚却旧房屋,免使他人登尔床!"

在封建社会，历代帝王为了满足一己私欲，占有了大量的女性，除了正式的皇后和若干嫔妃外，还名正言顺地占有成千上万的侍妾，以为皇权至上的标志之一。白居易著名的《新乐府·上阳白发人》就典型地描述了这种后妃制度的残酷和罪恶，以及宫女的不幸遭遇和痛苦心理。白氏原注："天宝五载以后，杨贵妃专宠，后宫无复进幸矣。六宫有美色者，辄置别所，上阳是其一也。"诗中的女主人公十六岁入选，即被潜配上阳宫，"一生遂向空房宿"，年已六十岁还不曾见得君王一面。更令人悲悯的是，这样一位痛苦的女性竟还是当年"同时采择百余人"里的唯一幸存者。那么，广大宫女的悲惨命运及怨尤之情于此可见。高兴时是金屋藏娇，扫兴时则打入冷宫，所谓"宠幸"，也只是过眼云烟，许多宫女都是幽怨终生。对于失宠宫妃的悲惨遭遇，张籍、王建诗中也有所反映。试看张籍的《白头吟》：

请君膝上琴，弹我白头吟。
忆昔君前娇笑语，两情宛转如萦素。
宫中为我起高楼，更开花池种芳树。
春天百草秋始衰，弃我不待白头时。
罗襦玉珥色未暗，今朝已道不相宜。
扬州青铜作明镜，暗中持照不见影。
人心回互自无穷，眼前好恶那能定。
君恩已去若再返，菖蒲花开月长满。

这首诗借宫妃自述，反映了失宠后的不幸遭遇和寂寞心情。诗中的主人公原是显赫一时的人物，她说："宫中为我起高楼，更开花池种芳树。"但是，转眼间便被遗弃，"春天百草秋始衰，弃我不待白头时。罗襦玉珥色未暗，今朝已道不相宜"。荣枯之间恰似"南柯一梦"，想要再获恩宠，除非"菖蒲花开月长满"。菖蒲不开花，月也不长满,若得君恩再返是不可能的事。《韵语阳秋》中云:"《西京杂记》载司马相如将聘茂陵人女为妾,卓文君作《白头吟》者,疾人以新间旧,不能至白首,故以为名。余观张籍《白头吟》云:'春天百草秋始衰,弃我不待白头时。罗襦玉珥色未暗,今朝已道不相宜。'李白《白头吟》云'妾有秦楼镜,照心胜照井。愿持照新人,双对可怜影。'其语感人深矣。"①

再看张籍的《吴宫怨》:

> 吴宫四面秋江水,江清露白芙蓉死。
> 吴王醉后欲更衣,座上美人娇不起。
> 宫中千门复万户,君恩反复谁能数。
> 君心与妾既不同,徒向君前作歌舞。
> 茱萸满宫红实垂,秋风袅袅生繁枝。
> 姑苏台上夕燕罢,他人侍寝还独归。
> 白日在天光在地,君今那得长相弃!

如果说上一首《白头吟》的表达是直露透快的,这首《吴宫怨》则是婉转细微地写出了宫妃的苦痛和闺怨,诗中运用的是吴王夫差的典故:春秋末期(前494),吴王夫差战胜了越国后,骄纵狂妄,沉湎酒色,在姑苏台(今苏州西南的姑苏山上)修建了"春宵宫",为长夜之饮,过着花天酒地的日子。李白曾有诗句曰:"吴王宫里醉西施。"张籍的这首《吴宫怨》除了"怨"之外,更多的是对薄幸君王的责备:"宫中千门复万户,君恩反复谁能数。君心与妾既不同,徒向君前作歌舞。……白日在天光在地,君今那得长相弃!"

而王建的大型组诗《宫词》以更为广阔的视野着眼于宫中妇女的

---

① 转引自陈伯海主编《唐诗汇评》中册,浙江教育出版社1995年版,第1519页。

日常生活，诗中的宫廷妇女作为集体形象出现。王建笔下的宫女突破了宫怨的苑囿，并非只是终日承望君恩，临风洒泪，对月伤怀，一副哀怨不已的形象，她们在特定的生活空间，有着特定的服务对象，真实而非臆想地生活，灵动而非静止地存在。她们各司其职，熨衣宫女停灯即做，夜不得寐："每夜停灯熨御衣，银熏笼底火菲菲，遥听帐里君王觉，上直钟声始得归。"织衣宫女自绣真容，备办法事："灯前飞入玉阶虫，未卧常闻半夜钟，看着中元斋日到，自盘针线绣真容。"看园宫女恪守职责，一丝不苟，"宫花不与外花同，正月长生一半红，供御樱桃看守别，直无鸦鹊到园中"；她们有劳作之辛，也有闲暇之乐，或下棋，"弹棋玉指两参差，背局临虚斗著危"；或簸钱，"暂向玉花阶上坐，簸钱赢得两三筹"。感应季节变换，时序变迁，春日踏青，"新晴草色绿暖墩，山雪初消沪水浑。今日踏青旧校晚，传声留著望春门"；夏夜纳凉，"风帘水阁压芙蓉，四面勾栏在水中。避热不归金殿宿，秋河织女夜妆红"。她们秉性不一，各具姿态："射生宫女宿红妆，把得新弓各自张。临上马时齐赐酒，男儿跪拜谢君王"，射生宫女英姿飒爽，宛如男儿，大有巾帼不让须眉之势；"裹头蕃女帘前立，手把牙鞘竹弹弓"，裹头蕃女未脱野气，极具异族风情；后宫宠妃则娇柔慵懒："白日卧多娇似病，隔帘教唤女医人。"在这个小社会团体里，得宠者有惶惑恐惧之忧，"只恐他时身到此，乞恩求赦放还家"；失意者有知音难遇之慨，"自夸歌舞胜诸人，恨未承恩出内频"。但也充溢快乐和睦之气，"妃子院中初降诞，内人争乞洗儿钱"，妃子新添贵子，内人竞相分喜；"宫局总来为喜乐，院中新拜内尚书"，宫中近请尚书，宫人皆来贺喜；"树叶初成鸟护翼，石榴花里笑声多。众中遗却金钗子，拾得从他要赎么"，拾钗邀赏，一片喜悦之声，一派童心真趣。

  王建《宫词》在全真全景式地展现宫女生活百态的同时，还将宫女幽微隐秘的内心世界解剖给人看。《宫词》三十九首:"往来旧院不堪修,近救宣徽别起楼。闻有美人新进入,六宫未见一时愁。"写宣徽院近处别起楼的消息在宫中嫔妃中引起的心理震慑,只是闻有美人新进而并未见美人进来,可六宫嫔妃一时皆愁了,把她们唯恐新人争宠夺幸的微妙心理淋漓尽致地刻画出来。《宫词》八十三首:"教遍宫娥唱遍词,暗中头白无人知。楼中日日歌声好,不问从初学阿谁。"教唱歌女倾尽心血教遍宫娥,头白年老却被人所忽视,无人问津,在人情冷暖中咀嚼的是英雄末路似的酸楚。《宫词》五十一首则以朴素含蓄之笔描写宫情,写出了乐而不淫、俗不伤雅之妙境:"家常看著旧衣裳,空插红梳不作妆。忽地下阶裙带解,非时应得见君王。"诗歌前两句呈示给我们的是一个爱着旧裳、素面朝天的俭约女子,第三句言罗裙自解,我国古代妇女以帛缕、绣绦结腰系裙,一不留意,难免绦结松张,自古以来被视为夫妇好合之兆,多情的女主人公便马上把这一偶然现象与自己的盼幸之情联系起来,女主人公喃喃自语:莫非君王要非时召见吗?这一结语颇耐人寻味:读者由此恍悟宫女的俭约并非性情所致,而是一种"岂无膏沐,谁适为容"的落寞,亦由此可以想见宫女喜不自禁、严妆侯君的行为,望君临幸是后宫嫔妃的系怀所在,所以罗裙自解这件小事竟激起主人公心灵无法平静的涟漪,后宫嫔妃的内心便总是在候君的欣喜与盼幸不至的灰心间起落跌宕。可见,王建的这部分宫词往往融情思于琐事之中,于清新有致之外,又独得纤绵情藐之妙。

张籍、王建对妇女问题的关注,是把之作为重要的社会问题提出来的,他们不是简单地表达自己的同情,而是把妇女们的痛苦与哀怨跟战争、和平、礼教、社会制度等紧密结合起来,让读者在同情古代妇女们的遭遇的同时,对造成她们命运悲剧的社会根源进行深层次的思索。这部分诗作中就给我们透露出这样的信息:唐代经济的繁荣与思想的解放，使当时的妇女们的自我意识觉醒了，她们不愿意屈从于男尊女卑的社会地位和逆来顺受的礼教束缚，发出了争取并捍卫自己的正当生活权力的要求。从这种要求和呼声中，我们可以推论：只有真正关心当时妇女的生活，并把她们当作"人"来看待，才能敏锐地感受并捕捉到这一社会中的微妙变化，并把这种变化写到自己的诗歌中。诗人张籍、王建就是带着这种男女平等的观念来写古代妇女的。他们和同时代的白居易不一样，白居易官职高，尽管在元和十年（815）被贬后写了《琵琶行》，塑造了一个令人同情的歌女形象，但他在诗中只是悲叹琵琶女和自己的不幸命运——同是天涯沦落人，琵琶女仍然是一个自怨自艾、让人同情的传统风尘女子，她在做人的意识上仍然是听天由命——老大嫁作商人妇，跟一般意义上的离妇没有什么本质的不同。张籍、王建二人诗中的女性却不一样，她们固然有值得同情的一面，但更重要的是她们的抗争与对自身权利的追求。从这个意义上说，张籍、王建对妇女问题的关注是高出时人的。

四 对战争残酷的深刻揭露

唐代中叶是一个战乱频繁、动荡不安的时代。安史之乱，回鹘、吐蕃入侵，接着是军阀藩镇割据叛乱，生活在这个时代的人民，饱尝了战争的艰辛和痛苦。反映战争的题材成为张籍、王建乐府诗中一个重要的内容。

试看张籍的《陇头行》：

> 陇头路断人不行，胡骑夜入凉州城。
>
> 汉兵处处格斗死，一朝尽没陇西地。
>
> 驱我边人胡中去，恣放牛羊食禾黍。
>
> 去年中国养子孙，今著毡裘学胡语。

谁能更使李轻车,收取凉州入汉家。

这首诗具体反映了边境战争的现实:异族敌人侵犯边城凉州,士兵伤亡极大。战争给国家和人民带来了巨大的灾难,陇西失守后,边人被掠去、庄稼遭践踏,好端端的中原百姓成为沦陷区的遗民,穿袭衣、说胡语。"汉兵处处格斗死""恣放牛羊食禾黍"等场面让人目不忍睹、耳不忍闻。作者希望有李广那样的将领来领兵奋战,赶走敌人,收复失地。结尾的写法和王昌龄的《出塞》中"但使龙城飞将在,不教胡马度阴山",以及高适《燕歌行》中的"君不见沙场征战苦,至今犹忆李将军"说法如出一辙。

敌人不仅侵犯边疆,并且深入内地,攻陷京城,扰乱中原。例如张籍的《永嘉行》:

> 黄头鲜卑入洛阳,胡儿执戟升明堂。
> 晋家天子作降虏,公卿奔走如牛羊。
> 紫陌旌幡暗相触,家家鸡犬惊上屋。
> 妇人出门随乱兵,夫死眼前不敢哭。
> 九州诸侯自顾土,无人领兵来护主。
> 北人避胡皆在南,南人至今能晋语。

安史之乱以后,战争连年不息,朝廷内部四分五裂,使得唐王朝的统治力量愈益衰弱,腐朽的力量也就愈益猖獗,回纥、吐蕃等部族乘虚侵扰。唐代宗广德元年(763),吐蕃军队袭击京都长安,皇帝逃奔陕州,官吏藏窜,六军逃散,吐蕃剽掠府库市里,整个长安萧然一空,张籍此诗反映的正是这一社会现实。但是诗人运用了"引古刺今"的手法,不直陈唐朝之事,全用历史事件影射出来。这里引用的历史事件是西晋怀帝永嘉五年(311),匈奴兵破洛阳,虏帝去,愍帝即位。愍帝建兴四年(316),刘曜再破长安,帝出降,西晋亡。故诗以"永嘉"名篇。异族敌人攻陷京城后,便大肆抢杀掠夺,闹得鸡犬不宁,妇人出门避难,连自己丈夫死在眼前也不敢放声痛哭。而那些藩镇军阀都各自为政,不肯出兵护主。诗歌的结尾叙写了一个事实:西晋灭亡时,晋朝衣冠士族大部分逃难渡江,直至今天,南方的人都能说晋代的语言。此处影射安史之乱之后,北方士族多有逃亡南方,国家不能统一,何日才能重整社稷?诗人忧国忧民的心情已经尽在不言中。在《董逃行》中,诗人更是极为具体地描绘了敌人把战火烧到东都洛阳时洛阳市民逃亡的情景:

洛阳城头火瞳瞳,乱兵烧我天子宫。
宫城南面有深山,尽将老幼藏其间。
重岩为屋橡为食,丁男夜行候消息。
闻道官军犹掠人,旧里如今归未得。
董逃行,汉家几时重太平。

《董逃歌》原是汉末的童谣。《后汉书·五行志》载曰:"灵帝中平中,京都歌曰:承欢世董逃,游四郭董逃,蒙天恩董逃,带金紫董逃,行谢恩董逃,整车骑董逃,瞻宫殿董逃,望京城董逃,日夜绝董逃,心摧伤董逃。"其后有董卓之乱,终归逃亡。当时以为谶语,说明人民对于军阀混战的怨恨。后人习之为歌章,乐府奏之为警戒。本篇借用乐府旧题,反映了安史之乱给广大人民带来的深重苦难。乱兵、官军一起掠夺百姓,正如杜甫在《三绝句》中写道:"殿前兵马虽骁雄,纵暴略与羌浑同。"叛变作乱的军队除安史之乱曾一度攻入长安,两次攻陷洛阳外,德宗建中四年(783),淮西节度使李希烈在河北藩镇的支持下,出兵围攻过襄城,威胁洛阳,泾原兵五千奉命援襄城,路过长安而哗变,拥原泾原节度使朱泚为秦皇帝,德宗逃往奉天。在乱军攻开长安后,放火杀人、奸淫掳掠的情况下,百姓逃往深山老林，可是官军也没有示弱，"闻道官军犹掠人"，"纵暴略与羌浑同"。"乱军""官军""羌军"都是一样交相迫害人民。诗人对此深感痛心疾首，最后抒发了自己满腔的热望："董逃行，汉家几时重太平！"也表达了当时广大百姓渴望太平的普遍心情。

战争是残酷的，出征的战士们犹如走向坟墓，试看王建的《渡辽水》：

> 渡辽水，此去咸阳五千里。
> 来时父母知隔生，重著衣裳如送死。
> 亦有白骨归咸阳，茔冢各与题本乡。
> 身在应无回渡日，驻马相看辽水傍。

此篇是控诉唐王朝征高丽的战祸，字字满含血泪。当征人出发的时候，他的父母双亲就知道分别以后，从此难以活着相见，生人作死别，唯一能做的就是让孩子穿上重重的衣裳。古代风俗，替入殓的死人穿上寿衣，表示送死之意。据《仪礼·士丧礼》和《礼记·丧大记》的记载，入殓的衣服无论尊卑，"衣十有九称"，一称，即一套。所以诗中的父母见儿子离家远戍，亲为"重著衣裳"。而征人之间也是相互叮嘱：听说死难军人的尸骨是要送回咸阳的，到时候互相要记得在尸骨上替各人写下家乡的名称。用语何其悲也！"身在应无回渡日，驻马相看辽水傍。"可见的确是古来征战地，不见有人还！

由于战争，百姓的生产、生活遭到了严重的破坏，农村破产，野蚕成茧而无人收拾，曾经长满禾黍的田地一片荒芜，曲墙空屋杳无人迹，繁华的京城长安和东都洛阳遭到了严重的破坏，到处都有破村废宅的情状。张籍的《废宅行》就是表现这一历史现象的：

> 胡马奔腾满阡陌，都人避乱唯空宅。
> 宅边青桑垂宛宛，野蚕食叶还成茧。

> 黄雀衔草入燕窠,喷喷啾啾白日晚。
> 去时禾黍埋地中,饥兵掘土翻重重。
> 鸱枭养子庭树上,曲墙空屋多旋风。
> 乱定几人还本土,唯有官家重作主。

这首诗反映了战乱后家室残破的景象:屋边,翠绿的桑叶宛宛低垂着,野蚕食着桑叶,还结了丝茧。黄雀衔着草,飞进了燕巢栖息,傍晚时分喷喷啾啾地叫个不停。人们避乱离开的时候,把粮食埋在地里,以便回来时能有吃的,可是饥饿的士兵左翻右掘,把谷米全拿走了。如今,凶猛的鸱枭也在庭院的树上养出小雏了,在曲折的院墙里、在空荡荡的房屋中,经常旋风飞卷。可见废宅久无人居,景象十分荒凉。诗的最后两句说:"乱定几人还本土,唯有官家重作主。"不知何时乱定,乱定后又有几人能还本土?那只好全靠官府替老百姓做主了。"重"字有埋怨以前做得不好之意,讽刺了"边将"和"官家"无能,没有防患的本领。

战乱时农村破产,城市也化为荒村,在凄凉可悲的秋夜,呈现出百无聊赖的景象。试看张籍的《秋夜长》:

> 秋天如水夜未央,天汉东西月色光。
> 愁人不寐畏枕席,暗虫唧唧绕我傍。
> 荒城为村无更声,起看北斗天未明。
> 白露满田风袅袅,千声万声鹎鸟鸣。

秋夜:月白、虫鸣、露重、风轻……可是,经过兵乱的洗劫,城市已经变成荒村,连报更的梆声也没有了,睡不着的诗人起来仰望北斗,天还未亮,田野里满是秋露,清风徐来,传来一声紧似一声鹎鸟的悲鸣。鹎鸟是一种健斗的鸟,常常相互展开死斗。秋夜听到这种鸟叫,怎能不联想到人类的自相残杀、混战和兼并呢?鹎鸟的处处悲鸣,正是兵火之后农村城市经济衰败的真实反映。对此情景谁能不愁呢?而愁人忧伤时,就难以入眠了,甚至连枕席也感到可怕了。

王建的《空城雀》也是同类的作品:

> 空城雀,何不飞来人家住?空城无人种禾黍。
> 土间生子草间长,满地蓬蒿幸无主。
> 近村虽有高树枝,雨中无食长苦饥。
> 八月小儿挟弓箭,家家畏向田头飞。
> 但能不出空城里,秋时百草皆有子。
> 报言黄口莫啾啾,长尔得成无横死。

王建的这首诗因为采用了禽言的形式,使本篇诗歌读起来清新别致。篇首以"何不飞来人家住"提问,然后以"空城雀"作答。通过"空城雀"的遭遇来表现当时战乱后城市的一片残破荒凉,长期无法恢复的悲惨景象。在空城里,蓬蒿满地无人管理,群雀可以自由在土地上生子,并让它们在乱草丛中长大。此种景象让人不由得想起杜甫《春望》中的诗句:"国破山河在,城春草木深。感时花溅泪,恨别鸟惊心!"这正是安史之乱后,人口流亡,农村破产,民生凋敝的唐代社会的真实写照。

诗人甚至还揭露了将军独占战功的丑恶行径,试看张籍的《将军行》:

> 弹筝峡东有胡尘,天子择日拜将军。
> 蓬莱殿前赐六纛,还领禁兵为部曲。
> 当朝受诏不辞家,夜向咸阳原上宿。
> 战车彭彭旌旗动,三十六军齐上陇。
> 陇头战胜夜亦行,分兵处处收旧城。

胡儿杀尽阴碛暮，扰扰唯有牛羊声。
边人亲戚曾战没，今逐官军收旧骨。
碛西行见万里空，幕府独奏将军功。

在这首诗里，我们清楚地看到战士们拼死鏖战，获取了战争的胜利，但胜利的果实却被将军独吞。"碛西行见万里空，幕府独奏将军功。"深刻地批判了当时的社会现实，所谓"将军功"，是建立在战士尸骨堆上的。边境的国土已经空无一物，可是将军还是要报功请赏的。正如杜荀鹤所说的"今来县宰加朱绂，便是生灵血染成"。不仅如此，诗人还在《凉州词》中说："边将皆承主恩泽，无人解道取凉州。"他们只是要恩邀功，不肯尽心尽力，坐视国土沦丧于不顾，实在令人愤慨。

透过张籍、王建的这些诗篇，我们看到诗人笔下的战争，再也没有盛唐时边塞诗派那种高昂的气势、进取的精神和雄浑的诗风，代之而来的则是一种暗淡的色彩、失败的情绪和凄凉的声调。诗人这样对战争的描写，对战后民生凋敝破败景象的反映，对战士思乡厌战情绪和征人妻子对丈夫深切思念的细致刻画，代表了当时人民的普遍愿望。

当然，张籍、王建二人并不是一味地反对战争，他们反对的只是穷兵黩武的不义之战，而对维护国家统一，反对藩镇割据的战争，诗人又是全力赞成的。王建在《凉州行》一诗中就哀叹无人能把吐蕃占领的凉州夺回来："凉州四边沙皓皓，汉家无人开旧道。"在此诗的末尾，诗人又写道："城头山鸡鸣角角，洛阳家家学胡乐。"只此两句，便把醉生梦死、置国家统一于不顾的居高位者的丑恶嘴脸一下子置于光天化日之下。在《东征行》一诗中，作者满怀热情地歌颂了平定藩镇吴元济之战。他在描绘了讨伐吴元济的将士们的声威之后写道："男儿生杀在手里，营门老将皆忧死。瞳瞳白日当南山，不立功名终不还。"张籍《送边使》一诗是表现对戍边将士的亲切慰问，作者在最后发人深思地提出一句:"为问征西将,谁封定远侯?"定远为城名,故址在陕西镇巴县,东汉时为班超的封地。班超曾出使西域,大败匈奴。诗人在这里用典无疑是对将帅们的巨大鼓舞,希望他们争取像班超那样封为定远侯。不仅如此,诗人在《西州》中还勉励战士们说:"良马不念秣,烈士不狗营。所愿除国难,再逢天下平。"这样的诗句,义正词严,健壮豪放,给战士们增添了无穷的战斗力量。透过此诗高昂的调子,我们似乎又看到了盛唐时边塞诗人的兴象。可惜的是,像这样的诗简直太少了。当然,这并不是诗人的过错,而是时代使然。

通过以上论述我们可以得知,张籍、王建二人对社会生活有着深入而又广泛的了解,正像前面所分析的,老农的不满、船夫的呻吟、海人的愤恨、宫女的幽怨、兵士的悲歌、羽林军的凶狠、藩镇的跋扈等,尽入笔端。可以说,中唐社会生活的方方面面都在张、王二人的乐府诗中得以反映。张籍、王建乐府诗无论古题,或是"即事名篇、无复依傍"的新题,都倾注了作者的真实感受,饱含了作者强烈的爱憎。宋人张戒曾称道张籍:"张司业与元、白一律,专以道得人心中事为工。"其实,张籍、王建的乐府诗都是"以道得人心中事为工"。所谓"道得人心中事",是说他们的诗歌详尽、明白地反映了人民的情绪、愿望、爱憎,故《唐才子传·王建传》中谓王建诗"于征戍迁谪,行旅别离,幽居官况之作,具能感动神思,道人所不能道"。

第二节 "略去葩藻、求取情实"的艺术风格

宋人张戒曾称道张籍:"张司业与元、白一律,专以道得人心中事为工。"其实,张籍、王建的乐府诗都是"以道得人心中事为工"。

正因为张籍、王建二人重视真实情感的抒发，因此，他们就没有在辞藻艳丽上费工夫，胡震亨云："张籍、王建，略去葩藻，求取情实。"翁方纲在对比张籍、王建乐府诗同李贺乐府诗时也说："奇艳不及，而真切过之。"都正确指出了张、王乐府写实、重真情实感抒发这一艺术特点。严羽能特别拈出"张籍、王建体"，显然张籍、王建乐府诗在其艺术风貌上有其卓异之处。张、王二人的乐府诗既不同于杜甫乐府的沉着痛快，又不同于顾况的"直致而有伧气"，亦不同于后来元、白激切平直，而是体现出一种平和、古朴、含蓄的风格。

一　富有人情味的讽喻

张籍、王建的乐府自然都是有为而作，张籍在《赠王秘书》诗中云，"赋来诗句无闲语"，而王建在其《送张籍归江东》中称赞张籍的诗"君诗发大雅，正气回我肠"。很显然，他们二人与稍后的元、白一样，是期望通过诗的作用来振兴大雅、托寓讽谏的。张、王乐府诗中处处可见讽喻意旨，但诗人并未出之以说教的口吻，更不同于元、白的"几乎骂"，而是基本继承汉乐府"缘事而发"的传统，十分克制地以平和的语调，通过具体实在的人物形象的描绘、事件过程的记叙来表达自己的主旨，作者的感慨很少，且全是应事而发，将讽喻之旨不着痕迹地融透其中，体现出一种委婉含蓄的格调。我们可以看一下张籍的名篇《节妇吟寄东平李司空师道》：

> 君知妾有夫，赠妾双明珠。
> 感君缠绵意，系在红罗襦。
> 妾家高楼连苑起，良人执戟明光里。
> 知君用心如日月，事夫誓拟同生死。
> 还君明珠双泪垂，恨不相逢未嫁时。

往往有人把这首诗当作爱情诗,其实是一篇寓言诗。元和时期,各地藩镇喜罗致文人,以增声望与朝廷抗衡,此诗即张籍婉拒平卢淄青节度使李师道以书币致聘之作。李师道是一个十分跋扈的藩镇将领,他们父子三世割据一方,与朝廷对抗,分裂唐中央,当时因羡张籍之才名,以出币聘之作幕府。可是张籍虽然身贫官微,却不愿与他同流合污,所以寄此诗婉转辞谢。全诗写得亦浅亦隽,表白了一个妇人对爱情的忠贞,说得既委婉,又坚决。对方的情意是很可感的,但是,"恨不相逢未嫁时",如今却只好带着眼泪把那明珠退还给他。诗是一底一面,底是却聘,面是一首爱情诗,丢开了谜底,真的是妙到毫巅的一首爱情诗。此诗不仅是诗人借男女情事以自明忠于朝廷之志,而且具有针对此类甚为普遍现象的讽喻意义。但其具体表现方式,却略无说教之痕迹,全以节妇口吻自述,既以忠贞不贰表明政治态度之坚决,又以"恨不相逢未嫁时"的情语作结,显出浓郁而真实的人情味。正是因此,严守儒家道德规范者就对此颇有微词,贺贻孙《诗筏》说"此诗情辞婉娈,可泣可歌,然既垂泪以还珠矣,而又恨不相逢于未嫁之时,柔情相牵,展转不绝,节妇之节危矣哉"[1],沈德潜在《唐诗别裁集》中更直言"玩辞意恐失节妇之旨,故不录"[2],可见一斑。然亦正是因此,才显示出张籍借真实情事以表讽喻之旨的构思特点与表现方式。

王建讽喻之作中的人情味丝毫不减张籍,如《簇蚕辞》:

蚕欲老,箔头作茧丝皓皓。

场宽地高风日多,不向中庭燃蒿草。

神蚕急作莫悠扬,年来为尔祭神桑。

但得青天不下雨,上无苍蝇下无鼠。

---

[1] 转引自陈伯海主编《唐诗汇评》中册,浙江教育出版社 1995 年版,第 1900 页。
[2] (清)沈德潜:《唐诗别裁集》卷 8,上海古籍出版社 1979 年版,第 272 页。

新妇拜簇愿茧稠，女洒桃浆男打鼓。
　　三日开箔雪团团，先将新茧送县官。
　　已闻乡里催织作，去与谁人身上著。

此诗写蚕妇辛苦劳作，最后将新茧送官，又替别人织作，显然寓有"惟歌生民病，愿得天子知"之意，并成为后世"遍身罗绮者，不是养蚕人"那样的激烈批判方式之先导。但就其本身而言，却着重描写蚕妇养蚕的实际过程及其诚挚心境，充满浓郁的生活情味。

再如张籍的《樵客吟》：

　　上山采樵选枯树，深处樵多出辛苦。
　　秋来野火烧栎林，枝柯已枯堪采取。
　　斧声坎坎在幽谷，采得齐梢青葛束。
　　日西待伴同下山，竹担弯弯向身曲。
　　共知路傍多虎穴，未出深林不敢歇。
　　村西地暗狐兔行，稚子叫时相应声。
　　采樵客，莫采松与柏。
　　松柏生枝直且坚，与君作屋成家宅。

诗篇详尽地描述了樵夫采樵生活之苦辛：上山采樵—选取枯枝—挥斧砍伐—青葛束柴—待伴下山……采樵人的形象跃然纸上。身入深山，虎豹林莽，固是艰难险峻，而近村之途，也是狐兔横行，一片荒凉的氛围。而此时一声稚子的呼喊，樵夫的大声相应，在家人浓浓的关切里，又露出多少辛酸之情。在这样使人动情的场景中，诗人的情感自然也加入其中，但他并无丝毫的说教或议论，而是通过一种虽作用甚微却极为现实的劝慰，表达出那一特定条件下的具体可行的希望，因而也就更具有环境与情感的真实性。

还有《江村行》也是如此：

> 南塘水深芦笋齐，下田种稻不作畦。
> 耕场磷磷在水底，短衣半染芦中泥。
> 田头刈莎结为屋，归来系牛还独宿。
> 水淹手足尽有疮，山虻绕身飞扬扬。
> 桑林椹黑蚕再眠，妇姑采桑不向田。
> 江南热旱天气毒，雨中移秧颜色鲜。
> 一年耕种长苦辛，田熟家家将赛神。

本篇具有浓郁的江南水乡色彩，细腻逼真地描绘了江村农民水田劳作、采桑养蚕的辛苦生活：耕地在水底清澈分明，农夫身上穿着短衣，半身拖在芦苇中的泥水中。在田头割下莎草，搭成一间小窝棚，干完农活回来，便独自睡在里头。由于在水里浸泡的时间长了，手脚全都长了疮，招惹一群群山虻在身旁飞来飞去。但最后"一年耕种长苦辛，田熟家家将赛神"，并未以感慨或不平作结，而是写出其对辛苦之后赛神娱乐活动的期待，以此燃起田家生活中仅有的心灵慰藉之光，这既表现出田家真实的心理状态与思想境界，又更深一层地蕴含着诗人多民生疾苦的深切同情，作为诗歌的艺术表现方式，也就显得尤为朴厚自然。

如《山头鹿》：

> 山头鹿，角芟芟，尾促促。
> 贫儿多租输不足，夫死未葬儿在狱。
> 早日熬熬蒸野冈，禾黍不收无狱粮。
> 县家唯忧少军食，谁能令尔无死伤。

此篇是一首新题乐府，采用了民歌中常见的形式，篇首三句借"山头鹿"作为一贫如洗的起兴。诗中的妇人由于赋税太重，结果丈夫被逼死了还没有掩埋，儿子又被关进了监狱。"无狱粮"三字，语尤沉痛！妇人无暇自忧，先想到因天旱日炎，庄稼枯死，粒米不收，监狱里开饭也成了问题，狱中的儿子可能无食可吃。写出了天下父母心。而县官只是担忧军粮短缺，有谁会来管你的死活！

再如张籍的《洛阳行》：

> 洛阳宫阙当中州，城上峨峨十二楼。
> 翠华西去几时返，枭巢乳鸟藏蛰燕。
> 御门空锁五十年，税彼农夫修玉殿。
> 六街朝暮鼓冬冬，禁兵持戟守空宫。
> 百官月月拜章表，驿使相续长安道。
> 上阳宫树黄复绿，野豸入苑食麋鹿。
> 陌上老翁双泪垂，共说武皇巡幸时。

盛唐时代，皇帝经常在东都洛阳游乐，安史之乱后，唐王朝皇帝不再巡幸东都洛阳。但是洛阳的宫殿豪华依旧，消耗了大量的人力、财力。安史入关后，天子逃遁，此后国难迭起，有五六十年的时间，洛阳宫殿皆空闲无用。但仍然是"六街朝暮鼓冬冬，禁兵持戟守空宫"，依旧设置了许多重要官吏看管，因此是"百官月月拜章表，驿使相续长安道"。这样的废都废宫如此豪华，而京都长安的宫室，其豪华程度也就可想而知了。讽刺之意已经和盘托出，可是诗人结尾偏偏说道："陌上老翁双泪垂，共说武皇巡幸时。"通过陌上老翁的含泪诉说、回忆，写出了对大唐盛世的追慕之情。

张、王二人还有些乐府诗作直接把批判的矛头指向最高统治者，表现出直直说透、字字痛切的特点。如王建的《羽林行》：

> 长安恶少出名字，楼下劫商楼上醉。
> 天明下直明光宫，散入五陵松柏中。
> 百回杀人身合死，赦书尚有收城功。

> 九衢一日消息定，乡吏籍中重改姓。
>
> 出来依旧属羽林，立在殿前射飞禽。

《羽林行》是一首乐府旧题。"羽林"，即羽林军，汉代以来，历代封建王朝都用"羽林"称呼皇帝的禁卫军。这首诗大胆无情地揭露了中唐时期羽林军的作恶多端；写的是羽林军，实际上把批判的矛头直接指向了当时的最高统治者。这些羽林军的来源是"长安恶少"，都是坏得出了名的。通过"楼上""楼下""天明""散入"这些词显示了这是一连串无所顾忌的行为：楼下劫财、楼上醉酒、天明了径直到皇宫去值班，结束后又散入五陵松柏间抢劫杀人。表面上是写这些羽林恶少胆大包天，实际上则是写他们的炙手可热之势。这些人经常劫财杀人，谁也奈何不了，直到"百回杀人"、罪大恶极时才被问成死罪，但紧接而来的是皇帝的赦书，说他们"收城"有功。这些人依然做他们的羽林军，更是嚣张不已，"立在殿前射飞禽"，逍遥法外、有恃无恐。"射飞禽"已见其自由狂放之态，"立殿前"射御前之鸟，更见其得宠纵骄之态……至此，诗人对朝政的失望、感叹尽在不言之中。

另外值得一提的是，古乐府民歌尤其是汉乐府叙事抒情的视点基本上是平民，第一或第三人称。后世拟乐府属文人抒情言志的，视点多发生更换。通过以上分析我们可以看出，张、王乐府又基本上恢复为平民，同样多用第一或第三人称。在使用第一人称的乐府诗中，"诗人"隐去，而让主人公自己唱叹，所以真切、入微地揭示了平民的内心世界，诚如顾璘《批点唐音》所谓"体发人情，极于纤悉，无不至到"[①]。使用第三人称的作品，虽不及前类亲切、感人，但由于客观性强，驱遣材料自由，故往往长于描绘现实生活、揭露社会问题。

---

① 陈伯海：《唐诗汇评》，浙江教育出版社 1995 年版，第 1518 页。

如张籍《山头鹿》就是使用第三人称,将"贫儿多租输不足""夫死未葬儿在狱""旱日熬熬蒸野冈,禾黍不收无狱粮"等不同时空里的事件、场景连缀在一起,多层面地揭示广大农民的悲惨境遇。张、王很少以自己的身份和口吻叙事抒情,很少抒写自我情怀,这与李、杜等唐代其他乐府诗人明显不同。

二 生动的比兴手法

张籍、王建二人在乐府诗中广泛地使用了比兴手法,来委婉隐约表达他们对社会问题的观照。试看张籍的《古钗叹》:

> 古钗堕井无颜色,百尺泥中今复得。
> 凤凰宛转有古仪,欲为首饰不称时。
> 女伴传看不知主,罗袖拂拭生光辉。
> 兰膏已尽股半折,雕文刻样无年月。
> 虽离井底入匣中,不用还与坠时同。

通篇以古钗为喻,说明有识之士不能为当时社会所用。古钗是生活中最为常见的物品,以之为喻也很有说服力。诗中先说古钗于井底复得,但因其有"古仪",不合时宜了,比喻有志之士不愿迎合时宜,不善谄媚、钻营。再说尽管女伴争相传看,并用罗袖对之拂拭,使之重现光辉,实指有才华的志士被埋没世间,不为君主所用。诗人最后不禁为古钗叹息,认为它虽说离开井底,被放入了首饰盒中,但被搁置不用,依然和坠井时的情况一样。说的是古钗,实际是感叹怀才不遇,这样生动具体的比喻就给人一种实感,产生深刻的印象。当时朝政昏暗、宦官专权、朋党纷争、排除异己,任人唯亲的风气盛行。诗人本身就是受害者,他是德宗贞元间进士,一直担任闲曹卑官。年近半百,还过着"病眼街西住,无人行到门"的困顿孤寂生活。所以他有着深刻的体会,全篇以古钗比喻有才能而无处发挥的志士,的确切中时弊,对当时弃才不用的社会现象进行了有力的讽刺。

张籍在作品中运用比兴手法的还有如《废瑟词》:

> 古瑟在匣谁复识,玉柱颠倒朱丝黑。
> 千年曲谱不分明,乐府无人传正声。
> 秋虫暗穿尘作色,腹中不辨工人名。
> 几时天下复古乐,此瑟还奏云门曲。

此诗全篇以废瑟为喻,对"乐府无人传正声"的状况表示感叹,热切地希望"天下复古乐",即在诗歌创作中恢复古乐府反映民生疾苦的优良传统。古瑟因为久置匣中,"玉柱颠倒朱丝黑",无人能识。经过了千载纷纭,曲谱渐渐变得模糊不清了,古代表现民间疾苦的乐府也没有人加以继承了。古瑟遭到了极度破坏:秋虫在古瑟暗地里爬来爬去,瑟面上蒙着一层尘土的颜色,瑟底已经辨认不出制作工人的姓名了。诗人在结尾发出感叹:不知道什么时候天下才能再次恢复古乐府的优良传统呢?到时候一定要在这张古瑟上弹奏一阕《云门曲》。

再如其《猛虎行》:

> 南山北山树冥冥,猛虎白日绕林行。
> 向晚一身当道食,山中麋鹿尽无声。
> 年年养子在深谷,雌雄上山不相逐。
> 谷中近窟有山村,长向村家取黄犊。
> 五陵年少不敢射,空来林下看行迹。

郭茂倩《乐府诗集》中云:"古辞'饥不从猛虎食,暮不从野雀栖'。"前人运用比兴手法,多用此题来借喻一种自重自爱的有志之士。到了张籍,才以猛虎讽喻当时社会的豪强恶霸骄横强暴,鱼肉百姓。诗开头点出猛虎的居处，猛虎本应出入深邃幽暗的山林，而在光天化日之下竟敢绕村寻衅，比喻恶势力倚仗权势，肆意横行。傍晚时分，猛虎孤身在大路上捕食生灵，吓得山中的麋鹿不敢有半点儿动静。这幅情景使人不禁想到了当时朝廷的种种败类：羽林军们"楼下劫商楼上醉"、宦官们名买实夺的"宫市"、方镇们的"政由己出"……对此种种，社会上一片恐惧，百姓们只好战战兢兢、忍气吞声地生活。年年养子，虎患不息，深刻揭示了当时社会的恶势力有着非常深广的社会联系，之所以敢"长向村家"，说明他们绝非无权无势的普通人。对于这种情况，就连那些号称善于骑射、以豪侠自命的人也不敢轻易行动，只是"空来林下看行迹"，实际上讽刺朝廷姑息养奸，为了掩人耳目，虚张声势、故作姿态罢了。全诗处处写虎，句句喻人、事，写虎能符合虎之特征，寓事能见事之所指。诗人心中怨悱，不能直言，便以低回要眇之言出之，国事之忧思，隐然蕴于其中。不言胸中正意，自见无穷感慨。

同类的作品还有王建的《射虎行》："自去射虎得虎归，官差射虎得虎迟。独行以死当虎命，两人因疑终不定。朝朝暮暮空手回，山下绿苗成道径。远立不教污箭镞，闻死还来分虎肉。惜留猛虎看深山，射杀恐畏终身闲。"与前面谈到的张籍的《猛虎行》几乎是同样主题的乐府诗作，通篇运用比兴手法，以官差射虎不力的现象，讽刺当时藩镇混战和诸将讨伐叛军互相推诿、观望迟延，企图坐享其成。字面上说的是射虎，实际上对政局及战争形势皆有所指。《载酒园诗话又编》中比较张、王二人的这两首诗云："张咏猛虎，故摹写怯懦以见负嵎之威，王咏射虎，故曲尽狡狯之态，用意不同，俱为酷肖。《诗归》评王诗曰：'有激之言，字字痛切，似为千古朝事边事写一供状.'此论妙甚。张诗虽工,仅词人之言,王诗意深远矣。"[1] 指出了二人这两首诗的不同特点。

除上述之外,张、王二人运用比兴手法的其他诗句如"叹息复叹息,园中有枣行人食,贫家女为富家织","人初生,日初出。上山迟,下山疾","白头使我忧家事,还如夜里烧残烛","合欢叶堕梧桐秋,鸳鸯背飞水分流。少年使我忽相弃,雌鸟雄号夜悠悠"等,这些句子的使用,对于加强诗篇的古朴格调和口语化色彩都是很有作用的。

三 卒章揭示的收尾

卒章揭示是古乐府民歌常用的表现手法,因它们有助于听众理解、把握诗歌内容和主旨。而且好的结句既能收束全文,又能振起全篇,张籍、王建二人善于对结句刻意经营,收到了较好的艺术效果。总结起来,张、王乐府结尾有三种。

一是"卒章显志",直接点题。如张籍《关山月》主体写征人的征战生活,反战主题就是由结尾"可怜万国关山道,年年战骨多秋草"点出。像王建的《水夫谣》一诗,作者在描写了水夫们"半夜缘堤雪和雨,受他驱遣还复去。衣寒衣湿披短蓑,臆穿足裂忍痛何"的痛苦生活之后,在诗的结尾就通过写自己的美好愿望,来点出水夫生活之苦的主题:"我愿此水作平田,长使水夫不怨天。"

二是形成强烈的对比来深化主旨,即放开一步、宕开一笔,以事件的结果或其造成的民众心理收煞,发人深思。《海人谣》写尽海上采珠人出没风波的苦难生活后,以"恶波横天山塞路,未央宫中常满库"作结,在采珠之艰与珠盈未央的对比中勾描出上层人物贱视百姓生命、聚敛财富、冷酷贪婪的嘴脸;《失钗怨》描写贫女失却一支珍

---

[1] 郭绍虞:《清诗话续编》上册,上海古籍出版社1983年版,第355页。

爱无比、视之如玉的铜钗之后痛惜不已,"失却来寻一日哭",恍恍惚惚"镜中乍无失髻样,初起犹疑在床上",无比追念:"嫁时女伴与作妆,头戴此钗如凤凰。双杯行酒六亲喜,我家新妇宜拜堂。"诗的结尾是:"高楼翠钿飘舞尘,明日从头一遍新。"在舞女视如钿如尘,常换常新的形象中透露出居高楼者的骄奢淫逸,两相对比令人慨叹不已,回思统治者只知盘剥,一味享乐,正是百姓贫寒的根源,贫富差距的根源。《簇蚕词》前半部分极力渲染农民对好年景的期望和丰收的喜悦,"蚕欲老,箔头作茧丝皓皓。场宽地高风日多,不向中庭燃蒿草。神蚕急作莫悠扬,年来为尔祭神桑……新妇拜簇愿茧稠,女洒桃浆男打鼓",情绪明朗欢快,诗的结尾气氛陡变,欢快之情被无情现实挤压得消失殆尽,"三日开箔雪团团,先将新茧送县官,已闻乡里催织作,去与谁人身上著",热烈的希望转化为冷酷失望之际,揭示出百姓一年辛苦尽输租赋的辛酸及织者不得其衣的怨情,前部分与结尾一扬一抑,一热一冷,可见王建这部分诗歌的结语往往是在情思、格调上与前文相对相立的诗句承担的,这些收结并非诗歌自身水到渠成的自然发展,而是宛如异军突起,刻意为之的反面安插使诗歌的辐射面大幅度扩展,诗作也因正面反面的映衬而倍添厚重之力,颇得一起一伏,一顿一挫,有力无迹的篇法之妙。

三是张籍、王建还由"卒章显志"衍生出"反本题结"法,或是出乎意料地以似与正题无关实由其派生之内容作结。如张籍《野老歌》旨在揭露赋税对农民的压迫,结尾却写到"商贾"——"西江贾客珠百斛,船中养犬长食肉",鲜明的对比,既深化主旨,又将主旨拓宽到对贫富不均的批判。王建《饮马长城窟》写征人征战之苦,结尾转而反问:"健儿战死谁封侯?"将矛头指向将帅,同样发人深思。或是以人物特定际遇下感发反常心态作为结语,通过人物反常的、不合理的愿望凸显主旨,以奇见正。《送衣曲》《当窗织》《田家行》《水夫谣》诗作结尾即具此性。《送衣曲》描写征妇远上边塞给征人送衣的情形,她历尽艰辛,"妇人不知道径处,但问新移军近远";饱受风霜之苦,"半年著道经雨湿,开笼见风衣领急";唯以征人身暖为念,"旧来十月初点衣,与郎著向营中集。絮时厚厚绵纂纂,贵欲征人身上暖";丈夫多年防戍未归,征妇当心系返归,祈盼团聚,然夫归相聚之日即裹尸而还的预见,催逼征妇将一腔关爱凝成一个愿望,"愿身莫著裹尸归,愿妾不死长送衣",这种反常心态既将妻子对丈夫的浓情挚意予以升华提升,又对统治者唯忧己利,令百姓久戍边防至死方休的无能与自私予以批评。《当窗织》描写为富而织的贫家女,冬日历水寒手涩之苦织就的布匹几乎全部充作租赋不得身享,"输官上顶有零落,姑未得衣身不著",织作的艰辛与劳而不获的织布女竟生出"当窗却羡青楼倡,十指不动衣盈箱"心态,青楼娼女以色悦人换就享受,贫家女子本当贱视所为,然而今日反羡青楼女子的十指不动,透过织女变形艳羡心态,读者可以触摸到她欲哭无泪、欲辩无声的痛苦心灵,自然将劳动甚艰与所获甚微的失衡归怨"两日催成一匹半"的官家,这些反常心态被看作有悖常规,细思量却入情入理:艰辛的劳动付出在摧残着百姓身体的同时,也扭曲着他们的心灵,引发其价值观、生活观的变态。这些"结法"使诗歌主旨鲜明,又耐人寻味,故元人范梈《木天禁语》称:"乐府篇法,张籍为第一,王建近体次之……张王最古。……要诀在于反本题结。"[1]

四 自然流畅、口语化的语言

乐府采自民歌,风格质朴自然。其后文人之作多趋雅饰,渐失去本色。张籍、王建则能从民间汲取营养,较多保持其特色。读张籍、王建乐府首先感受到的是通俗明晰,语言顺畅,而诗意又明白易懂。

---

[1] (清)何文焕:《历代诗话》,中华书局1981年版,第740页。

试看下面的诗句：

神鹊神鹊好言语，行人早回多利赂。
我今庭中栽好树，与汝作巢当报汝。

（王建《祝鹊》）

独独漉漉，鼠食猫肉。
乌日中，鹤露宿。黄河水直人心曲。

（王建《独漉曲》）

长塘湖，一斛水中半斛鱼。
大鱼如柳叶，小鱼如针锋，水浊谁能辨真龙。

（张籍《长塘湖》）

长江春水绿堪染，莲叶出水大如钱。
江头橘树君自种，那不长系木兰船。

（张籍《春别曲》）

仿佛民间的谣谚和儿歌语言浅显和口语化到了这般地步，不但老妪、孺子亦可解矣。张籍、王建就是用这样的语言完成了他们的多首乐府诗，使诗不但易懂，而且由于和民间谣谚乃至汉魏乐府风貌的接近，还能给诗篇添上些或"古"或"朴"的色彩。应该说，这样的语言形式与其主要表现下层百姓生活诗篇的内容是相得的。浅则浅矣，却并不俗。

张籍、王建二人的一些乐府诗作几乎纯系口语，明白如话，却又让人咀嚼不尽，如王建的《行见月》：

月初生，居人见月一月行。

行行一年十二月，强半马上看盈缺。

百年欢乐能几何，在家见少行见多。

不缘衣食相驱遣，此身谁愿长奔波。

箧中有帛仓有粟，岂向天涯走碌碌。

家人见月望我归，正是道上思家时。

全诗以"见月"贯穿，一片思乡之情以口语娓娓道出，尤其最后一句"家人见月望我归，正是道上思家时"，写出了"一种相思，两处闲愁"的思念。一派天然，"思远格幽"。

再如《望夫石》：

望夫处，江悠悠。化为石，不回头。

山头日日风复雨，行人归来石应语。

望夫石的故事在我国许多地方均有流传。开头十二个字，绘出了一幅望夫石生动感人的图画：无语伫立的山脉、不停流走的江水，山头是状如女子翘首远眺的巨石，仿佛是一尊有灵性的石雕傍江而立，在思念、在等待……人已物化，变为石头，石又通灵，曲尽人意，人与物和，情与景谐。不仅形象地刻画出望夫石的生动形象，同时也把思妇登临的长久、想念的深切、对爱情的忠贞不渝刻画得淋漓尽致。望夫石风雨不动，年年月月、日日夜夜，经受着风吹雨打。诗人在结尾宕开笔墨，作了浪漫的想象：待到远行的丈夫归来之时，这伫立在江边的石头定然会开口倾诉长久以来相思的衷肠……读者震动之余，自然会问到底是什么使这对恩爱的夫妻生离死别？这首诗语言平淡质朴，平平写出，信手拈来。但表达了无穷的情意，蕴含着丰富的内容，耐人咀嚼，发人深思。

从张籍、王建的生平看，他们二人虽出身下层，但主要还是个读书应举的士人。毫无疑问，在他们日常熟悉的语言与最终在乐府中使用的语言之间是存在不小距离的，而张、王二人肯定是作了很大努力才跨越这个距离的。李调无《雨村诗话》评价："王建、张籍乐府，何曾一字险怪，而读之入情入理，与汉、魏乐府并传。"胡震亨《唐音癸签》也极力称赞："文章穷于用古，矫而用俗……籍、建诗之用俗亦然。王荆公题籍集云：'看似寻常最奇崛，成如容易却艰辛。'风俗言俗事入诗，较古更难。知两家诗体，大费铸合在。"从实际情况看，他们的语言浅而不俚，质而不野，足见取舍熔铸之间是颇费了工夫的。这其中，向民间文学的借鉴和学习应该是他们成功的主要助力。

张、王二人尤其在王建的诗中，大量地使用了叠字的手法，如：

两头纤纤

两头纤纤青玉玦，半白半黑头上发。
逼逼仆仆春冰裂，磊磊落落桃花结。

望夫石

望夫处，江悠悠。化为石，不回头。
山头日日风复雨，行人归来石应语。

宛转词

宛宛转转胜上纱，红红绿绿苑中花。
纷纷泊泊夜飞鸦，寂寂寞寞离人家。

古谣

一东一西垄头水，一聚一散天边霞。
一来一去道上客，一颠一倒池中麻。

叠字的使用，使他的诗读起来朗朗上口，生动活泼。不仅使诗歌浅显易懂，有舒缓悠扬的韵律，而且大大增强了描写的形象性和生动性。如"纷纷洎洎"既写出夜飞乌鸦之多，又写出其扑动翅膀、时飞时栖的情形。张、王所用叠音词有些还是当时俚语如"车辚辚""白峨峨""长蔟蔟""嘴啄啄"等，更能赋予作品民间气息。明李东阳《麓堂诗话》云："唐诗，张文昌善用俚语。"① 清毛先舒云："张、王乐府，最为俚近。"② 都是对二人使用俚语的充分肯定。语言通俗化在唐乐府中较常见，但张、王的语言更接近平民语言的原生态。

除叠字外，张籍、王建乐府有许多地方尚可以看出作者取鉴民间文学之处，如常以三字句起首：

望夫处，江悠悠。　　　　　　　　　　　　　　（《望夫石》）
长城窟，长城窟边多马骨。　　　　　　　　　　（《饮马长城窟》）
庭树乌，尔何不向别处栖，夜夜夜半当户啼。　　（《乌夜啼》）
蚕欲老，箔头作茧丝皓皓。　　　　　　　　　　（《蚕簇词》）
渡辽水，此去咸阳五千里。　　　　　　　　　　（《渡辽水》）
空城雀，何不飞来人家住。　　　　　　　　　　（《空城雀》）
关山月，营开道白前军发。　　　　　　　　　　（《关山月》）
月初生，居人见月一月行。　　　　　　　　　　（《行见月》）
天欲雨，有东风，南谿白鼍鸣窟中。　　　　　　（《白鼍鸣》）
山头鹿，角芝芝，尾促促。　　　　　　　　　　（《山头鹿》）
雀飞多，触网罗，网罗高树颠。　　　　　　　　（《雀飞多》）
云童童，白龙之尾垂江中。　　　　　　　　　　（《云童行》）
长塘湖，一斛水中半斛鱼。　　　　　　　　　　（《长塘湖》）

张籍、王建的这种写法在汉魏乐府、古谣谚及敦煌变文俗曲一类

---

① 丁福保：《历代诗话续编》，中华书局1983年版，第1375页。
② 郭绍虞：《清诗话续编》，上海古籍出版社1983年版，第46页。

的"俗文学"中是非常常见的:

薤上露,何易晞。露晞明朝更复落,人死一去何时归。　(《薤露》)
平陵东,松柏桐,不知何人劫义公。　　　　　　　　(《平陵东》)
华山畿,君即为侬死,独生为谁施。　　　　　　　　(《华山畿》)
思欢久,不爱独枝莲,只惜同心藕。　　　　　　　　(《读曲歌》)
西方好,座难论,实是奢华不省闻。　　　　　　　(《元常经讲经文》)
为女身,更不异,最先须自教针指。　　　　　(《父母恩重经讲经文》)

另外,张籍、王建乐府因为运用了声情摇曳的歌一般的语言,以及不断换韵的跳跃性的写法,还呈现出字清意远、明畅流利的特点。如行云流水,在节奏变化上显得轻快圆转,读起来富有变化感。前人所谓"姿态横生,化俗为雅",说的正是这类作品。韩愈曾在《代张籍与李浙东书》中高度评价张籍的乐府:"籍又善于乐府……阁下凭而听之,未必不如听吹竹弹丝敲金击石也。"其语言的节奏感真是有音乐一般的效果,清脆悦耳,正所谓"可以播于乐章歌曲也"。比如"吴门向西流长水,水长柳暗烟茫茫"(《送远曲》),"锦江近西烟水绿,新雨山头荔枝熟"(《成都曲》),"兰舟桂楫常渡江,无因重寄双琼珰"(《寄远曲》),采用转韵和视角迭变的方式,音节急促、有急管繁弦之感。范晞文在《对床夜话》中对王建乐府的这一特点也是备尽称赞之词:"古乐府当学王建,如《凉州行》《刺促词》《古钗行》《精卫词》《老妇叹镜》《短歌行》《渡辽水》,反复致意,有古作者之风。"[①] 指出王建乐府因反复致意、以意配韵的特点。王建诗描景状物随物赋形,述情叙怨、委屈周详,意之所到则笔力曲折无不尽意。或在平面上展开描写对象的各个方面,从而使主旨在静态中得以充实;

---

① 丁福保:《历代诗话续编》,中华书局1983年版,第422页。

或将对象展开的各个方面连续在其空间出现,从而使主旨在动态中予以鲜活。前者如《刺促词》《田家留客》之作,后者如《镜听词》《捣衣曲》之作。

第三节 张籍、王建乐府诗之不同

张、王并称的基础是二人的乐府诗有许多相类之处,这一点我们在前面两节已经详细论述了。对于他们乐府诗的艺术风貌,宋人张戒曾称道张籍:"张司业与元、白一律,专以道得人心中事为工。"其实,张籍、王建的乐府诗都是"以道得人心中事为工"。正因为张、王二人重视真实情感的抒发,因此,他们没有在辞藻艳丽上费工夫,胡震亨云:"张籍、王建,略去葩藻,求取情实。"翁方纲在对比张籍、王建二人乐府诗同李贺乐府诗时也说:"奇艳不及,而真切过之。"都指出了张、王乐府写实、重真情实感抒发的艺术特点。张籍、王建二人乐府诗创作除了前人所论述的共性之外,还存在一定的差异,当然,这差异是同中之异,大同而小异。

吴师道《吴礼部诗话》引时天彝评《唐百家诗选》说:"王建自云:绍张文昌,而诗绝不类文昌。岂相马者固不在色别乎?……建乐府固仿文昌,然文昌恣态横生,化俗为雅,建则从俗而已。"[①] 毛先舒《诗辨坻》卷3说:"文昌乐府与仲初齐名,然王促薄而调急,张风流而情永,张为胜矣。"[②] 他们的意思是说王不如张。王世贞《艺苑卮言》卷4说:"张籍善言情,王建善徵事,而境不佳。"刘邦彦《唐诗

---

① 转引自陈伯海主编《唐诗汇评》中册,浙江教育出版社1995年版,第1892页。
② 郭绍虞:《清诗话续编》上册,上海古籍出版社1983年版,第49页。

中编 "张籍、王建体"的基本内涵:"张王乐府"创作

归折衷》引吴敬夫云:"文昌乐府,伯仲仲初,而弥加蕴藉,诸体亦淡雅宜人。王元美谓张籍善言情,王建善征事,而境皆不佳。'殷勤为看初著时,征夫身上宜不宜'、'梨园子弟偷曲谱,头白人间教歌舞',情、事与境皆佳矣。"贺裳《载酒园诗话又编·张籍、王建》说:"文昌善为哀婉之音,有娇弦玉指之致。仲初妙于不含蓄,亦自有晓钟残角之韵。"① 说二人的诗各有特点,当为公正之评。贺裳《载酒园诗话又编·张籍、王建》又以二人作品为例详尽地分析了他们之间的差异,甚有见地,不妨引在下面:

"妙绝《江南曲》,凄凉怨女词",姚秘书之评张司业也。此言甚当。王之《当窗织》《簇蚕词》《去妇》《老妇叹镜》《促刺词》,若令出司业手,必当备为可观。惟形容狞恶之态,则王胜于张。王《射虎行》曰:"自去射虎得虎归,官差射虎得虎迟。独行以死当虎命,两人相疑终不定。朝朝暮暮空手回,山下绿苗成道径。远立不敢污箭镞,闻死还来分虎肉。惜留猛虎着深山,射杀恐畏终身闲。"张《猛虎行》曰:"南山北山树冥冥,猛虎白日绕林行。向晚一身当道食,山中麋鹿尽无声。年年养子在深谷,雌雄上山不相逐。谷中近窟有山村,长向村家取黄犊。五陵年少不敢射,空来林下看行迹。"张咏猛虎,故摹写怯懦以见负嵎之威,王咏射虎,故曲尽狡狯之态,用意不同,俱为酷肖。《诗归》评王诗曰:"有激之言,字字痛切,似为千古朝事边事写一供状。"此论妙甚。张诗虽工,仅词人之言,王诗意深远矣。(黄白山评:"张诗亦似为权门势要倾害朝士之喻,非徒咏猛虎而已。")张《古钗叹》曰:"宝钗堕井无颜色,百尺泥中今复得。凤凰宛转有古仪,欲为首饰不称时。女伴传看不知主,罗袖拂拭

---

① 郭绍虞:《清诗话续编》上册,上海古籍出版社1983年版,第355页。

生光辉。兰膏已尽股半折,雕文刻样无年月。"王《开池得古钗》曰:"美人开池北堂下,拾得宝钗金未化。凤凰半在双股齐,钿花落处生黄泥。当时堕地觅不得,暗想窗中还夜啼。可知将来对夫婿,镜前学梳古时髻。莫言至死亦不遗,还似前人初得时。"王诗作惊喜之意,亦佳。尤妙在暗想堕地时啼,思路周折。至学梳古髻,尤肖娇憨之态。然意尽于得钗。张所寄托便在弦指之外,令人想见淮阴典连敖,凤雏治耒阳时也。张《羁旅行》:"荒城无人霜满路,野火烧桥不得度。寒虫入窟鸟归巢,僮仆问我谁家去?行寻田头暝未息,双毂长辕碍荆棘。缘冈入涧投田家,主人舂米为夜食。晨鸡喔喔茅屋傍,行人起扫车上霜。"数语深肖旅途之景。仲初《田家留客》曰:"远行僮仆应苦饥,新妇厨中炊欲熟。不嫌田家破门户,蚕房新泥无风土。"又曰:"丁宁回语屋中妻,有客勿令儿夜啼。双冢直向有县路,我教丁男送君去。"写主人情事,亦复如见。如此主宾,恨不令其相值。张《将军行》叙战胜后曰:"扰扰惟有牛羊声。"《关山月》曰:"军中探骑暮出城,伏兵暗处低旌戟。"《永嘉行》曰:"紫陌旌旛暗相触,家家鸡犬飞上屋。"《废宅行》曰:"宅边青桑垂宛宛,野蚕食叶还成茧。黄雀衔草入燕巢,啧啧啾啾白日晚。去时禾黍埋地中,饥兵掘土翻重重。鸱枭养子庭树上,曲墙空屋多旋风。"王《远将归》曰:"去愿车轮迟,回思马啼速。"《凉州行》曰:"驱羊亦着锦为衣,为惜毡裘防斗时。"《温泉宫行》曰:"禁兵去尽无射猎,日西麋鹿登城头。梨园子弟偷曲谱,头白人间教歌舞。"张之传写入微,王亦快而妙。[①]

由上述二人相同题材作品的对比中可以看出,张籍诗以情意悠长

---

① 郭绍虞:《清诗话续编》上册,上海古籍出版社1983年版,第355页。

见胜,王建诗以描写细致为长;张籍诗主观性强于客观,王建诗客观性强于主观。其不同之处具体如下:

首先,王建的乐府是更典型的汉魏乐府做法,而张籍则已突破了汉魏传统,逐渐向新乐府做法变化。葛晓音先生尝言"观风俗,知薄厚"是汉乐府采诗的目的,强调诗歌的教化作用,是汉儒的观念……历来教化对象在民风,不在朝政,所以汉乐府中绝少直接讽刺朝廷之作。正因如此,王建乐府更多的是从反映风俗民情的角度,客观上较含蓄地体现讽兴时弊的含义,张籍则已不满于此,更强调讽刺时政,为朝廷政治献言,因而更近乎白居易的主张,所以最为白居易所欣赏。白居易在其《读张籍古乐府》诗中曾高度评价张籍和他的乐府诗:"张君何为者?业文三十春。尤工乐府诗,举代少其伦。为诗意如何?六义互铺陈。风雅比兴外,未尝著空文。"这绝非白氏以己度人,而是在张籍的作品和主张中确是可以看出白氏的某些影子:张之《求仙行》无疑是白之《海漫漫》的先驱;张之《废瑟词》也堪称白之《采诗官》的嫡祖。明白了这个道理,我们就知道王建何以较重民俗琐细题材而张籍重政治大事,而徐澄宇称王建乐府是"乐府正宗"也有其合理之处。简言之,相对汉魏乐府,王建乐府继承传统的地方要多一些,而张籍乐府中"新变"的一面要强些。

其次,虽然张、王乐府都以含蓄著称,但仔细比较起来,张籍的乐府诗比王建更含蓄。《诗源辨体》卷27云:"张语造古淡,较王稍为婉曲,王则语语痛快矣。"钱锺书《谈艺录》二十五《张文昌诗》谓:"其(指张籍)诗自以乐府为冠,世拟之白乐天、王建,则似未当。文昌含蓄婉挚,长于感慨,兴之意为多;而白王轻快本色,写实叙事,体则近乎赋也。"这些论述颇有道理。例如同为《寄远曲》:

张籍诗:

美人去来春江暖,江头无人湘水满。

> 浣沙石上水禽栖,江南路长春日短。
> 兰舟桂楫常渡江,无因重寄双琼琚。

王建诗:

> 美人别来无处所,巫山月明湘江雨。
> 千回相见不分明,井底看星梦中语。
> 两心相对尚难知,何况万里不相疑。

张籍只写男女间相互思念无由致意,点到为止。而王建却更进一层,用"两心相对尚难知,何况万里不相疑"写男女间既相思又相疑的心理。

再次,张籍乐府中虽也有如《野老歌》《牧童词》一类作品,但仍有相当数量作品反映的结果不如王建作品令人感觉真切,显得有些"隔",而某些方面仍不时流露出士大夫的思想和趣味。

张籍诗:

> 古钗堕井无颜色,百尺泥中今复得。
> 凤凰宛转有古仪,欲为首饰不称时。
> 女伴传看不知主,罗袖拂拭生光辉。
> 兰膏已尽股半折,雕文刻样无年月。
> 虽离井底入匣中,不用还与坠时同。

王建诗:

> 美人开池北堂下,拾得宝钗金未化。
> 凤凰半在双股齐,钿花落处生黄泥。
> 当时堕地觅不得,暗想窗中还夜啼。
> 可知将来对夫婿,镜前学梳古时髻。

莫言至死亦不遗,还似前人初得时。

这两首诗同写由于开池之故,一妇人巧得古钗的故事,前半做法基本相同,唯结尾处王作云"可知将来对夫婿,镜前学梳古时髻。莫言至死亦不遗,还似前人初得时"。说可以想见这妇人会把古钗派上用场,只是说不准什么时候又会把它弄丢了,赞赏中带点开玩笑的成分,完全是民歌风格。张作则云"凤凰宛转有古仪,欲为首饰不称时","虽离井底入匣中,不用还与坠时同",不免流露出士大夫的牢骚和感叹。比较而言,张雅王俗。吴师道《吴礼部诗话》引时天彝语:"建乐府固仿文昌,然文昌姿态横生,化俗为雅,建则从俗而已。"王建乐府诗的语言十分通俗,多选择平常口语,又善用叠词,如《宛转词》中的:"宛宛转转胜上纱,红红绿绿苑中花。纷纷泊泊夜飞鸦,寂寂寞寞离人家。"《古谣》中的"一东一西垄头水,一聚一散天边霞。一来一去道上客,一颠一倒池中麻"等,这些在张籍乐府中较少出现。

最后,从对后来元白乐府诗产生的影响来看,张籍远远胜过王建。白居易对张籍的乐府诗评价很高,如前面所引白居易的《读张籍古乐府》一诗就是明证。但对王建乐府诗没有任何赞誉,王建做秘书郎时的制书是白居易所写,白居易又有《寄王秘书》一诗,但其中对王建的乐府诗作则未置一词。

张、王乐府虽然各具特点,但从总体上看还是大同小异。它们相互呼应,互壮声威,构成有唐一代新乐府运动的重要环节,在文学史上占据着独特的地位。

第四节 张王乐府与元白乐府之不同

贞元、元和间，李绅、元稹、白居易先后作"新乐府"诗，以新题写时事，张籍与王建虽未明确将自己的作品定位为"新乐府"，但是毫无疑问，张、王乐府的创作精神与元白等是相通的，都是关注民生疾苦、反映时政的缺失和贻误，而且张、王乐府开始创作的时间甚至要早于元白。元稹《和李校书新题乐府十二首序》中说："予友李公垂贶予《乐府新题》二十首，雅有所谓，不虚为文，予取其病时之尤急者列而和之，盖十二而已。"白居易《新乐府序》中说："其辞质而径，欲见之者易谕也；其言直而切，欲闻之者深诫也；其事核而实，使采之者传信也。其体顺而肆，可以播于乐章歌曲也。总而言之，为君、为臣、为民、为物、为事而作，不为文而作也。"什么是"新乐府"，我们在前面已经对这个概念进行了解释。元稹说"即事名篇"，白居易说"因事立题"。其实，仅仅不用旧题是不能算"新乐府"的，思想内容上还必须"刺美见事""为事而作"。可见，元白作新乐府的目的很明确，他们强调新乐府诗的政治讽喻性，是为政治而创作的。张籍、王建的乐府诗也大多是写时事的，现实意义很强，在这方面他们与元白无疑是同道的。但是张、王都没有关于乐府诗的理论阐述，这显然不是他们的疏忽。而是他们根本就没有这样的概念和这样的理论主张。所以张、王的乐府诗与元白的"新乐府"存在明显差异，不能等同视之，这些差异主要体现在以下几个方面。

第一，元白的"新乐府"诗政治性强，具有比较浓厚的为政治服务的色彩，而张、王乐府并非如此。张、王都有很多描写一方风土人情的作品，如张籍的《采莲曲》《春江曲》《江南曲》《江村行》，王建的《寒食行》《赛神曲》《簇蚕辞》《镜听词》等，这些诗并没有政治讽喻之意，是单纯为政治服务的理论无法涵盖的。张、王都有以乐府诗的形式咏史怀古的作品，如张籍《求仙行》《永嘉行》《吴宫怨》《董逃行》，王建的《乌栖曲》《白纻歌》皆属于这一类。如果说，这些咏史怀古类还勉强能拉到"借古讽今"的范畴中来，那么像王建单纯地写神话故事的如《精卫词》《望夫石》《七夕曲》等，便与政治丝毫不沾边了。可见，张、王的乐府诗是元白"规讽时事"的理论所不能局限的。胡震亨《唐音癸签》卷9便说："但在少陵后仍咏见事讽刺，则诗为傍讪时政之具矣。此白氏之讽谏，愈多愈不足珍也。所以张文昌只得就世俗俚浅事做题目，不敢及其他。仲初亦然（原注：文昌乐府，祇《伤歌行》咏京兆杨凭者是时事，建集并无）。"[①] 说张、王乐府诗无政治内容，显然不对，说张、王乐府诗不局限于政治内容，则完全符合实际。

第二，新乐府者，顾名思义，要用新题，亦即元稹在《乐府古题序》中所说："近代唯诗人杜甫《悲陈陶》《哀江头》《兵车》《丽人》等，凡所歌行，率皆即事名篇，无复依傍，予少时与友人乐天、李公垂辈，谓是为当，遂不复拟赋古题。"白居易始终坚持用新题写时事，元稹后来又和刘猛、李余作《乐府古题》十九首，并没有将新乐府的创作路线坚持到底。张、王乐府便颇多旧题，可见，张、王也不是刻意为新题，作新题乐府与改造旧题乐府兼行并举，两条腿走路，较之白居易单纯作新乐府的路子要更宽阔一些。张籍的《猛虎行》《董逃行》《白头吟》《贾客乐》《妾薄命》《朱鹭》《乌夜啼引》，王建的《陇头水》《白纻歌》《乌栖曲》《雉将雏》《饮马长城窟》《公无渡河》《独

---

① （明）胡震亨：《唐音癸签》卷9，上海古籍出版社1981年版，第87页。

濑》等，便皆是古题乐府。其中既有"虽用古题，全无古意"者，也有"颇同古意，全创新词"者（见元稹《乐府古题序》）。高棅《唐诗品汇·七言古诗叙目·正变上》说："大历以还，古声愈下，独张籍、王建二家体制相似，稍复古意。或旧曲新声，或新题古意，词旨通畅，悲欢穷泰，慨然有古歌谣之遗风。"王建的如《羽林行》，后汉辛延年作有《羽林郎》，写霍光家奴调笑酒家胡女之事，王建诗即由此化出。又如《乌夜啼》，《旧唐书·音乐志二》云："宋临川王义庆所作也。元嘉十七年，徙彭城王义康于豫章，义庆时为江州，至镇，相见而哭。为帝所怪，征还宅，大惧。妓妾夜闻乌啼声，叩斋阁云：'明日应有赦。'其年更为南兖州刺史，作此歌。故其和云：'笼窗窗不闻，乌夜啼，夜夜望郎来。'"萧纲、刘孝绰、庾信、李白等人之《乌夜啼》，皆写相思之情，"夜乌"在诗中仅起渲染气氛的作用。他人或单咏乌，但立意不同。王建此诗亦为咏乌，着意于乌之依恋旧主，正是此题本意。再如《猛虎行》，郭茂倩《乐府诗集》卷31《相和歌辞六》引古辞："饥不从猛虎食，暮不从夜雀栖。野雀安无巢，游子为谁骄。"吴兢《乐府古题要解》卷下："《猛虎行》，右陆士衡'渴不饮盗泉水'，言从还役犹耿介，不以艰难改节也。"唐人用此题者旨趣各异，李白此题为安史之乱时与张旭话别之作，中唐诗人用此题大多有所寄讽，如李贺、张籍等作，皆以寄托藩镇割据之现实。王建此题亦以写诸将讨伐藩镇观望迟延，互相推脱，企图养寇自重，又冒功领赏之事，似此便全无古意了。《羽林行》《猛虎行》虽非古题，却仍是写时事，可见张籍、王建并未将用新题还是用旧题看得多么重要，只要精神实质上继承乐府诗写实的传统就可以了。这种做法显然不同于白居易之狭隘，而元稹则显然是从张、王的做法中得到启示的，故其《乐府古题》十九首颇得张、王之神韵。

第三，张籍、王建作乐府既然不存有明确的政治讽论目的，因而他们的写法也和白居易不一样。张、王乐府诗与白居易新乐府的另一个不同之处是白诗叙事性强。白居易的新乐府诗主题专一明确,不但在题下以小注的形式标明主旨,而且在诗中往往以作者的语气大发议论,使诗意过于直白,反不如隐晦一些更耐人寻味。姑且以王建诗为例比较他们的差别。同是反映贡赋之重与揭露统治阶层奢侈堕落的,白居易《红线毯》:"宣城太守知不知?一丈毯,千两丝,地不知寒人要暖,少夺人衣作地衣。"《缭绫》:"缭绫织成费功绩,莫比寻常缯与帛。丝细缲多女手疼,扎扎千声不盈尺。昭阳殿里歌舞人,若见织时应也惜。"这些诗言辞不可谓不激切,感情亦不可谓不愤慨,但艺术效果却与之不成正比。王建《当窗织》:"草虫促促机下鸣,两日催成一匹半。输官上顶有零落,姑未得衣身不著。当窗却羡青楼倡,十指不动衣盈箱。"仅把事实摆出即止,不着一字议论。《海人谣》:"海人无家海里住,采珠役象为岁赋。恶波横天山塞路,未央宫中常满库。"诗仅四句,将事实摆出便戛然而止,短小精悍,语重意长,可令人扼腕叹息。张籍的《野老歌》:"老农家贫在山住,耕种山田三四亩。苗疏税多不得食,输入官仓化为土。岁暮锄犁傍空室,呼儿登山收橡实。西江贾客珠百斛,船中养犬长食肉。"仅是摆出事实,却形成了贫富不均的强烈对比。《牧童词》:"牛牛食草莫相触,官家截尔头上角。"实录牧童的戏谑之言,来反映赋税繁重的社会现实。同时有关妇女问题的,白居易《上阳白发人》写宫中女性幽闭怨旷之苦;《母别子》写故妇所遭遗弃之悲;《井底引银瓶》写一少女与所爱之人私奔后的悲剧命运,都有议论的成分。《上阳白发人》说:"上阳人,苦最多,少亦苦,老亦苦,少苦老苦两如何?君不见昔时吕向美人赋,又不见今日上阳宫人白发歌?"《母别子》说:"新人新人听我语,洛阳无限红楼女,但愿将军重立功,更有新人胜于汝。"《井底引银瓶》说:"寄言痴小人家女,慎勿将身轻许人。"除最后一篇外,其余两篇女性的身份都属于上层社会；《母别子》将谴责的矛盾指向新人，《井底引银瓶》不去批判扼杀人性的道德礼教而去批判年轻人的"越轨"行为，认识上存在相当大的局限性。至于《李夫人》《古冢狐》则是告诫人君要戒女色，将祸国殃民的责任推到女性头上，更反映了作者看问题失之片面和肤浅。

高棅《唐诗品汇·总叙》中所说："元、白序事，务在分明。"即谓此而言。而张、王乐府不重叙事，事情的来龙去脉往往不予交代，只是描写和抒情，甚至还用诗中人物自叙的语气。我们可以比较一下白居易与王建的题材相近的两篇作品：白居易《井底引银瓶》写一美丽多情的少女与一青年男子一见倾心，遂不顾父母之命、媒妁之言而私订终身自结成夫妻，但婚后却遭受夫家的歧视，不得已离开夫家，却又无家可归。"妾弄青梅凭短墙，君骑白马傍垂杨，墙头马上遥相顾，一见知君即断肠。"描写青年男女各为对方所吸引之情景，形象鲜明、场面真切，具有如睹其人的艺术效果。此故事元代戏曲家白朴将其改编成杂剧《墙头马上》，搬上戏剧舞台用以演出。王建《去妇》全诗如下："新妇去年胼手足，衣不暇缝蚕废簇。白头使我忧家事，还如夜里烧残烛。当初为取傍人语，岂道如今自辛苦。在时纵嫌织绢迟，有丝不上邻家机。"要想明白此诗所写的事件还真得花费一番寻绎的工夫。此诗是以婆婆的语气写的，因当时听信谗言而休弃了新妇，只好自己操劳家务，如今悔恨莫及。王建诗不叙事的特点在这里体现得再突出不过，因而也使白居易的新乐府与王建的乐府诗判若泾渭。叙事与不叙事，分别是他们二人诗的特点，却不能简单地评为优点或缺点。叙事者眉目分明，直截了当，再现性强；不叙事者事件模糊，意思却含蓄婉转，耐人寻味。永瑢等《四库全书简明目录》卷15说："元、白、张、王并以乐府擅长，白居易多作长调，以曲折尽情；张籍及王建多作短章，以抑扬含意。同工异曲，各擅所长。"这个评

中编 "张籍、王建体"的基本内涵:"张王乐府"创作

价是公允的。

　　第四,张、王乐府与白居易新乐府形式上的差异也是明显的。白居易新乐府诗题下皆有小注,点名主题;又不时于句间作夹注,以明其所写皆为史实,即总序所说"其事核而实"之意。总序还说"首句标其目,卒章显其志《诗三百》之意也"。此《新乐府》五十首之总序,即模仿《毛诗》之大序;又取每篇首句为题目,即仿《关雎》为篇名之例。全体结构,无异为一部唐《诗经》。张、王乐府诗中无自为尊大之意,故亦不必追步《诗经》。张、王乐府更多是向魏晋以至南北朝的民间乐府诗歌学习,从中汲取营养,故形式轻松活泼,自然灵便。一般说来,白居易新乐府诗篇幅皆较长,最长者为《缚戎人》,五十一句,其次为《牡丹芳》,四十九句,《上阳白发人》《五弦弹》《西凉伎》皆四十句。李慈铭《越缦堂读书记·集部·别集类》说:"然香山诗如《上阳白发人》《骠国乐》《昆明春》《西凉伎》《牡丹芳》诸篇,虽言在晓易,终觉冗长,音节亦松滑,不及杜(甫)之疏密得中也。"便是批评他的诗冗词繁。张、王的乐府诗篇幅较短,以王建而论,最长者为《织锦曲》二十句,其次为《北邙行》十八句,《凉州行》《水夫谣》《听镜词》皆十六句。大要而言,白居易新乐府中最短者,也就相当于王建乐府中的最长者。王建的乐府诗还有不少四句体,《乌栖曲》《古宫怨》《宛转词》《祝雀》《古谣》《海人谣》等皆是四句体。四句体的形式最早起源于民间歌谣,王建的乐府诗很多仍沿用这种形式,可见他是一位善于继承民间文学传统和向民间文学学习的诗人。如王建的《望夫石》:"望夫处,江悠悠,化为石,不回头。山头日日风复雨,行人归来石应语。"此诗虽不是典型的四句体,但字数不比四句体多,邢昉《唐风定》卷11评为"与君虞(李益)《野田》同为短歌之绝";王尧衢《唐诗合解笺注》卷3评为"短章促节,尤诗余中之小令也"。再如张籍的《白鼍吟》:"天欲雨,有东风,南

溪白鼍鸣窟中。六月人家井无水，夜闻鼍声人尽起。"张籍这首诗向"委巷中歌谣"学习，采用了民歌的形式，以短小精悍的章法，表达了农民在干旱时渴盼下雨的急切心情。明人杨慎在《升庵诗话》中曾说："张文昌《白鼍吟》，有汉魏歌谣之风"。张籍、王建乐府诗也有很多"首句标其目"之作，张籍的如《陇头行》："陇头路断人不行，胡骑夜入凉州城。"《秋夜长》："秋天如水夜未央，天汉东西月色光。"《山头鹿》："山头鹿，角芟芟，尾促促。贫儿多租输不足。"《雀飞多》："雀飞多，触网罗，网罗高树颠。"《云童行》："云童童，白龙之尾垂江中。今年天旱不作雨，水足墙上有禾黍。"王建的如《乌夜啼》："庭树乌，尔何不向别处栖。"《簇蚕辞》："蚕欲老，箔头作茧丝皓皓。"《渡辽水》："渡辽水，此去咸阳五千里。"《空城雀》："空城雀，何不飞来人家住。"《关山月》："关山月，营开道白前军发。"……这些其实都是演唱时的和声，演唱时齐声唱和，以起烘托气氛的作用。

在唐代诗歌创作进程中，由理想到写实的思潮转向，自安史之乱即呈骤变之势，我们前面已经谈到杜甫、元结、顾况是其间的重要环节。到了元和时代，元稹、白居易不仅表现为这一趋势的最突出代表，而且使写实思潮具有了新的内涵意蕴。如果说，杜甫的写实偏重客观现实的反映，元结的写实着眼于古朴形式中体现政教功能，顾况的写实更多地映带着江南民歌的风调，那么，元稹和白居易的写实则是在自觉的功利文学观念中有意识地将社会现实、政教功能与通俗表现三者融合起来，形成一种写实性与理念性相统一的全新的表现方式，标志着唐代中期诗学思潮转向过程的最终完成。就这样一种写实思潮及其表现方式的演进过程看，在稍前于元稹、白居易的张籍、王建的创作实践中，实已导风气之先，初具了其最本质的特征。白居易作有《读张籍古乐府》，称颂张籍"为诗意如何，六义互铺陈，风雅比兴外，未尝著空文"，并具体举例：

> 读君学仙诗，可讽放佚君，读君董公诗，可诲贪暴臣，
> 读君商女诗，可感悍妇仁，读君勤齐诗，可劝薄夫淳。
> 上可裨教化，舒之济万民，下可理情性，卷之善一身。

可见张籍对白居易文学思想及诗作内容的直接影响。当然，元稹、白居易的文学思想及其创作实践，作为儒家政教文学观在唐诗发展史上的最高程度的体现，自有多方面促成因素，但从直接的联系与相似的特点比较而言，张籍、王建的诗歌创作特别是乐府诗显然是为其导夫先路的成功实践。所以，在唐中期诗学思潮转向中，张籍、王建具有重要作用，元白之所以最终能将这一转向推向极致，无疑从张、王乐府中得到了有益的启示和借鉴。

下编 "张籍、王建体"的另一层内涵：张籍、王建的近体诗创作

第五章 张籍、王建的五言律诗

律诗起于汉末魏晋的五、七言诗，该形式的创始者是齐梁时代的诗人，完成并极盛于唐代，唐代元稹在《唐故工部员外郎杜君墓系铭》中云："唐兴，学官大振，历世之文，能者互出，而又沈、宋之流，研练精切，稳顺声势，谓之为律诗。"① 这是"律诗"之名的首次登场。自唐代直至明、清，律诗一直是中国诗歌的正体。科举要考，应制要写，唱和要作，会写律诗是唐以后中国文人必备的一项才能。关于律诗，朱光潜先生有一段很精辟的论述"中国诗的体裁中最特别的是律体诗。它是外国诗体中所没有的，在中国也在魏晋以后才起来。起来以后，它的影响就非常广大。在许多诗集中律诗要占一大部分。各朝'试帖诗'都以律诗为正体。唐以后的词曲实在都是律诗的化身。……它的兴起是中国诗的演化史上的一件重大事变，这是不能否认的"②。

从字面意义上讲，律诗是讲求法律和规则的诗。从历史上看，人们对于律诗的理解不尽相同，唐代人的观念中，律诗指的是一种遵守格律、对仗规则的新诗体，与汉魏古诗相对，只要一首五、七言诗讲

---

① （唐）元稹：《元氏长庆集》卷56，文渊阁《四库全书》电子版，集部，别集类，汉至五代。
② 朱光潜：《诗论》，生活·读书·新知三联书店1998年版，第219页。

究平仄、粘对、对仗，那么不管它是四句、六句、八句、十句，都可以称为律诗。唐人把五律、七律、六韵律诗、排律、绝句统称为律诗，而把传统的一切五、七言诗称为古体诗，或者干脆称为古诗。唐人的诗集并不如后世人所想的那样按照五律、七律、绝句、排律来分，这种分类法自明代才开始成型，而是统一放在一处称律诗。清代冯班《钝吟杂录》这样描述："唐人集分体者少，今所传分体集皆是近日妄庸人所更定，不足据。宋人集所幸近人不肯读，古本多存，中亦有分律诗绝句者，如王临川集首题云七言律诗，下注云绝句，甚分明。唐人惟有元白韩杜等是旧次。"[1] 韩愈的诗文集是他的女婿李汉编订的，白居易的《白氏长庆集》和元稹的《元氏长庆集》都是作者自己编订的，因此，最能体现出唐人的分类标准。这三部书中的诗主要是按形式分类，分为"古诗"和"律诗"两大类。讲究平仄的五、七言诗，都编在"律诗"类中，不讲究平仄的古体诗都编在"古诗"类中。白居易在自编《白氏长庆集》律诗卷里说他的律诗包括了"五言七言自两韵至一百韵"[2]，即说律诗包含了五律、七律、绝句和排律。

宋人的律诗观念与唐人基本一致，只是范围缩小到了五、七言的八句和四句。宋人编的王安石诗集《王临川集》，就是把七言四句和七言八句的诗归为一类，五言四句和五言八句的归为一类。同时，在宋代，五、七律与绝句开始区分开来，例如，王安石的诗集中就有了律诗和绝句的区分。

到宋末元初，方回编第一本律诗选集《瀛奎律髓》时，律诗已经定位在了五、七律上，方回所选全是八句的五、七律了。到明人那里，律诗五言八句、七言八句、律绝五言四句、七言四句、排律八句

---

[1] （清）冯班：《钝吟杂录》卷3，文渊阁《四库全书》电子版，集部，别集类，汉至五代。

[2] （唐）元稹：《元氏长庆集》卷13，文渊阁《四库全书》电子版，集部，别集类，汉至五代。

下编 "张籍、王建体"的另一层内涵：张籍、王建的近体诗创作

以上就明确成为三个类别："高棅《唐诗品汇》出，今人不知绝句是律矣。高棅又创排律之名，虽古人有排比声律之言，然未闻呼作排律。"①

五言律诗是中国文学史上的一种具有强大生命力和深远影响的诗歌形式，它"兆自梁陈"，"极盛于唐"②。五言律诗在唐代主要有以下特点：第一，数量众多，遥遥领先。唐诗号称繁盛，各体兼备，在唐代近三百年的历史变迁中一直处于文学的主导地位，但是没有一种诗体能像五律那样众多，③而且一直呈直线上升的趋势，以成倍的速度增长，始终处于领先的地位。第二，阵容强大，精彩纷呈。唐代"人人皆以（五律）自负，争奇斗盛"④，初唐便已显示出强大的创作阵容，"初唐四杰"、陈、杜、沈、宋，继而"二张"，均在五律创作中表现了杰出的才华。至盛唐，祖咏、崔曙、常建、王昌龄、崔颢、王湾、储光羲、綦毋潜等人尽管五律篇什不多，然造诣实高，而"李、杜、高、岑、王、孟诸家继起，卓然名家"⑤，"美不胜收"⑥。王维五律之淡泊高远，孟浩然五律之清新飘逸，李白五律之一气挥洒，杜甫五律之千汇万状，令人难以企及。

据笔者统计，张籍有五言律诗一百四十余首，其中五言排律十三首。王建有五言律诗六十余首，其中包括八首五言排律。诗人随着政治热情的丧失和理想期望值越来越小，严酷的政治现实促使诗人参政热情趋于冷漠，在对文学功能的认识上，也就发现了与兼济时"上以

---

① （清）冯班：《钝吟杂录》卷3，文渊阁《四库全书》电子版，集部，别集类，汉至五代。
② （明）胡应麟：《诗薮》内编卷4，上海古籍出版社1979年版，第58、79页。
③ 据陈顺智《刘长卿诗歌透视》统计数字：初唐五律823首，占当时诗歌总数的40%；盛唐1650首，占当时诗歌总数的30.8%；中唐五律3233首，占当时诗歌总数的24.2%；晚唐3864首，占当时诗歌总数的29.2%。
④ （清）洪亮吉：《北江诗话》，人民文学出版社1983年版。
⑤ （清）王夫之：《清诗话》，上海古籍出版社1999年版，第418页。
⑥ 高步瀛：《唐宋诗举要》（下），上海古籍出版社1959年版，第407页。

神教化，舒之济万民"不同的一面，即独善时的"下可理性情，卷之善一身"，基于文学缘情的特性而强调其"泄导人情"的作用，张籍、王建的五律不再以表现社会现实为主旨，而是"避官样而就家常"，用来吟咏情性、描摹物象，内容多涉及普通的日常生活和细腻的人情体验。

第一节 清丽深婉、平淡可爱——
张籍的五言律诗

张籍今存五言律诗一百四十余首，其中五言排律十三首，内容不外乎感怀、题咏、酬赠之类，或是描绘清新自然的景色，或是抒写其日常闲居懒散的生活。对于张籍的五言律诗，历来评价甚高：刘攽在《中山诗话》中说："张籍乐府诗，清丽深婉，五言律诗平淡可爱，至七言诗，则质多文少。材各有宜，不可强饰。"许学夷《诗源辨体》卷27评张籍五律的风格说："张如'椰叶瘴云湿，桂丛蛮鸟声'、'夜鹿伴茅屋，秋猿守栗林'、'渡口过新雨，夜来生白萍'、'竹深村路暗，月出钓船稀'、'月明见潮上，江静觉鸥飞'、'夜静江水白，路回山月斜'、'乘舟向山寺，着屐到渔家'、'新露湿茅屋，暗泉冲竹篱'……皆清新峭拔，另为一种，五代诸公乃多出此矣。"[1] 李怀民《重订中晚唐诗主客图》曰："水部五言，体清意远，意故神闲，与乐府词互为表里，得风骚之遗。当时以律格标异，信非偶然。"[2] 可见张籍的清丽深婉、平淡可爱的风格，在当时确已形成了"独擅"的地位，卓然自成一家了。

---

[1] 转引自陈伯海主编《唐诗汇评》中册，浙江教育出版社1995年版，第1893页。
[2] 同上书，第1894页。

下编 "张籍、王建体"的另一层内涵：张籍、王建的近体诗创作

一　平和闲懒的主体精神

　　张籍年轻时曾远离家乡求学并游历了南方和北方，他曾经想干一番事业。但是，他似乎又是中唐那一批务实图强的士人中最早"醒悟"的一个，因为他在未入仕途之前就已萌生退志。因此，才有韩愈写诗劝他："男儿不再壮，百岁如风狂。高爵如可求，无为守一乡。"而张籍最后之所以到长安去候选为官，除了韩愈、孟郊的鼓励外，大概就是"仕不为贫而有时乎为贫"了。因为他在诗中不止一次用过"作活"这个词，"老大登朝如梦里，贫穷作活似村中"（《书怀》），"作活每常嫌费力，移居只是贵容身"（《移居静安坊答元八郎中》）。在他看来，做官也不过是谋生手段的一种，不做官便丢了饭碗没有饭吃，如此而已。这与杜甫那种"当今廊庙具，构厦岂云缺。葵藿倾太阳，物性固难夺"（《自京赴奉先县咏怀五百字》）的做官动机已经有了根本性的区别。一个儒家士人，当失去治国安天下的理想之后，混迹官场还有什么追求呢？要想和那些追名逐利之辈区别开来，唯一的办法也就只有追闲逐懒，抒发诗人文官自守、闲适自足的情怀。

　　试看下面张籍的一组表现其闲居生活的诗作，如《闲居》：

　　　　东城南陌尘，紫憾与朱轮。
　　　　尽说无多事，能闲有几人。
　　　　唯教推甲子，不信守庚申。
　　　　谁见衡门里，终朝自在贫。

　　达官显贵们乘着装饰华丽的车子，在城中忙忙碌碌、来来去去。人人口口声称自己没什么额外的事情，但是真正能闲下来、静下心来的有几个人？在这纷扰复杂的社会里，我们的诗人真正体会到了闲居的乐趣：住在自己简陋的房子里，过着贫苦的生活，没事时一个人偶

尔推推甲子。"此中有真意，欲辨已忘言！"李怀民在《重订中晚唐诗主客图》中认为"古诗人全须此付胸襟"。评曰："三字（自在贫）奇创得妙。"又评曰："偶取支干字对，正见闲处，亦天然恰好。若专借此见长，则纤而陋矣。"①

诗人一年四季的生活都是闲散的，试看其《早春闲游》：

> 年长身多病，独宜作冷官。
> 从来闲坐惯，渐觉出门难。
> 树影新犹薄，池光晚尚寒。
> 遥闻有花发，骑马暂行看。

这是在早春季节诗人遥闻花发，引起游兴，骑马闲游的一首诗作。开篇又是叹老，叹病，叹时运不济，做了多年职务清闲、地位微妙的下层官员，人也渐渐地习惯了这种清冷生活，"从来闲坐惯，渐觉出门难"紧承冷官而言，李怀民评曰："真能道得出。"似乎可以品味到其中一种酸涩的不满。能让诗人暂且忘掉烦恼的就是在早春季节的美景：树芽甫萌、新叶犹疏，阳春仍短、乍暖还寒。如果不是因为做了长时间的冷官，诗人的观察又怎么能如此细致呢？

还有如《夏日闲居》：

> 多病逢迎少，闲居又一年。
> 药看辰日合，茶过卯时煎。
> 草长晴来地，虫飞晚后天。
> 此时幽梦远，不觉到山边。

---

① 转引自陈伯海主编《唐诗汇评》中册，浙江教育出版社1995年版，第1913页。

下编 "张籍、王建体"的另一层内涵：张籍、王建的近体诗创作

《晚秋闲居》：

> 独坐高秋晚，萧条足远思。
> 家贫常畏客，身老转怜儿。
> 万种尽闲事，一生能几时。
> 从来疏懒性，应只有僧知。

上面一首《夏日闲居》，诗人因为生病而少了迎来送往、酬酢承奉之事，所以难得清闲，中二联写闲居之趣，合药、煎茶，诗人甚至观察到了草虫的细微变化。而结句"此时幽梦远，不觉到山边"一下子使得诗境奇警起来，在这样悠闲的生活中，诗人的思绪已经不知道飘到哪里去了。下面一首《晚秋闲居》则写诗人在萧条冷落的深秋季节的感受："迎逢酬酢，无非闲事，家贫身劳，万虑皆淡。苦短人生，能有几时？"方回在《瀛奎律髓》卷 23 中评之曰："三四似缠于家累，然佳句也。五六遂破前说，而自开解焉，亦佳句也。"①

再看诗人写给友人的《酬孙洛阳》：

> 家贫相远住，斋馆入时稀。
> 独坐看书卷，闲行著褐衣。
> 早蝉庭笋老，新雨径莎肥。
> 各离争名地，无人见是非。

"独坐看书卷，闲行著褐衣。"既是友人的写照，也是诗人自己的写照。斋馆初夏的景致也给人以悠闲的趣味，早蝉初鸣、新雨莎肥。最后一联诗人谈到了自己和友人皆非名利场中人，有点"任尔东西南

---

① 李建昆校注：《张籍诗集校注》，台北华泰文化事业公司 2001 年版，第 155 页。

北风"的感觉。不知我们的诗人是否真正地忘却了"名利"和"是非",通过诗句读者还是可以感受到一股淡淡的不平之气。

诗人晚年对政治已失去了积极的参与意识,诗中常常透露恬淡平和的情绪,我们可以看看下面一些表现诗人闲情逸致的诗句:

采茶寻远涧,斗鸭向春池。
送客沙头宿,招僧竹里棋。　　　　　(《寄友人》)
山开登竹阁,僧到出茶堂。
收拾新琴谱,封题旧药方。

(《和陆裴司业习静寄所知》)

闲对临书案,看移晒药床。　　　　　(《夏日闲居》)
尽说无多事,看闲有几人。　　　　　(《闲居》)
独坐高秋晚,萧条足远思。　　　　　(《晚秋闲居》)
独坐看书卷,闲行著褐衣。　　　　　(《酬孙洛阳》)
万种尽闲事,一生能几时。　　　　　(《晚秋闲居》)
多病逢迎少,闲居又一年。　　　　　(《夏日闲居》)
无事焚香坐,有时寻竹行。　　　　　(《题李山人幽居》)
官闲人事少,年长道情多。

(《春日李舍人宅见两省诸公唱和因书情即事》)

幽径独行步,白头长懒梳。
更怜晴日色,渐暖贫在居。　　　　　(《早春病中》)
从来闲坐惯,渐觉出门难。　　　　　(《早春闲游》)
横琴当月下,压酒及花时。　　　　　(《山中秋夜》)
居贫闲自乐,豪客莫相过。

(《和左司元朗中秋居十首》)

庭闲云满井,窗晓雪通山。　　　　　(《寒食书食二首》)

下编 "张籍、王建体"的另一层内涵：张籍、王建的近体诗创作

> 寄知骑省客，长向白云闲。
>
> *（《和庐常诗寄华山郑隐者》）*

这些诗充满了安闲自适的闲适趣味，非常平淡、朴实。细观之，张籍的闲适还实现得不那么充分，多少带上了一些孤独自伤、寂寞凄清的意味。而且诗人晚年的身体不是很好，试看其《咏怀》诗：

> 老去多悲事，非唯见二毛。
> 眼昏书字大，耳重觉声高。
> 望月偏增思，寻山易发劳。
> 都无作官意，赖得在闲曹。

这是诗人晚年的一首抒怀诗，眼花耳聋、容易疲劳的身体状况，而且容易触物感伤、多愁善感。身边的事情似乎顺心的不多，面对年华的消逝，诗人已全无仕宦之想，能做的就是在早春时"幽径独行步"，或在秋季"下马一登临"，或在睡不着的夜晚听泉声"独起出门听，欲寻当涧行。……月下长来此，无人亦到明"。正是因为诗人的人生态度发生了变化，所以张籍在近体诗中对自身的"闲懒"直言不讳，在其后期的创作中反映社会矛盾的题材渐渐淡出，取而代之的更多是记游、回忆、送别、写景、写物，已经难以找到乐府诗中的慷慨之音，充满的是闲适、慵懒、淡然，甚至是迷惘。

二 清新自然的美学风貌

张籍的一生，始终贯穿着理想与现实的深刻矛盾。他有着"济苍生，安社稷"的宏愿，但是"时运不济，命运多舛"。正是因为如此，诗人把满腔的抑郁之情转移到自然山水中，用自然之美来陶冶情趣。张籍一方面运用工致细腻的手法，描绘自然景物和抒发真

挚感情，显露出清新秀丽的情调；另一方面运用含蓄蕴藉的笔调，将思想寓于形象，使感情曲折幽深，造成一种深沉委婉的气势。张籍曾游览过蓟北、江南和岭外等地，他对祖国的锦绣山河和自然风光是无比热爱的。我们可以看看张籍笔下各地的美景，如描绘江南风光的《江南春》：

> 江南杨柳春，日暖地无尘。
> 渡口过新雨，夜来生白萍。
> 晴沙鸣乳燕，芳树醉游人。
> 向晚青山下，谁家祭水神。

此诗描写江南美丽的春光，诗人以工致细腻的笔法，再现了江南春意盎然的景象。先写江南的春风杨柳，明媚阳光；再写渡口的新雨，岸边的白萍丛生；又写天空的乳燕呢喃，林间的游人欲醉；最后选取了一个生动场景，为我们勾勒了一幅风俗图卷。江南的秀丽春色和风土人情都历历在眼前，呈现出一派诱人之美。在清新明丽、亲切动人的画面中，更透露出一种生活的意趣。

再如《宿江店》：

> 野店临西浦，门前有橘花。
> 停灯待贾客，卖酒与渔家。
> 夜静江水白，路回山月斜。
> 闲寻泊船处，潮落见平沙。

这里诗人为我们描绘的是一幅诗情浓郁的江南秋景图。临水的野店，屋边的橘花，窗前的灯火，江上的波浪，山头的斜月，岸边的泊船，银色的平沙，都写得朴素清新、恬静安谧，读之犹如进入梦幻似的境界。特别是"潮落见平沙"一句，王安石尤为喜爱，曾以之构成新的诗句:"有似钱塘江上见,晚潮初落见平沙。"《唐诗笺注》中评曰:"清绝之境,一片空明。"《唐风定》中评曰:"妙境渐从刻画而出,与浪仙相似。"①

诗人笔下描写苏州景色如《送从弟戴玄往苏州》:

> 杨柳阊门路,悠悠水岸斜。
> 乘舟向山寺,着屐到渔家。
> 夜月红柑树,秋风白藕花。
> 江天诗景好,回日莫令赊。

还有对越地风光的高度概括的如《送朱庆余及第归越》:

> 东南归路远,几日到乡中。
> 有寺山皆遍,无家水不通。
> 湖声莲叶雨,野气稻花风。
> 州县知名久,争邀与客同。

又如《送李评事游越》:

> 未习风尘事,初为吴越游。
> 露沾湖草湿,日照海山秋。
> 梅市门何在,兰亭水尚流。
> 西陵待潮处,知汝不胜愁。

还有描写了风景秀丽的霅溪,《霅溪西亭晚望》:

> 霅水碧悠悠,西亭柳岸头。
> 夕阴生远岫,斜照逐回流。

---

① 转引自陈伯海主编《唐诗汇评》中册,浙江教育出版社1995年版,第1913页。

> 此地动归思，逢人方倦游。
> 吴兴耆旧尽，空见白蘋洲。

这些诗作均能抓住各地的景物特点，以清新洗练的语言绘制出一幅幅美丽图画，给人以"人在画中游"之感。

还有诗人在旅途中，夜宿临江驿，抒发其思乡之情的诗作，《宿临江驿》：

> 楚驿南渡口，夜深来客稀。
> 月明见潮上，江静觉鸥飞。
> 旅宿今已远，此行殊未归。
> 离家久无信，又听捣寒衣。

此诗上半部分诗人以简练之笔，通过月明、江静、潮上、鸥飞，写出了宿夜之景，文少而境丰。下半部分则写离家已久、渐行渐远的诗人在秋夜不寐，想着自己已经很久没有家里的消息了，又一次听到了家家户户的捣衣声，给人一种人在旅途的凄凉、孤独之感，一股浓浓的思乡念家之情油然而生。同样表达思乡的诗作还有如《蓟北旅思》：

> 日日望乡国，空歌白苎词。
> 长因送人处，忆得别家时。
> 失意还独语，多愁只自知。
> 客亭门外柳，折尽向南枝。

此诗写出了许多客居在外游子的共同感受："长因送人处，忆得别家时。失意还独语，多愁只自知。"真情实景，道出无限悲凉。《唐诗选脉通评林》中分析此诗云："周珽曰：文昌，吴人。《白苎词》，吴曲，望乡而咏之，所以想象故园光景。然欲归不得，所谓空歌也。

后皆描写客中无聊,令读者宛然在目。"①

张籍诗中还有刻画蜀地风光的如《送友生游峡中》:

    风静杨柳垂,看花又别离。
    几年同在此,今日各驱驰。
    峡里闻猿叫,山头见月时。
    殷勤一杯酒,珍重岁寒姿。

这首诗作者通过细致的观察,以平抑自然的语言写出了峡中情味:风静柳垂、繁花盛开、峡中猿啼、山高月小,有着旷远宁静之美。尤其"峡里闻猿叫,山头见月时"一句,再现了壮美的三峡奇观。诗中"殷勤一杯酒,珍重岁寒姿",堪与王维的名句"劝君更尽一杯酒,西出阳关无故人"相媲美,均为真情实感的自然流露。诗作质朴无华,但经过诗人的提炼、映托和渲染,使情景相生,更显得饶有自然风韵。

其他的如《成都曲》中描绘的"锦江近西烟水绿,新雨山头荔枝熟。万里桥边多酒家,游人爱向谁家宿";《送客游蜀》中的诗句"行尽青山到益州,锦城楼下三江流。杜家曾向此种住,为到浣花溪水头";《送蜀客》中"蜀客南行祭碧鸡,木棉花发锦江西。山桥日晚行人少,时见猩猩树上啼"。这些诗句都再现了蜀地的美丽风光,锦城、锦江、万里桥、浣花溪都为成都地名;木棉花发、猩猩啼树、烟水流碧、荔枝飘香都是成都的特色景物。张籍的这些诗,堪称蜀地纪胜。

描写曲江早春之美的如《酬白二十二舍人早春曲江见招》:

    曲江冰欲尽,风日已恬和。
    柳色看犹浅,泉声觉渐多。

---

① 转引自陈伯海主编《唐诗汇评》中册,浙江教育出版社 1995 年版,第 1909 页。

紫蒲生湿岸,青鸭戏新波。

仙掖高情客,相招共一过。

  这首诗旨在写人的友谊与高情,但前面六句都是写景,给人感觉这也是一首写景诗。诗人用了绘色(柳色)、绘声(泉声)、涂彩(紫蒲、青鸭)的手法,以细微之观察、精细之笔墨,着力渲染景物,写出了早春时节,曲江冰解、风日恬和、柳色犹浅、泉声渐多的美景。尤其是"紫蒲"一联,一静一动,更是画出曲江早春之生机勃勃。而诗人强烈的感情隐蔽在形象之中,当最后道出情思时,使之缠绵之情一下向读者袭来,真正收到了"一切景语皆情语"的艺术效果。

  通过以上张籍的诗句,我们会发现在万象纷呈、千姿百态的自然美中,张籍似乎特别偏爱清新、清丽之美。他的诗中多次出现了"清"字,使诗句具有清雅恬淡的格调和情致。张籍这一类诗歌的主流风格是清雅恬淡的,他的近体诗中比较显著的意象有风、云、雨、寒、秋、月、夜、杉、松、愁、花、石、鹤、僧、琴、药、茶、酒、诗、书等,情调极其清雅,试看下列一组诗句:

清净当深处,虚明向远开。　　　　(《宿云亭》)
平地有清泉,伊南古寺边。

(《和令狐尚书平泉东庄近居李仆射有寄》)
放逸栖岩鹿,清虚饮露禅。　　　　(《赠殷山人》)
地形高出没,山静气清幽。　　　　(《新城甲仗楼》)
寒夜共来望,思乡独下迟。　　　　(《西楼望月》)
杨柳别离处,秋蝉今复鸣。　　　　(《思远人》)
月明见潮上,江静觉鸥飞。　　　　(《宿临江驿》)
横琴当月下,压酒及花时。　　　　(《山中秋夜》)
药看辰日和,茶过卯时煎。　　　　(《夏日闲居》)

下编 "张籍、王建体"的另一层内涵:张籍、王建的近体诗创作

寻花入幽径,步日下寒阶。

(《赠太常王建藤杖笋鞋》)

这些诗句都清新明快,也使人感到清气袭人。诗人善于描写幽寂的自然环境、恬淡自适的生活及与之契合的心情,在清雅优美的诗意描写中,表现了诗人的审美追求与创作心态。这种工于匠物、字清意远的新诗之所以受到时人如此喜爱,一方面,固然如闻一多所言,"初唐的华贵,盛唐的壮丽,以及最近十才子的秀媚,都已腻味了,而且容易引起一种幻灭感。他们需要一点清凉,甚至一点酸涩来换换口味"[①],即时代心理发生变化;另一方面,张籍的这种清雅的近体诗的确有其独到之处。

另外,值得注意的是,张籍在写景时,善于运用动静结合的艺术法则,以有声有色的动景描写来烘托幽静的气氛,创造出清新优美的诗境。如其《城南》诗:

漾漾南涧水,来作曲池流。言寻参差岛,晓榜轻盈舟。
万绕不再止,千寻尽孤幽。藻涩讶人重,萍分指鱼游。
繁苗毯下垂,密箭翻回辀。曝鳖乱自坠,阴藤斜相钩。
卧蒋黑米吐,翻荇紫角稠。桥低竟俯偻,亭近闲夷犹。
目为逐胜朗,手因掇芳柔。渐喜游来极,忽疑归无由。
气状虽可览,纤微谅难搜。未听主人赏,徒爱清华秋。

这首诗是典型的"诗中有画",而画面上的一切景物都是活动的:水在流、船在行、鱼在游、萍在飘,到处都是一派生机,"繁苗毯下垂,密箭翻回辀。曝鳖乱自坠,阴藤斜相钩。卧蒋黑米吐,翻荇紫角稠",呈现出一股生机勃勃的动态之美。诗人也为这自然景物所陶醉,深深感

---

① 闻一多:《唐诗杂论》,上海古籍出版社1998年版,第35页。

到了"渐喜游来极,忽疑归无由",可谓"心凝形释,与万化冥合"。其他如"月出溪路静,鹤鸣云树深"(《不食谷山房》)、"竹香新雨后,莺语落花中"(《晚春过崔驸马东园》)、"蛙声篱落下,草色户庭间"(《过贾岛野居》)等,都是动静结合、有声有色、生机盎然的画面。

另外,值得注意的是从对仗的角度看,张籍的这些诗对仗精巧工丽,情辞俱佳:

夜静江水白,路回山月斜。　　(《宿江店》)
月明见潮上,江静觉鸥飞。　　(《宿临江驿》)

其中有颜色对:

夜月红柑书,秋风白藕花。
(《送从弟戴玄往苏州》)
洲白芦花吐,园红柿叶稀。　　(《岳州晚景》)

数量对:

万种尽闲事,一生能几时。　　(《晚秋闲居》)
从此以筵别,独为千里行。

(《使悔留别襄阳李司空》)

地理对:

峡里闻猿声,山头见月时。(《送友生游峡中》)
江连恶溪路,山绕夜郎城。　　　(《送蛮客》)

张籍五律清新自然、节奏轻快、秀赡流利、声调朗朗。对于其在近体诗上的成就,晚唐张洎在《张司业集序》中做了高度的评价:"元和中。公及元丞相、白乐天、孟东野歌调。天下宗匠谓之元和体。

下编 "张籍、王建体"的另一层内涵：张籍、王建的近体诗创作

又长于今体律诗。贞元以前。作者间出。大抵互相祖尚。拘于常态。迨公一变。而章句之妙。冠于流品矣。"①《石园诗话》中云："刘攽在《中山诗话》中说：'张籍乐府诗，清丽深婉，五言律诗平淡可爱，至七言诗，则质多文少。'然文昌五言不乏清丽深婉之句，如'长因送人处，忆得别家时''家贫无易事，身病是闲时''眼昏书字大，耳重语声高''山情因月甚，诗语入秋高''尚俭经营少，居闲意思长'，不独平淡可爱也。《寄和刘使君》云：'晓来江气连城白，雨后山光满郭青'，及《赠贾岛》之'篱落荒凉僮仆饥'，则又文质兼备矣。"② 此当为对张籍五言律诗的客观评价。今人孙琴安在《唐五律诗精评》中也说道："五律至大历，已不如开、宝，至元和又降大历一筹。唯独张文昌能拔出于众流之上，非但元、白、韩、柳诸名家均莫之能及，即使李益、李嘉祐、戴叔伦、卢纶、李端等大历名家，亦当避其锋芒，真所谓'后生可畏'也。《全唐诗》载其五律一百三十余首，多仁人之言，清新自然，节奏轻快，秀赡流利，声调朗朗而又一气直下，颔联又常以流水对而下，试问大历以后，谁人有此？'张、王'并称，乐府可，五律则不可。文昌七律虽不及刘梦得、杨景山、杜牧之，然其五律足以凌驾于诸家之上。'诗到元和体变新'，元和间名家辈出，高手林立，韩昌黎、白香山各自成家，均有称霸之势，然以五律论，当以张文昌为第一。"③ 他认为张籍五律在元和诗坛独树一帜，这个评价应该说是非常客观的。张籍五言诗诗歌以一种俚浅世俗的格调，把平民意识注入近体诗，使近体诗走向世俗化。张籍以世俗俚浅入诗，写出了"非此中人不能道"的况味。

---

① 中华书局上海编辑所：《张籍诗集》，中华书局1959年版，第110页。
② 郭绍虞：《清诗话续编》，上海古籍出版社1983年版，第1764页。
③ 李建昆校注：《张籍诗集校注》，台北华泰文化事业公司2001年版，第612页。

第二节 苦心体物、俗情入诗——
王建的五言律诗

王建集中今存五律六十余首,其中五言排律八首。内容同张籍的五言律诗相似,大多是对其贫居苦寂生活的吟唱,反映了诗人不同时期的思想变化。

王建于德宗建中四年(783)出关辅到邢州求学,学成后谋取功名未就,就退居漳水岸边,"誓与草木并",过了多年幽静闲适的山居生活,下面的《山居》诗就是他山居时生活意趣的写照。

> 屋在瀑泉西,茅檐下有溪。
> 闭门留野鹿,分食养山鸡。
> 桂熟长收子,兰生不作畦。
> 初开洞中路,深处转松梯。

诗人的茅草屋就在漳溪边上,终日与野鹿、山鸡为伴,野生的兰桂自然生长,而且山中的景色是曲径通幽——"初开洞中路,深处转松梯",完全没有"山重水复疑无路"的困惑,也没有"柳暗花明又一村"的惊喜,一派顺其自然,悠闲自得。关于诗中"闭门"二句,胡仔在《苕溪渔隐丛话·后集》卷14:苕溪渔隐曰"王建云:'闭门留野鹿,分食养山鸡。'魏野云:'洗砚鱼吞墨,烹茶鹤避烟。'二人之诗,巧欲摹写山居意趣,第理有当否。如建所言二物,何驯狎如

下编 "张籍、王建体"的另一层内涵：张籍、王建的近体诗创作

许？理必无之。如野所言，虽未必皆然，理或有之。"① 诚如胡苕溪所言，王建"巧欲摹写山居意趣"，不必穷究诗中所写之物于理有当否。

等到入朝为官之际，诗人对世事人情是敏感的、戒备的，请看下面几首王建初官昭应县丞时的诗作，如其《初到昭应呈同僚》：

> 白发初为吏，有惭年少郎。
> 自知身上拙，不称世间忙。
> 秋雨悬墙绿，暮山宫树黄。
> 同官若容许，长借老僧房。

此时诗人已经 48 岁了，白发为吏，却不谙世事，"文案把来看未会，虽书一字甚惭颜"（《昭应官舍》），所以自愧不如少年。而县丞为卑职闲官，所以诗人自己非常清楚"自知身上拙，不称世间忙"。因为连日来秋雨连绵，县衙的墙上已经生出了绿苔，傍晚时分在县衙里可以看到骊宫中一树一树的黄叶。可见对于这种官场生活，诗人觉得实在是百无聊赖，若能得到同僚的同意，他希望能够借僧房闲居，常与僧人做伴，而不愿在县衙过问吏事。诗人在这个职位上做得并不是很顺心，试看《县丞厅即事》：

> 官殿半山上，人家高下居。
> 古厅眠受瘴，老吏语多虚。
> 雨水洗荒竹，溪沙填废渠。
> 圣朝收外府，皆自九天除。

县丞是县令的副职，韩愈《蓝田县丞厅壁记》中曰："丞之职所以贰令，于一邑无所不当问。其下主簿、尉，主簿、尉乃有分职。丞

---

① 尹占华校注：《王建诗集校注》，巴蜀书社 2006 年版，第 189 页。

· 177 ·

位高而偪,例以嫌不可否事。……官虽尊,力势反出主簿、尉下。"韩愈的这一段话把封建制度下吏胥共同欺凌、钳制县丞,县丞在势利官场难有作为,无事可做的尴尬地位写得淋漓尽致。所以王建在这首诗中说"古厅眠受魇,老吏语多虚"。面对这样的现实,不管是无可奈何也罢,还是心胸通达也罢,我们的诗人还是能够保持自己独立完整的人格,如《昭应官舍》:

> 绕厅春草合,知道县家闲。
> 行见雨遮院,卧看人上山。
> 避风新浴后,请假未醒间。
> 朝客轻卑吏,从他不往还。

这首诗是王建任职昭应县丞第二年的春天所作的,诗人办公的县丞厅四周的野草已经非常茂盛了,诗人锤炼了一个字"合",让人不由得想起孟浩然的诗句"绿树村边合",透过这一斑我们就可以知道县丞的确是一个闲官,职务闲散,官舍清闲。诗人行卧之间都是非常闲散,可以常常去沐浴骊山的温泉,可以在睡眼惺忪的时候请假不去办公。虽然县丞因为官卑权小而被朝官所轻慢,但是诗人能够做到不趋炎附势、不苟合逢迎、任其轻慢不肯与之往还。

王建出仕之后,亲身的生活经历使他对社会、人生有了新的认识,从而产生了好景不长,人生多忧,人生在世自须得过且过,不要辜负了美好岁月的思想。下面的《醉后忆山中故人》就是在这样的心境下写给山居时的山中旧友的:

> 花开草复秋,云水自悠悠。
> 因醉暂无事,在山难免愁。
> 遇晴须看月,斗健且登楼。
> 暗想山中伴,如今尽白头。

下编 "张籍、王建体"的另一层内涵：张籍、王建的近体诗创作

王建的五律，大多是四十八岁以后所作。此时的诗人似乎消解了对于世事的热情关照，更多的是沉溺于自己的世界中，诗歌多感叹日渐衰老的多病之躯，描摹憔悴艰辛之态，抒发忧虑愁苦之思。如其《贫居》：

> 眼底贫家计，多时总莫嫌。
> 蠹生腾药箧，字暗换书签。
> 避湿堆黄叶，遮风下黑帘。
> 近来身不健，时就六壬占。

这首诗是王建贫穷生活的写照，可以感觉此时诗人的生活是非常狼狈的：长期生病服药竟然使装满药物的药箱里长出了蛀虫，写着书名的签条也因为时间流逝字迹变得暗淡了。面对清苦贫寒的生活里的潮湿、风雨，诗人能做的就是"堆黄叶""下黑帘"，黄、黑颜色的选取，给人一种压抑沉闷、萧条冷落、悲苦难耐之感。面对这样的境况，多病憔悴的诗人索性抛开现实的种种烦恼，企图在虚妄的占卜术里寻找一点点的心理安慰。这首诗可谓"一把辛酸泪"，让人不忍卒读。

闲居下来的诗人偶尔揽镜自照，《照镜》：

> 忽自见憔悴，壮年人亦疑。
> 发缘多病落，力为不行衰。
> 暖手揉双目，看图引四肢。
> 老来真爱道，所恨觉还迟。

此诗应该是诗人晚年照镜的自悔之词，诗人觉得镜子里的自己忽然间衰老了，因为长期生病头发过早地脱落了，浑身没有力气。这时的诗人应在学习道家的养生之法来消乏解困，搓热双手揉揉双眼，照

· 179 ·

着图画伸展四肢。诗人觉得自己到了老年时候才得以闻道,他对于自己早些时候滞留官场、劳心伤形、没能及早退归林下是非常后悔遗憾的。

诗人晚年的生活是贫寒孤寂的,心怀是淡泊无为的,试看其《冬夜感怀》:

> 晚年恩爱少,耳目静于僧。
> 竟夜不闻语,空房唯有灯。
> 气嘘寒被湿,霜入破窗凝。
> 断得人间事,长如此亦能。

晚年的诗人如禅寂的僧人,排除了一切尘俗杂念,澄神静虑,心住一缘。在寂静的冬夜里整晚听不到一丁点儿声响,陪伴诗人的是青灯一盏。"气嘘寒被湿,霜入破窗凝。"以白描般的语言写出了诗人艰难的生活境遇。但是诗人能够自得其乐,只希望断得人间烦心事,长如此亦得。

再如其《闲居即事》:

> 老病贪光景,寻常不下帘。
> 妻愁耽酒僻,人怪考诗严。
> 小婢偷红纸,娇儿弄白髯。
> 有时看旧卷,未免意中嫌。

诗人老病索居,以饮酒释闷,考诗寻趣。《瀛奎律髓》卷23方回批此诗曰:"'小婢'二句新,下句'娇儿弄白髯'压倒上句。"冯班评:"未见压倒。五六绝好,结句恶烂。"[①] 各执己见。笔者以为诗人

---

① 尹占华校注:《王建诗集校注》,巴蜀书社2006年版,第202页。

以寻常淡语,写出了村居生活的真意:老妻担心他终日沉湎于饮酒伤了身体,周围人很奇怪诗人作诗为什么考究严格。家里的小婢女玩性未泯,时常还要偷一些红纸去玩,小儿子趴到父亲的身上玩弄他的白头发,红白颜色的鲜明对比给人清新明朗的感觉,一派家庭生活的乐趣。

王建晚年罢陕州司马后,卜居于距离长安百里之遥的原上。下面的《林居》就以明白如话的语言写出了诗人林居生活的闲适和清贫:

> 荒林四面通,门在野田中。
> 顽仆长如客,贫居未胜蓬。
> 旧绵衣不暖,新草屋多风。
> 唯去山南近,闲亲贩药翁。

诗人的新居位于原上荒林之中,四面通风,粗糙简陋。加之旧衣不暖,可见诗人处境贫苦。但是诗人倒也自得其乐,常常去附近的终南山转转,因为多病,诗人和山中贩药的老翁的关系也亲近了起来。

王建的《原上新居十三首》为其五律的代表作,是我们了解诗人晚年生活和思想的重要依据。

所反映的内容	诗　　句
贫穷的困扰	"人少愁闻病,庄孤幸得贫。"(其二)"终日忧衣食,何由脱此身?"(其二)"访僧求贱药,将马中豪家。"(其三)"家贫僮仆瘦,春冷菜蔬焦。"(其四)"邻富鸡常去,庄贫客渐稀。借牛耕地晚,卖树纳钱迟。"(其五)"移家近住村,贫苦自安存。"(其八)"和暖绕林行,新贫足喜声。"(其九)
挨饿的窘迫	"厨舍近泥灶,家人初饱薇。"(其一)"耕牛长愿饱,樵仆每怜勤。"(其二)"乍得新蔬菜,朝盘忽觉奢。"(其三)"春来梨枣尽,啼哭小儿饥。"(其五)

续表

所反映的内容	诗　　句
多病的折磨	"人少愁闻病。"(其二)"访僧求贱药。"(其三)"曝药竹床新。""老病应随业。"(其七)"石田无力及。"(其十三)
孤寂的感怀	"兄弟今四散,何日更相依?"(其一)"一家榆柳新,四面远无邻。"(其二)"长安无旧识,百里是天涯。"(其三)"寂寞思逢客,荒凉喜见花。"(其三)"自扫一间房,唯铺独卧床。"(其六)"闲行人事绝,亲故亦无书。"(其十二)
日常的生活	"借牛耕地晚,卖树纳钱迟。"(其五)"自扫一间房,唯铺独卧床。"(其六)"锁茶藤箧密,曝药竹床新。"(其七)"细问梨果植,远求花药根。倩人开废井,趁犊如新园。"(其八)"扫渠忧竹旱,浇地引兰生。"(其九)"身闲时却困,儿病可来娇。"(其十)"古碣凭人拓,闲诗任客吟。送经还野苑,移石入幽林。"(其十一)"懒更学诸余,林中扫地居。腻衣穿不洗,白发短慵梳。"(其十二)"石田无力及,贱赁与人耕。"(其十三)
村庄的环境	"荒藤生叶晚,老杏著花稀。"(其一)"鸡睡日阳暖,蜂狂花艳娆。"(其十)"谷口春风恶,梨花盖地深。"(其十一)"住处去山近,傍园麋鹿行。野桑穿井长,荒竹过墙生。"(其十三)
佛道中的寻觅	"自扫一间房,唯铺独卧床。野羹溪菜滑,山纸水苔香。陈药初和白,新经未入黄。近来心力少,休读养生方。"(其六)"拟作读经人,空房置净巾。锁茶藤箧密,曝药竹床新。老病应随业,因缘不离身。焚香向居士,无计出诸尘。"(其七)

在这十三首五律里,有终日忧衣食的贫穷、兄弟四散的无依、世事了无心的孤寂,甚至还有腻衣不洗的慵懒……诗人以尚俗真切之风,凄冷苦寂之音真实再现了他晚年的生活。

许学夷《诗源辨体》卷27评王建五律的风格说:"王如'瘴烟沙上起,阴火雨中生';'水国山魈引,蛮乡洞主留';'石冷啼猿影,松昏戏鹿尘';'开门留野鹿,分食养山鸡';'雨水洗荒竹,溪沙填废渠';'野桑穿井长,荒竹过墙生'等句,皆清新峭拔,另为一种,五代诸公乃多出此矣。"① 论王建五律"清新",甚有见地,然"峭拔"却未见得。大历之后,诗人多以五律写山水庄田之景,清幽明丽,王建以之写萧条冷落之景,故亦使人耳目为之一新。许学夷《诗源辨体》卷27又说:"大历以后,五七言律体制、声调多相类,元和间,贾岛、张籍、王建始变常调。"说的正是这种情况。所以,我们上面所分析的描写其闲居生活的这一部分作品自然可以看作王建五律诗的代表风格。

第三节　王建五律与姚合五律的比较

王建五律中多有与姚合诗重出者,王懋《野客丛书》卷19:"诗句相近"条说:"唐人诗句不一,固有采取前人之意,亦有偶然暗合者……姚合诗'买石得花饶',王建诗'买石得云饶'。"论二人诗句几于全同,自然不免将王建诗与姚合诗相提并论。方回《瀛奎律髓》卷23选入王建《原上新居十三首》中的五首,纪昀《瀛奎律髓刊误》卷23评曰:"诗情全是武功一派,语多粗野,不叶雅音。"② 李怀民《重订中晚唐诗主客图》卷上评姚合《武功县中作》说:"此等体与水部《秋居》、司马《原上》诗一例,随景触兴,无论次,无章法,而自有天然妙趣。"王建五言律诗的风格的确与姚合相近,《原上新居十三首》便与姚合的《武功县中作十三首》尤为近似。但也正如方回《瀛奎律髓》卷23《闲适类总序》所说姚合"乃是仕宦而闲适",王建则是弃官之后的闲居,这的确道出了姚合与王建闲适诗的根本区别。

---

① 转引自陈伯海主编《唐诗汇评》中册,浙江教育出版社1995年版,第1893页。
② 同上书,第1531页。

故姚诗懒散,而王诗悠闲。

姚合诗出王建之后,所以亦毫无疑问的是姚合向王建学习。胡震亨《唐音癸签》卷7评姚合:"得趣于浪仙(贾岛)之僻,而运以爽气;取材于籍、建之浅而媚以茜芬;殆兼同时数子,巧撮其长者。"[①]第一,二人皆擅长将日常生活之景与日常生活之事写入诗中,景近境真,这是努力使诗贴近日常生活的一种尝试。杜甫"啅雀争枝坠,飞虫满院游"(《落日》);"开门野鼠走,散帙壁鱼干"(《归来》);"老妻画纸为棋局,稚子敲针作钓钩"(《江村》)之类,实已开其先河。王建《山居》:"闭门留野鹿,分食与山鸡。"写山居之幽趣,大有将自身融入大自然中的感觉。《闲居即事》:"小婢偷红纸,娇儿弄白髭。"写家庭生活的天伦之乐,更是充满了人情味。纪昀《瀛奎律髓刊误》卷23评《闲居即事》二句"纤琐而俚鄙",未得真谛。胡仔《苕溪渔隐丛话》后集卷14评《山居》说:"王建云'闭门留野鹿,分食养山鸡。'魏野云:'洗砚鱼吞墨,烹茶鹤避烟。'二人之诗,巧欲摹写山居意趣,第理有当否。如建所言二物,何驯狎如许?理必无之。如野所言,虽未必皆然,理或有之。至若少陵云:'得食阶除鸟雀驯';东坡云:'为鼠长留饭,怜蛾不点灯',皆当于理,人无得而议之矣。"从有无此"理"的角度评诗,抹杀了文学艺术的创造性;且云王建诗"理必无之",结论也太武断。这些诗完全可以称为"语淡而有情致"者。欧阳修《六一诗话》说:"圣谕(梅尧臣)尝语余曰:诗家虽率意,而造语亦难。若意新语工,得前人所未道者,斯为善矣。必能状难写之景如在目前,含不尽之意见于言外,然后为至矣。贾岛云'竹笼狮山果,瓦瓶担石泉';姚合'马随山鹿放,鸡逐野禽栖',等是山邑荒僻,官况萧条,不如'县古槐根出,官清马骨高'为工也。"欧

[①] 转引自陈伯海主编《唐诗汇评》中册,浙江教育出版社1995年版,第2259页。

阳修与梅尧臣的意思是说日常生活之景与日常生活之事不好写，看似寻常，却是意在言外，大可耐人寻味。这是会心之言，也是关于诗歌创造的甘苦之谈。王建的"闭门留野鹿，分食与山鸡"之句，不也是具有这种特色吗？有人斥之为俗气，大可不必。由盛唐到中唐，诗歌的景象由大而小，也是发展过程中的一种必然。第二，王建与姚合皆善于写萧条冷落之景，意思清苦。且二人诗皆描写琐细，气象狭小。诚如辛文房《唐才子传》卷4说王建："又于征戍迁谪、行旅离别、幽居官况之作，俱能感动神思，道人所不能道也。"又于卷六评姚合："盖多历下邑，官况萧条，山县荒凉，风景凋敝之间，最工模写也。"王建诗中多写性疏懒、贫病，姚合也一样。姚合诗中提到性疏懒的如：

野性多疏惰，幽栖更称情。

（《闲居遣怀十首》其八）

自怜疏懒性，无事出门希。

（《罢武功县将入城二首》其二）

多病的有：

眼疼长不校，肺病且还无。　（《从军乐二首》）
朝朝眉不展，多病怕逢迎。

（《武功县中作三十首》其十六）

久贫还易老，多病懒能医。

（《武功县中作三十首》其二十四）

老渐多归思，贫唯长病容。

（《喜马戴冬夜见过期无可不至》）

病多唯识药，年老渐亲僧。

（《武功县中作三十首》其十四）

方回《瀛奎律髓》卷24评姚合《送李侍御过夏州》说："大抵姚少监诗不及浪仙,有气格卑弱者,如'瘦马寒来死,羸童饿得痴';'马为赊来贵,童因借得顽',皆晚辈之所不当学。如王建'脱下御衣先得着,放来龙马每教骑',不惟卑,而又俗矣。东坡谓'元轻白俗',然白亦不如是之太俗也。又如姚诗'茅屋随年借,盘食逐日炊。无竹栽芦看,思山叠石为',两句一般无造化。又如'檐燕酬莺语,临花杂絮飘',妆砌太密,则反若浅拙。"李慈铭《越缦堂读书记·集部·别集类》则评王建:"中唐以后人五律如姚秘监、王仲初等,皆极浅弱,稍与一二近景琐事,刻画细致,亦往往有工语。然道眼前景,每至取极俗极小无意味者,乃堕打油、钉铰恶道,仲初诗'小婢偷红纸'等类是也。"他们就是从"俗""浅"的角度批评王建与姚合的诗作,然而这也正是王、姚诗的特点。当然,王建五律也有失之浅易的弊病,潘德舆《养一斋诗话》卷9批评说:"然建诗惟乐府可贵,《宫词》已浮冗,律诗尤浅俚不入格。如《答寄芙蓉冠子云》:'虽经小儿手,不称老夫头。'《新居》云:'自扫一间房,唯铺独卧床。'《题禅院僧》云:'不剃头多日,禅来白发长。'……其浅俚多类此。"[①]上举各联的确有如白话,批评不无道理。他的五律尤为卑弱,如《冬夜感怀》:"断得人间事,长如此亦能。"《闲居即事》:"有时看旧卷,未免意中嫌。"《新修道居》:"若得离烦恼,焚香过一生。"《昭应官舍》:"朝客轻卑吏,从他不往还。"上述诗不仅意思浅显,语言也粗率。作律诗者凑足中间的两联对仗,并非难事,难在结句,须要总概全诗,且又要含不尽之意,故结句为难。谢榛《四溟诗话》卷2便说:"律诗无好结句,谓之虎头鼠尾。即当摆脱常格,穷出不测之语,若天马行空,浑然无迹。"王建律诗确有此失。

[①] 转引自陈伯海主编《唐诗汇评》中册,浙江教育出版社1995年版,第1519页。

下编 "张籍、王建体"的另一层内涵:张籍、王建的近体诗创作

高棅曾说:"中唐(五律)作者尤多,气亦少下。"通过以上对张籍、王建二人多首五律的分析,我们不得不叹服高棅的判断。诗人都喜欢把贫苦和闲懒挂在嘴上,但须知这并不是出于古人的"君子固穷"或"遁世无闷",而是含有一种无可奈何的自嘲。诗人有过入朝为官的经历,也看不到国家复兴的希望,已经完全没有了盛唐士人那样追求理想的热情,也削减了自己早些时候试图在世俗与理想之间寻求一条兼容道路的想法,开始混同世俗、自营稻粱之谋。不再怀有那么多责任感,而是把自己从"天将降大任于斯人"的高度降下来,归于社会上普通人一群。这种由孤高向世俗的转化,造成了诗论家们常说的张籍、王建诗"格卑"、"俚浅",甚至"纤弱"的现象。所谓"格卑"的"格",指的是诗的品格,即品质。而诗的品质高下,往往取决于诗人对外界关心范围的大小,到了后期,诗人把自己的关心从天下收敛到一身,从建功立业收敛到自谋稻粱,他们在遗失理想的同时也就失去了前辈诗人那种"精骛八极,心游万仞"的气魄和想象力。因此,他们常写的题材只能是眼前的景物和身边琐事。至于更远的东西,或许他们不愿意写,也许心中根本没有。可能是"唐祚到此,气脉浸微,士生斯时,无他事业"所致。但是,前人也写眼前景物,如王维;也写身边琐事,如杜甫。但前人纵然在眼前和身边琐事之中,也往往透露出一种心灵的高远追求和博大的仁者胸怀。这正是张籍、王建二人所缺少的东西。

第六章　张籍、王建的七言律诗创作

第一节　初唐至中唐七言律诗的发展概况

　　五古、七古在唐以前已经大量制作，五律和绝句也先于唐朝的建立而产生。七律，可谓有唐一代之胜。

　　初唐一百年间，留存至今的七律约一百三十首，应制诗近百首，占四分之三。这与宫廷音乐的发展相关联，宫廷音乐推动了七律形式的发展，亦限制了其题材风格的广泛与多样性，可谓功过参半。初唐七律呈现出的主要风格是富丽堂皇、高亢华亮，虽然艺术成就不高，但草创之功匪小。另外四分之一的作品，呈现出多元化的风格，可以说，唐七律诗风格的主要流派在初唐七律中均已显露端倪。

　　在论述富丽高华的七律风格形成的原因时，胡应麟曰："初唐七律缛靡，多谓应制使然，非也，时为之耳。"这"时"似应包含三方面的因素：其一是六朝文风的影响。其二是唐初提倡雅颂、中和的文艺精神（唐太宗异常重视文艺的教化作用，见《贞观政要·文史》所载）。太宗亲选《晋书·文苑传序》，他称陆机之作云："文藻宏丽，

下编 "张籍、王建体"的另一层内涵：张籍、王建的近体诗创作

独步当时；言论慷慨，贯乎终古。言辞迥映，如朗月之悬光，叠意回舒。若重岩之积秀。千条析理，则电拆霜开；一绪连文，则珠流璧合。其词深而雅，其义博而显。……"唐太宗本人的诗作也是"天才宏丽"，他亲撰宫体诗，并令朝臣赓和。其三是板荡过后，功业垂成，人们喜庆国家统一期冀安宁的心态。所以初唐大部分七律的内容是在颂圣、祝祷、欢筵、游苑的题材中，歌颂"大一统"局面，再现创业的艰难，期冀皇祚永固，宣扬皇权的至高无上，皇威的煊赫；对新王朝充满信心，充溢着渴望建功立业、报效朝廷的儒家理性精神。在初唐的七律诗歌中所选之物皆具有挺拔的气势，楼台、亭阁皆耸入云霄，象征皇权的至高无上。如李峤《太平公主山亭》"碧树青岑云外耸，朱楼画阁水中开"；赵彦昭《大明宫》"飞楼半入南山雾，飞阁旁临东墅春"等；另外此类喜用拟人化手法写物会人意，物我同乐。在于表明皇威不仅统摄万民，而且统摄万物。如苏颋《奉和春日》"细草遍承回辇处，轻花微落奉觞前"；沈佺期《大明宫》"山鸟初来犹怯啭，林花未发已偷新"等。再有此类诗中常以大数量词夸张地描绘出宫殿、苑囿的景色和仪仗的气势。如李峤《石淙》"鸟和百籁疑调管，花发千岩似画屏"；沈佺期《南庄》"云间树色千花满，竹里泉声百道飞"。臣僚们所处的宫廷环境，造成了他们的艺术审美取向，这种趣尚与后来欧洲17世纪宫廷艺术极其相似。丹纳在《艺术哲学》中描述道：在这种环境中成长的人，他们的趣味"爱端整，因为他们是在重礼节的社会中教养出来的。17世纪所有的艺术品都受着这种趣味的熏陶……""作品结构匀称，绝对没有突如其来的故事，想入非非的诗意……对白全用工整的诗句，像涂着一层光亮而一色的油漆"。[①] 从这个比较中我们可以看出：七律孕育、诞生在这样的环境中，要想茁

---

① ［法］丹纳：《艺术哲学》，傅雷译，人民文学出版社1963年版，第56—57页。

壮成长，是不太容易的；要完全脱离宫廷的富艳，更须做出艰辛的努力。

初唐七律风格多元格局的形成，与唐初一百年的文学思潮及其他诗体的创作情形紧密相连。"四杰"虽未染指七律，但初唐的"大一统"局面，贞观之治带来的社会繁荣富庶，激励着他们渴望建功立业的理想，其诗歌创作表现出昂扬腾跃的风貌。王勃等人不满于初唐诗"谈人主者以宫室苑囿为雄"的雕琢华丽、雍容典雅、庄重板滞的状况，他们用五古、七古、五律、绝句来纪游赠别、咏史怀古，杨炯、骆宾王描写边塞风光，记叙军旅生活，一扫齐梁诗风的纤靡积习，流溢浓郁壮健的情思，呈现宏阔飞动的气势。刘希夷、张若虚等虽不写七律，但他们七古中表现出明丽绚烂的风格和浩瀚穷绝的思绪。这些对初唐七律作家创造出多元风格，无疑起了辐射作用。初唐巨大的文学变革思潮和颇有业绩的创作实践，使七律开始突破宫廷生活的狭小圈子，出现多种风格的发展趋势，并促使初唐七律的内在机制发生了变化。

盛唐七律在题材、风格诸方面，较之初唐有了长足发展，尤其因为有了杜甫，可谓登峰造极。但盛唐创作呈现出极不平衡的局面，蜚声诗坛的大家，高、岑、王、孟、李白等分别以古体、五律、绝句见长，有些诗人则拙于七律。七律作家摆脱了宫廷的羁绊，走向嵯峨的群山、恬静的田园、浑阔的边塞，应制之作锐减。盛唐二百四十一首七律，奉和应制之作仅八首。杜甫用七律抒写或细腻复杂，或深沉幽邃，或博大浩瀚的心绪，其七律有关政治的抒情之作四十三首，占其七律总数的百分之二十八。他以七律送别赠答、纪行咏物、咏史怀古，并且用七律叙写饶有情趣的日常生活琐事。从风格上来讲，盛唐七律有的伟丽宏阔、气势煌煌，盛唐七律作家以彩笔歌颂开天盛世强大的国力、安定的局面、旺盛的民族精神，反映出了士人以社稷苍生为己任，期冀大展抱负、奋发向上的心态。如王维《大同殿》，"陌上尧樽倾北斗，楼前舜乐动南薰"；李颀《寄綦三》，"南川粳稻花侵县，西岭云霞色满堂"等。这种伟丽宏阔、气势煌煌的风格是初唐应制奉和诗风的发展。有的豪放奔逸、劲健洒脱，这种风格集中反映在以边塞为题材的七律中，反映了盛唐士人蓬勃向上、急欲建功立业、不惜为国捐躯的精神。如李白的《赠郭将军》："将军少年出武威，入掌银台护紫微。平明拂剑朝天去，薄暮垂鞭醉酒归。爱子临风吹玉笛，美人向月舞罗衣。畴昔雄豪如梦里，相逢且欲醉春晖。"还有杜甫的《望岳》："西岳崚嵘竦处尊，诸峰罗立如儿孙。安得仙人九节杖，拄到玉女洗头盆。车箱入谷无归路，箭栝通天有一门。稍待西风凉冷后，高寻白帝问真源。"盛唐七律还有的沉郁悲怆、浑涵苍茫。杜甫饱尝社会动乱和颠沛流离的生活，具有强烈的忧患意识。这些深广的忧患意识渗透于七律的字里行间，与他高超的笔力、深厚的文化素养混融一体，形成了他七律沉郁悲怆、浑涵苍茫的主要美学特征。盛唐七律另外还有的恬淡自然、清新明丽。如王维的《辋川别业》："不到东山向一年，归来才及种春田。雨中草色绿堪染，水上桃花红欲然。优娄比丘经纶学，伛偻丈人乡里贤。披衣倒屣且相见，相欢语笑衡门前。"储光羲的《田园即事》："桑柘悠悠水蘸堤，晚风晴景不妨犁。高机犹织卧蚕子，下坂饥逢饷饁妻。杏色满林羊酪熟，麦凉浮垄雉媒低。生时乐死皆由命，事在皇天志不迷。"

中晚唐七律作家都或多或少受到盛唐诸家的影响。但是盛唐七律中跃动的盛唐精神很难再现。相对于盛唐七律，中唐前期七律趋于"敛"，陆时雍曰："中唐诗近收敛……势大将收，物华反素。盛唐铺张已极，无复可加，中唐所以一反而之敛也。……中唐反盛之风，攒意而取精，选言而取胜，所谓绮绣非珍，冰纨是贵，其致迥然异矣。然其病在雕刻太甚，元气不完，体格卑而声气亦降，故其诗往往不长于古而长于律,自有所由来矣。"他指出了中唐前期诗人审美取向上对盛唐的有意反驳。但是七律风格嬗变更深层的原因应该从社会环境的变迁、社会心理的演变、时代精神和诗人心态的衰变与审美趣味的复杂关系中去考察。

从代宗大历初至德宗贞元中,是中唐前期。此期间的诗歌创作仍以古体、绝句、五律为多,但在短短的三十五年间,七律作家涌现出近五十人,七律约五百九十首,超过前一百八十年七律创作的总和[①],唐诗发展呈现出新趋势。七律在盛唐时已经发生衰变,有的作品已失去盛唐雄赡,凄怆哀婉,悲风飒飒。中唐前期的作家们经历社会动乱,目睹繁华消歇,在兵火与饥荒中成长,面对社会的动乱,不知所措、不知所从,心态冷漠、凄清、迷茫,严重影响了他们的七律创作。他们的诗作几乎没有盛唐的蓬勃飞动之势和开朗豁达之性格,情调顿衰。他们从五彩斑斓、充满生机的外部世界走向凄清、冷寂的内省心灵世界,故他们的七律呈现出从盛唐"主气"到中唐"主意"的转变轨迹。他们的七律偏于形式美的探讨,有一定的结构模式,而此种结构模式又与他们的心理特殊状态相关。其七律的审美观念是清冽、纤细、苍古,偶露悲壮声容。"大历十才子"缺乏情感力度和鲜明的个性,意象平庸,诗思蹇庂。对七律艺术孜孜追求的是李嘉祐、刘长卿、韦应物、郎士元等人。

自德宗贞元至文宗大和年间,七律创作蔚为大观,佳作荟萃。诗歌革新思潮,对七律创作产生了极大的影响。元白倡导平易晓畅的"元和体",他们创作了大量的排律和讽喻诗,表现出一种尚实、尚俗的创作倾向。使七律创作发生了重大的转折:一是七律叙事功能增强,二是坦易晓畅的通俗化七律以其独特的面貌矗立于诗坛。诗人们

---

① 据《全唐诗》及《全唐诗外编》统计,初盛唐七律约380首。

从中唐前期烦琐细碎的作诗程式中寻求解放之路，以新乐府的手法来写七律，创作出了韵律轻松、结构澹荡、平易晓畅的七律。他们把初唐囿于宫廷、衣冠楚楚，直到中唐仍不失富丽高华之态的七律带到了名山大川，他们用整饬庄严的七律描写山川胜景，叙写民风民俗，取得了极高成就。可谓"飞入寻常百姓家"。短短四十年，染指七律的诗人近七十人，七律达两千多首，超过了前两百二十年七律的总和[①]。白居易、元稹成就斐然，张籍、王建作品繁复，韩愈、贾岛、柳宗元、刘禹锡等各有建树。唐代七律创作首次出现了繁荣局面。

第二节　张籍、王建的七言律诗创作

据笔者统计，张籍、王建七律各八十一首，内容社交应酬者多，尤其是张籍，除了少数几首诗篇之外，几乎全是赠酬送答之作。

一　回归——赠酬唱和诗的一次大兴

赠酬唱和是唐代士子择友交游的一种重要的表达感情的手段，它可以使彼此建立友谊，增进了解，并以此传达相互间的价值取向。交游丰富了唐代诗人的生活与思想，同时对文采风雅的共同爱好又促使很多文人或主动或被动地投入以酬寄赠答为主的诗歌创作中，一方面为士大夫娱情遣兴之用；另一方面也促进了唐诗的繁荣与兴盛。尤其中唐后期，几乎所有政坛、文坛上的重要人物都以极大的热情参与诗歌唱和，形成庞大的、错综交织的唱和群体。特别是有唱和才能的诗

[①] 据《全唐诗》及《全唐诗外编》统计，初盛唐七律约380首，中唐前期七律约590首。

人对此表现了极大的兴趣。用七律这种形式进行交际，已经成为当时一种十分普遍的风气。这类作品并不因其缺乏重要的思想内涵而无价值，恰恰相反，它从侧面反映了唐代文人的智慧与理念，是了解他们精神生活与艺术旨趣的一个重要窗口。张籍、王建的七律就反映了这种风气，其中大部分的内容属于干谒赠答一类，当然，在特定场合之中，应酬之类的客套在所难免，但大多数情况下确实能敞开心扉。把握这一点，对研究诗人的艺术取向、审美心态以至于人生哲学，都极有认识价值。张、王二人这类诗主要有和势要权贵的赠酬、和亲友之间的赠酬，以及和佛道方外的交游唱和。这些诗在思想上并无高明之处，但文势曲折，篇发颇佳。加之张籍、王建二人出身下层，阅历丰富，对各类人物心理揣摩颇为细致，所以所作能够比应酬诗常见的千篇一律的呆板略胜一筹。

有的像人物小传一样对友人的生平状况进行了细致真实的描写，如王建的《寄上韩愈侍郎》：

重登大学领儒流，学浪词锋压九州。
不以雄名疏野贱，唯将直气折王侯。
咏伤松桂青山瘦，取尽珠玑碧海愁。
叙述异篇经总别，鞭驱险句最先投。
碑文合遣贞魂谢，史笔应令诡骨羞。
清俸探将还酒债，黄金旋得起书楼。
参来拟设官人礼，朝退多逢月阁游。
见说云泉求住处，若无知荐一生休。

前人评价王建此诗"颇能得昌黎一生佳处"——为国子祭酒，"掌邦国儒学训导之政令"；学识渊博如海似浪，论点尖锐犀利；能够积极延纳后进之士，以疾恶之怀、好士之心，以才德取人不计贵贱；

坚正鲠言,为民请命,不畏权贵,力排佛老,逆鳞谏迎佛骨,反对皇帝带头佞佛,愚民蠹财,置个人生死安危于不顾。而且诗中全面赞颂了韩愈的文学成就,"诗咏""序述""碑文""史笔"面面俱到,而值得注意的是王建以"咏伤松桂青山瘦""鞭驱险句物先投"称颂韩愈之诗文,正是倾向于奇诡一面,可谓颇具慧眼。

再如张籍之《赠贾岛》:

篱落荒凉僮仆饥,乐游原上住多时。
寒驴放饱骑将出,秋卷装成寄与谁。
拄杖傍田寻野菜,封书乞米趁时炊。
姓名未上登科记,身屈惟应内史知。

这首诗没有浑厚的意境,也没有悠长的余韵,很难用"情景交融"之类的话来赞美,但是写实准确、鲜明生动,写出了贾岛的"这一个"。贾岛的一生始终在穷困中度过,而且其诗作喜写荒凉枯寂之境,寒苦之词颇多。张籍的这首诗就写出贾岛饥贫交加的窘况:荒凉破败的院落、行动驽钝迟缓之驴放养在外自食野草、拄杖在田头寻找野菜等待借米入炊的诗人,在张籍的友人中,艰难窘迫莫过于贾岛了。此诗从形式上看是标准的近体格律诗,但是更像一篇人物小传,有一种散文体的倾向。

王建也有一首《赠贾岛》,我们可以比较一下:

尽日吟诗坐忍饥,万人中觅似君稀。
门当古巷风偏入,驴放秋原夜不归。
迎暖并收新落叶,觉寒重著旧生衣。
曲江北岸时时到,为爱鸬鹚雨后飞。

同上面张籍的诗歌一样,王建也写出了贾岛的窘迫处境:忍饥作诗、驴放自食、收落叶取暖、着旧衣御寒……但是结尾一联写出了贾岛在这种处境中能够苦中作乐，常常到曲江北岸边转转，只为看那雨后鸂鶒美丽的姿态，使主人公的形象一扫前面的穷愁落寞，一下子生动明朗起来，诗境也顿时开阔了。

再看王建的一首《赠索暹将军》：

> 浑身著箭瘢犹在，万槊千刀总过来。
> 轮剑直冲生马队，抽旗旋踏死人堆。
> 闻休斗战心还痒，见说烟尘眼即开。
> 泪滴先皇阶下土，南衙班里趁朝回。

此诗描写的是一位身经百战、伤痕遍体、年已垂暮、壮气犹存的老将军。全诗写得雄风满纸，这位将军经过万槊千刀，有冲锋陷阵之勇、斩将搴旗之功。"闻休斗战心还痒，见说烟尘眼即开。"写出了将军老来尚且留恋沙场，向往征战生活，让人想起了刘禹锡的名句"马思边草拳毛动，雕盻青云睡眼开"。

还有赞誉友人高洁情操的诗作，如张籍的《赠王侍御》：

> 心同野鹤与尘远，诗似冰壶见底清。
> 府县同趋昨日事，升沉不改故人情。
> 上阳春晚萧萧雨，洛水寒来夜夜声。
> 自叹独为折腰吏，可怜骢马路傍行。

诗人以野鹤、冰壶为喻，写出了友人王建心性之超逸、诗境之清新。而他们朋友之间交谊深厚，不因宦途升沉而改。尤其颈联写洛中景物，情景交融，巧妙运用了叠字"萧萧""夜夜"，给人以凄清落寞之感。

再如王建的《赠崔礼驸马》：

> 凤凰楼阁连官树，天子崔郎自爱贫。
> 金埒减添栽药地，玉鞭平与读书人。
> 家中弦管听常少，分外诗篇看却新。
> 一月一回陪内宴，马蹄犹厌踏香尘。

王建笔下的崔驸马的兴趣全然不在畋猎游冶：金埒为游猎必备之豪奢场地，他减却豪奢马场，添作栽药的园圃，既可观赏又可药用，可见他乐贫爱闲，戒奢自俭的本性。玉鞭为游逸不可或缺之行头，他并不珍爱有加，反却以之与书商换书，既见嗜书成癖，又不仗势欺人。而且这位崔驸马不重声色耳目之娱，即使在家中也并不于弦音管乐中消磨闲暇，而是以药养生，以书怡情；且才情汩汩，长于诗篇创制，常有佳作为人称赏。而一月一回的陪侍内宴，承蒙天子恩宠，非其他驸马可比，但他犹以为恨。依照我们的阅读经验，习惯的是驸马锦衣玉食的生活，熟睹的是贫士清寒窘迫的境况，而在这首七律里，王建打破常规，以首联第二句"天子崔郎自爱贫"提挈全篇意旨，一路叙下，用"金埒""楼阁""玉鞭""弦管""内宴"等物象使诗歌避开贫士的寒酸气，又用"药地""新诗"等物象使诗歌脱离纨绔气，完成了天性自爱清贫的驸马人格塑造，使诗歌获得了迥异常趣的审美价值。

还有对朋友不幸遭遇表示同情的，如张籍之《送枝江刘明府》：

> 老著青衫为楚宰，平生志业有谁知。
> 家僮从去愁远行，县史迎来怪到迟。
> 定访玉泉幽院宿，应过碧涧早茶时。
> 向南渐渐云山好，一路唯闻唱竹枝。

诗人的好友刘明府平生志业无人知晓，在一把年纪的时候才屈为县宰，终于穿上了下级官员的青衫。抛开抱负难伸的主人，一起前去赴任的年少家僮尚且为这次远行发愁。可是县吏在迎接时不顾他们一路上的遥远艰辛，只知责怪他为什么到任得这么晚，道尽人情冷暖、世态炎凉。所以诗人只有在诗的下半部分着力描写了枝江的风物人情，来安慰远行的朋友。既没有王勃诗中"海内存知己，天涯若比邻"的豁达，也没有高适诗中"莫愁前路无知己，天下谁人不识君"的自信，有的只是诗人对友人不幸遭遇的同情和无可奈何的劝慰。

有赞颂朋友清名德政之作，如王建之《早秋过龙武将军书斋》：

> 高树蝉声秋巷里，朱门冷静似闲居。
> 重装墨画数茎竹，长著香薰一架书。
> 语笑侍儿知礼数，吟哦野老任狂疏。
> 就中爱读英雄传，又说功勋恐不如。

宋人姜夔云："人所易言，我寡言之，人所难言，我易言之，自不俗。"一般写武将之作或常常描摹金戈铁马的战斗生活；或抒发其建功立业的慷慨之气；或注笔于豪放不羁，不拘礼数的常态，受其思想内容所限，诗风往往以挺拔雄健取胜。王建此诗全然避开常意，专从其读书涉笔，诗中的龙武将军全然不似将军，"结庐在人境，而无车马喧"，朱门显赫反似闲居，喜读书作画，爱浅吟低唱，性情谦卑而不张扬，含蓄而不外放。此诗构思新巧，金圣叹云："一二不写书斋，且先写其门，且又先写其巷。妙在欲写冷静，偏写蝉声。"已指出此联有从其周围环境入笔以声写静之妙，"朱门"暗示其显宦身份，当与冷静了无相涉，而今偏似闲居，可见主人是个不适俗韵之人，古人认为蝉生性高洁，栖高饮露，巷中之树也因秋而愈显高挺清拔。高树、蝉、秋、巷这些意象无不昭示着主人的高标逸韵，三、四句转而写书斋内的陈设，架上之书有燃香熏染，墙上以墨竹图为装点，书斋氛围清幽静谧，"重装""长著"副词的使用描写出将军爱书赏画并非出于一时兴起的故弄风雅，而是常常流连于书斋。首二联精心选择物象用以象征主人的天性，另有意蕴的景物描写颇得烘云托月之妙。第五句又以侍儿作衬，侍儿因长期耳濡目染，言谈应对尚知礼仪，将军的儒雅自不待言。第六句将军以浅吟低唱的姿态出场，杜甫有《野老》诗，又在《狂夫》中自称狂夫，"欲填沟壑唯疏放，自笑狂夫老更狂"，今将军身在轩冕，反任野老，情尽疏狂之态，竟能以武臣之身在文人的精神境界里自怡自乐，将军之雅至此已臻极致。七、八句"就中爱读英雄传，又说功勋恐不如"暗合主人身份，主人只在英雄人读英雄书时或露故态，但又全无"彼可取而代之"的豪气，儒者之风深入骨髓也。全诗唯第七句略带健色，通篇以和平静穆之笔塑将军的雅情，别出妙理，显示了作者独具一格的艺术感受力与艺术传达力。

有祝贺友人升迁的，如王建之《贺巨源博士拜虞部员外》：

合归兰署已多时，上得金梯亦未迟。
两省郎官开道路，九州山泽属曹司。
诸生拜别收书卷，旧客看来读制词。
残著几丸仙药在，分张还遣病夫知。

这首诗是祝贺好友——著名诗人杨巨源升迁的，但由于运思巧妙，写得活泼有趣。金圣叹批道："看他才动手，笔下便自七曲八曲，如'合归'，如'已多时'，如'亦未迟'，使人一时读之，竟不知其是怨、是贺、是慰、是悲也。""下解与景山发放旧署也。诸生收书，来客看制，画出博士言外升转匆匆。而又于中间自插病夫支药，以作一笑。"① 应酬诗作到此等地步，亦可告无罪矣。

有送别友人之作，如张籍之《送裴相公镇太原》：

> 盛德雄名远近知，功高先乞守藩维。
> 衔恩暂遣分龙节，署敕还同在凤池。
> 天子亲临楼上送，朝官齐出道边辞。
> 明年塞北清蕃落，应建生祠请立碑。

此诗是元和十四年（819）裴度前往太原就任时，张籍的一首送别之作，时张籍在长安，任国子监助教。开头盛赞裴度德高望重，因功高受朝廷的信任前去镇守藩镇边地。"龙节"，即龙纹之符节，分龙节指担任地方长官，而"凤池"，唐以前指中书省，唐以后，指宰相之职。诗人接着劝慰朋友，您只是暂时离开京城，虽罢为使，但是权与为相时相同，天子亲自为您饯行，朝官齐出路送，这是何等的荣宠！诗歌到了这里气势还算比较宏大，可是最后两句却说"明年塞北清蕃落，应建生祠请立碑"，颂扬之意溢于言表，纪昀批曰："俗不可耐。"建造生祠本是百姓的陋习，后来甚至发展为权奸们伪造民意的手段。张籍的这两句诗确实是士大夫不该说的。

还有激励亲友的，如张籍之《送浙西周判官》：

> 由来自是烟霞客，早已闻名诗酒间。
> 天阙因将贺表到，家乡新著赐衣还。
> 常吟卷里相酬句，自话湖边旧住山。
> 吴越主人偏爱重，多应不肯放君闲。

在这首诗里，诗人主要是激励周判官要奋发向上。先是称赞他

---

① 尹占华校注：《王建诗集校注》，巴蜀书社2006年版，第283页。

"由来自是烟霞客,早已闻名诗酒间",随后又巧妙地说"吴越主人偏爱重,多应不肯放君闲",勉慰周判官到任后要勤于政事,送别之意至此显现出来。

再如王建之《送从侄凝赴江陵少尹》:

> 荆州少尹好闲官,亲故皆来劝自宽。
> 无事日长贫不易,有才年少屈终难。
> 沙头欲买红螺盏,渡口多呈白角盘。
> 应向章华台下醉,莫冲云雨夜深寒。

这首诗也写得颇具匠心,诗人的从侄即将赴江陵为少尹。少尹是个闲散之官,所以亲戚故交竭力劝慰宽解,诗人理解从侄空有满腹才华,于孤寂贫寒百无聊赖中虚掷青春年华的不平,劝他在沙头渡口治饮买醉寻得暂时解脱,又谆谆叮嘱从侄不可一味沉醉,当在边地异乡多多珍爱自己。正如金圣叹所言,开头"好闲官"是一时亲友异口同声、相与失叹之辞。三、四句承写,言闲官则贫,贫既实难,闲官则屈,屈又实难。写贫之难,难于无事,难于无事而又日长;写屈之难,难于有才,难于有才而又年少。末写一路唯有多治饮具,醉为上策。真是"怨之甚,惜之甚"。既有朋友知音的唱叹,又有长辈关怀的拳拳爱心,料想这位侄辈读后一定积郁稍泄,心中平静许多。当然,联系到王建一生的境遇,诗虽为他人所写,却宛如借他人酒杯浇自己心中块垒的自伤。

还有一些表现官场生活的诗作,如王建之《早春五门西望》:

> 百官朝下五门西。尘起春风过玉堤。
> 黄帕盖鞍呈了马,红罗系项斗回鸡。
> 馆松枝重墙头出,御柳条长水面齐。
> 唯有教坊南草绿,古苔阴地冷凄凄。

此诗首联勾勒了一幅朝散官退的全景图：百官下朝，人马熙熙攘攘，一时间尘土飞扬，尽显百官志得意满的情态。颔联则是色彩鲜明的特写：驰马斗鸡、黄帕盖鞍、红罗系项，因天子之相顾而光辉遍身、顾盼自豪。颈联更是充满显贵之态，无情之一松一柳，因托天家而是春风十倍：御馆之松枝叶齐发，沉甸甸地探出墙头，御渠之柳树已长足枝条，与水面齐平。到了尾联诗人自比坊南弱草，因偏生于古城背阴之处，不见阳光，其青青草色竟在早春中蔓延出一丝寒意。全诗运用了对比的手法：前者逢时得君，昂然自骄；后者则摈压不得志，远离人群。二者分别在氛围、色调、情态上显现出闹与静、热与冷、扬与敛的迥然之别，两种不同形象在对比中形成一个对立统一的张力场，诗人避立门西闲看下朝之人的复杂心情赖此得以外化。王建此类诗作还有如《和少府崔卿微雪早朝》：

蓬莱春雪晓犹残，点地成花绕百官。
已傍祥鸾迷殿角，还穿瑞草入袍襕。
无多白玉阶前湿，积渐青松叶上干。
粉画南山棱郭出，初晴一半隔云看。

这首诗写微雪，体现了王建七律诗"工于匠物"的特点。作者在时间的推移与延展的空间中颇得飞雪动态的精妙所在，"绕"字写出了春雪如体态轻盈的女子，虽无声无息却善解人情，"傍""穿""入"动词的准确锤炼，赋予飞雪人的灵性，倏忽间依傍于宫殿檐角，在殿角和草间薄薄地积起一层，倏而又在瑞草间穿梭，不经意间点点飞入上朝官员的袍袖。"已""还"虚词勾勒出它忽上忽下、顽皮好动、无一时消歇的情态。金圣叹叹为观止，赞曰："写微雪至此，可称天女散花手矣。"后半部分诗人宛若一个高明的画家，近处玉阶湿润、青松挂雪，远处南山着粉，棱郭微出。远景近景搭配得非常协调,而且有色彩的巧妙安排:南山之粉、松叶之绿、飞雪之白,宛若设色淡雅的水粉画。诗人描绘动态栩栩如生,妙在写出"微雪"之"微"的程度,正是人们在初雪时常见的,但又不能确切道出的景象。全诗写得清新可爱,没有上朝时的庄严肃穆,饶有闲官自适的情趣。

我们可以再看一首张籍的早朝诗,《早朝寄白舍人严郎中》:

> 鼓声初动未闻鸡,羸马街中踏冻泥。
> 烛暗有时冲石柱,雪深无处认沙堤。
> 常参班里人扰少,待漏房前月欲西。
> 凤阁星朗离去远,阁门开日入还齐。

这首诗真切地写出了诗人早朝时的情景,在五更鼓声刚刚响起、尚未闻鸡鸣之时,诗人骑着他的羸马,踩着冻泥前去赴早朝。晓寒时分,烛光昏暗,积雪掩盖了沙堤,诗人甚至无法看清道路,时不时撞上路边的石柱。而当诗人到了待漏院,前来参谒的官员并不是很多,下级官员尽职尽责的艰辛迎面扑来。

我们可以把张籍、王建二人的这两首早朝诗和盛唐诗人的几首早朝诗比较一下。在安史之乱京师喋血之后,贾至、王维、杜甫、岑参写了伟丽宏阔的早朝诗:

贾至《早朝大明宫呈两省僚友》:

> 银烛朝天紫陌长,禁城春色晓苍苍。
> 千条弱柳垂青琐,百啭流莺绕建章。
> 剑佩声随玉墀步,衣冠身惹御炉香。
> 共沐恩波凤池上,朝朝染翰侍君王。

岑参《奉和中书舍人贾至早朝大明宫》：

鸡鸣紫陌曙光寒，莺啭皇州春色阑。
金阙晓钟开万户，玉阶仙仗拥千官。
花迎剑佩星初落，柳拂旌旗露未干。
独有凤凰池上客，阳春一曲和皆难。

杜甫《奉和贾至早朝大明宫》：

五夜漏声催晓箭，九重春色醉仙桃。
旌旗日暖龙蛇动，宫殿风微燕雀高。
朝罢香烟携满袖，诗成珠玉在挥毫。
欲知世掌丝纶美，池上于今有凤毛。

王维《奉和贾舍人早朝大明宫之作》：

绛帻鸡人报晓筹，尚衣方进翠云裘。
九天阊阖开宫殿，万国衣冠拜冕旒。
日色才临仙掌动，香烟欲傍衮龙浮。
朝罢须裁五色诏，佩声归到凤池头。

贾至的诗一开始就出语超拔，只用了两句，已经把帝京的规模气派具体地表现出来。"银烛""紫陌"和"苍苍"的"色晓"通过视觉震慑了读者。到了第三、四句，镜头移向宫殿，"弱柳"继续和前句的"春色"呼应，"青琐"的"青"则加强了"银""紫""苍苍"所产生的视觉效果。置身夺目的华彩中，读者听到了流莺。这时，大明宫的气氛已经遍布字里行间。到了第五句，人物（朝中的公卿大臣）出场，但贾至并不直接写人，只写人物的剑和衣饰，于是，读者听见了朝臣在玉墀上移动，他们身上的剑佩随着步伐轻轻地撞击发出声音。由于作者没有直接写人，而只写剑佩的声音，大明宫早朝的肃穆和群臣雍容的举止反而更突出。跟着，作者仍用间接手法写人和大明宫的物件（"衣冠身惹御炉香"），使读者以嗅觉接触早朝经验。第七、八两句歌功颂德，是全诗最弱的一环，难以殿第一至六句之后，是作品美中不足之处。

　　贾至这首诗的节奏和用韵也值得一提。就近体诗而言，中国的古典诗人写气象万千、雍容华贵的作品时大都用七言，鲜用五言。五言句短，节奏较促；七言句长，通常是二二三节奏，比五言多了一个二字顿，有更多的转圜空间，最适宜吞吐开阖。要表现从容不迫的动景、庄重肃穆的气氛、气魄浩大的场面，七言是理想格式。贾至用七言写大明宫早朝，证明他有敏锐的耳朵。至于诗的韵脚，都属宏壮的下平声七阳，所以作品显得更加庄严。

　　王维的诗，诗人一落笔，先点出早朝的时间（首句），但没有贾诗的"银烛朝天紫陌长"那么高拔惊人。仅就这两句独立比较，王维是比不上贾至的。王维的第二句写掌管冕服之官方进翠云之裘，也是平实之笔，和贾至的第二句（"禁城春色晓苍苍"）比较，仍有一段距离。不过到了"翠云裘"三字，作者的神采已经隐隐出现。第二句一结束，如长虹贯日，一句"九天阊阖开宫殿"就追上了贾至。如果我们只准两位诗人各拿七字来震撼读者，贾至则没有一句比得上王维的"九天阊阖开宫殿"。王维的第三句极力夸张，想象高拔，气势浩大，音色宏壮，宫殿的气象尽笼七字之内，胜过了贾至的"千条弱柳垂青琐"。接着，王维写群臣朝拜天子（第四句），仍用夸张手法；笔下的伟大场面和前句相辅相成，令读者凝神屏息。第五句用汉武帝承露盘的典故写大明宫的壮丽，颜色和动感皆备。第六句把镜头从高处、远处移向低处、近处，焦点落在皇帝的衮服和衮服周围的香烟，敏感的读者不但可以嗅到香气，而且可以看见衮服上闪烁的金光和夺目的色彩。在贾至的作品里（第三、第四句），读者可以感到大明宫的婉丽、雍容，"剑佩声随玉墀步"一句，更把百官上朝的肃穆景象写绝了。王维的诗中，肃穆的气氛（第四句）也写得十分具体，却没有贾诗那么细腻深刻。不过到了最后两行，王诗把颜色（"五色诏"）和声音（"佩声"）并举，有机地承接了前面几句的走势，因此收得圆融自然，不像贾诗的"共沐恩波凤池里，朝朝染翰侍君王"那么疲弱突兀。

就全诗的发展而言，贾诗落笔就一剑定江山，到第五句仍保持同样的高度，结尾却无以为继。王诗第一、二两句平平，第三句蓦地拔起，第四、第五两句仍是诗的高潮，到了第六句，高潮开始下降，第七、八两句，不过不失，仍称得上圆融。两首作品，都有佳句伟词，照理应该难分轩轾。不过贾诗的发展从高到低，走的大致是直线，缺乏起伏变化之姿，加以结尾又是败笔，所以综合来说，王维是稍胜贾至的。

岑参的诗在结构上有许多地方和贾、王的作品相似：开始时写时间，接着写宫殿，写群臣朝见天子的景象，最后以凤池（指中书省）作结。岑诗首句也点出时间，气势虽比不上"银烛朝天紫陌长"，却胜过了"绛帻鸡人报晓筹"。就颜色（"紫""曙光"）的效果而言，此句和贾至的首句差堪比肩。但句中的联觉手法（"曙光寒"）把视觉、触觉融合，却非贾、王二人可及。在第二句里，颜色和声音并陈，和贾至的"禁城春色晓苍苍"相埒。到此为止，岑、贾二人是略胜王维的。接着，岑参也如王维那样长虹贯日，以一句气象惊人、音色雄壮、节奏浑厚而庄严的"金阙晓钟开万户"把作品推向高潮，赋场景以慑人耳目的动感和声色（"金"字是颜色词，念起来清越宏壮，具备了视觉和听觉的双重效果；"钟"字指钟声，本身又含有响亮的韵母，听觉效果特强），超越了贾诗的"千条弱柳垂青琐"，并挟排山倒海之势直逼王维的"九天阊阖开宫殿"。岑参的第四句和贾至的第四

下编 "张籍、王建体"的另一层内涵：张籍、王建的近体诗创作

句有别（一写千官和皇帝的仪仗，另一写宫殿的景色），气势稍逊于王维的"万国衣冠拜冕旒"，却比王维的句子具体。王维和岑参的诗笔都可以写雄伟、壮阔之景，在这里更各出绝招，杀得难分难解。到了第五句，岑参再写时间（"星初落"），并且把花人格化（"迎剑佩"）；花、剑、佩、星同时出现，加上"迎""落"两个动词，给人、剑、花闪烁的感觉，和贾至的"剑佩声随玉墀步"、王维的"日色才临仙掌动"相比各有千秋。接着，岑参透过触觉让读者感受晓露的凉冽，诗笔仍毫无倦态。贾诗和王诗第六句都写香烟和衣服，诉诸读者嗅觉，三人到了这里，大致上难分高下。不过论动感，贾至"衣冠身惹御炉香"的"惹"字、岑参"柳拂旌旗露未干"的"拂"字，都没有王维"日色才临仙掌动"的"动"字那么深刻传神。论整句的撞击力，王维在此也高于贾、岑。岑诗结尾两句，没有王维的"朝罢须裁五色诏，佩声归到凤池头"那么圆融，却比贾至的"共沐恩波凤池上，朝朝染翰侍君王"来得自然。

身为诗圣的杜甫，一开场就用拟人法（"漏声催晓箭"）点出了早朝的时间。到了第二句，杜甫既明写春景，又暗描颜色（"醉仙桃"），使读者酡然欲醺。就感官的经验而言，此句虽无岑诗的听觉效果（"莺啭"），写颜色却比王岑的次句圆融深刻，比贾至的次句细腻丰腴。第三句诉诸触觉"日暖"，把旌旗上的龙蛇写得虽幻犹真。第四句以"风微"暗示宫殿的雍容庄穆，以"燕雀高"衬托宫殿的巍峨恢宏，具体浓缩处非其余三人可及。不过杜甫的颔联像贾至的一样，只写宫殿，没有写群臣朝见皇帝的盛大场面（而这是全诗的重心），在作品中发挥的作用远远比不上王、岑二人的颔联。而且杜甫在这方面的缺失，要比贾至的严重得多，因为贾至接着就用精彩的"剑佩声随玉墀步"描写群臣上朝时的肃穆，杜甫却没有只言片语描写早朝的气象。到了第五句，群臣已经早朝完毕（"朝罢"），作品既无王岑第三

句"开"字的惊人效果,又乏他们颈联中排山倒海之势和气魄浩大之景。诗的重点是"……早朝大明宫",杜甫却不在这方面落墨。第七、八句虽然把贾至父子都写到了,作品仍不免有避重就轻之嫌。

高棅在其《唐诗品汇》卷2中评论《早朝》四诗"各极其妙"。多数评论者认为,王维擅场,岑参称亚,贾作平平,杜甫之作滞钝无色。纪昀评曰:"四公皆盛唐巨手,同时唱和,世所艳称;然此种题目无性情风格旨可言,仍是初唐应制之体,但色较鲜明,气较生动,各能不失本质耳。"道出了《早朝》四诗与初唐七律应制之作的继承与发展的关系。这种伟丽宏阔、气势煌煌的风格是初唐应制奉和的富丽堂皇、高亢华亮七律风格的发展。比较起来,张籍、王建二人的早朝诗意象悲凉、气骨衰飒,全是一派中唐情调。

本书前文已经谈到初唐七律一百三十首,奉和之作近百首,占总数的百分之七十七,绝大多数作家都写此种题材。而到了开天以后,盛唐七律在音韵上完全成熟,七律作家摆脱了宫廷的羁绊,应制奉和之作锐减。盛唐二百四十一首七律,奉和应制之作仅八首,像李白、高适、王昌龄等人根本不写此种题材的七律。而到了张籍、王建,则继承了七律最初奉和应制的面孔,恢复了七律早期歌颂升平、唱酬应和、流连光景的功用。

二 抒怀——贫困孤苦境遇的真实写照

除了大多数的社交应酬之作外,张籍、王建二人七律中还有少数涉及现实或用以抒发个人感情的作品。

二人七律有感叹命运际遇惨淡的,我们可以看看王建在《自伤》中的感慨:

衰门海内几多人,满眼公卿总不亲。

下编 "张籍、王建体"的另一层内涵：张籍、王建的近体诗创作

> 四授官资元七品，再经婚娶尚单身。
> 图书亦为频移尽，兄弟还因数散贫。
> 独自在家长似客，黄昏哭向野田春。

诗人出身衰门，没有什么家族的资本可以倚仗；结交的众多公卿中没有几个是真正的朋友；仕途上最终也只是混了个七品芝麻官；虽然两次婚娶，可临到老还是成了孤身一人的鳏夫；费心收藏的书籍也是零散殆尽，兄弟贫寒，也不能相聚。诗人命运的确可令读者一洒同情之泪。黄周星《唐诗快》卷3评此诗说："仲初尝举进士，官侍御史，为司马，而其言孤苦乃尔。诗能穷人，果不谬耶？"①

再看张籍的一首《谢裴司空寄马》：

> 骆耳新驹骏得名，司空远自寄书生。
> 乍离华厩移蹄涩，初到贫家举眼惊。
> 每被闲人来借问，多寻古寺独骑行。
> 长思岁旦沙堤上，得从鸣珂傍火城。

裴司空，即裴度，裴度镇太原时，以驽马赠张籍，张籍作了此诗谢之。尤其中间："乍离华厩移蹄涩，初到贫家举眼惊。每被闲人来借问，多寻古寺独骑行。"诗人贫穷的家里突然多了一匹马，引得闲人都来询问马的来历；而马初离华厩，来到贫家，放眼四望，也是顿感吃惊。通过马的感受，写出了诗人的贫苦生活。措辞委婉、旨趣良深。

还有表现诗人对闲适逍遥生活的向往，对出仕无可奈何的感慨的诗作，如张籍之《书怀》：

---

① 尹占华校注：《王建诗集校注》，巴蜀书社2006年版，第330页。

> 自小习成疏懒性，人间事事总无功。
> 别从仙客求方法，时到僧家问苦空。
> 老大登朝如梦里，贫穷作活似村中。
> 未能即便休官去，惭愧南山采药翁。

诗人一生坎坷，终老也是卑官闲职。也曾跟随道家求取登仙之法，追从佛门请益苦空之道。到了很大年纪才入朝为官，但是未解贫困，仍如在村中作活，诗人生活之艰难辛酸满纸溢出。迫于生计压力，诗人只能委曲求全，但是心里向往的是能够像陶潜那样"采菊东篱下，悠然见南山"悠闲自得的生活。

同样的还有如王建之《从军后寄山中舍人》：

> 爱仙无药住溪贫，脱却山衣事汉臣。
> 夜半听鸡梳白发，天明走马入红尘。
> 村童近去嫌腥食，野鹤高飞避俗人。
> 劳动先生远相示，别来弓箭不离身。

根据唐代科举制度规定，读书人要由地方掌管选举的官员选送长安应试，而王建早年游学异乡，无人延誉识拔，只好自己赴长安干谒"诸侯"，结果处处碰壁，无功而返。社会的不平和谋仕的失败，使王建一度对营求科举持厌恶反感的态度，发誓要终老林泉。于是他鄙弃轩冕，山居谷汲，学仙求道，饵药炼丹，在邢州漳溪度过了一段山居生活。但王建毕竟长期受"学而优则仕"的儒家传统教育，期望有一天能够"一士登甲科，九族光彩新"（《送薛蔓应举》），何况他无法回避"爱仙无药住贫溪"的生活现实，为一家人衣食生计不得不"脱下山衣事汉臣。元好问编、郝天挺注《唐诗鼓吹》卷8廖文炳解："此陕州司马从军塞上时所作也。首言爱居山中而无药可采，欲居溪上而无鱼可钓，不得已而出为汉臣耳。然自居官之后，半夜而起，天明而

下编　"张籍、王建体"的另一层内涵：张籍、王建的近体诗创作

驰，是何勤劳也。且村童尚嫌腥食而去，野鹤尤避俗人而飞，今我栖栖人国，是村童野鹤之不如矣。乃老先生远为话访，忆昔相别以来，尝带弓箭于塞上，则何如山水之差适哉！"①

有诗人面对岁月流逝、老之将至的思索，如王建之《岁晚自感》：

人皆欲得长年少，无那排门白发催。
一向破除愁不尽，百方回避老须来。
草堂未办终须置，松树难成亦且栽。
沥酒愿从今日后，更逢二十度花开。

这是王建晚年卜居原上时，抒发人生感叹的诗。金圣叹《贯华堂选批唐才子诗》卷4下中曰："（前解）自感也，而统举世人发论者。昔尝妄谓人人自老，而我独不老，抑我尚不闻有人向我说老者也。无何，瞥眼之间，老顾奄然忽至，于是斗地惊心。疾往排门遍问，则见人人果已皆老，因而大悟。人欲不老，谁不如我，今既一例都然，然则我无独免也。故此一二，正是真正自感，正是聪明人从大鹘突出看得出来，不是街头乞儿劝世声口也。三四又推出一'愁'字者，言老为死因，而愁实为老因也。（后解）夫老为死因，非细事也。而愁实为老因，此不可以不加意也。于是顾从今日，特谋所以无愁之法焉。久思置一草堂，今虽未办，其必力疾置之也。久思栽几松树，今虽难成，其必力疾栽之也。何也？人本有心，心本求称，心称则不愁，不愁则不老，然则从今之后，但得一年，即皆与我草堂之中，松树之下，恣心恣意，只学无愁。嗟乎！如是而不老，则真胜算也。万一愁亦不免，而得如是而老，亦真胜算也。至矣哉，此诗乎？'愿从今日后'，'愿'字非愿再活二十年乃愿二十年年年置草堂、栽松树也。莫

---

① 尹占华校注：《王建诗集校注》，巴蜀书社2006年版，第264页。

误读之。"① 此解读可谓入木三分也!

还有一些诗人病中的生活写照,如王建之《晚秋病中》:

> 万事风吹过耳轮,贫儿活计亦曾闻。
> 偶逢新语书红叶,难得闲人话白云。
> 霜下野花浑著地,寒来溪鸟不成群。
> 病多体痛无心力,更被头边药气熏。

人在病中,万事与我不再有关,应是难得的一段优游时光,诗人偶尔还能得到一两句好的诗句,便信手写在秋天的红叶上,面对山中白云,自我怡悦,只是无法语人其中的乐趣。第二联中"红叶"和"白云"的对仗,可谓妙语,一个是落在地面上艳丽可爱的红叶,一个是飘在天空中卷舒自如的白云,从视角、颜色上给人一种明媚开朗的逸趣。下半部分诗情迅速发生了变化,诗人坐实了题目中的"晚秋病中"四个字,野花经过严霜的洗礼全都倒在地上了,而往日热闹的溪水边因为寒冷禽鸟也不多见了,一派深秋的萧瑟、寂冷、萧条的景象。我们的诗人呢,长时间生病,身体上的疼痛使他对万事已经没有一点心劲了,陪伴在诗人身边的只是弥漫、飘散在空气中苦苦的中药气息。

还有表现诗人浓郁的思乡之情的诗作,如王建之《江陵即事》:

> 瘴云梅雨不成泥,十里津楼压大堤。
> 蜀女下沙迎水客,巴童傍驿卖山鸡。
> 寺多红药烧人眼,地足青苔染马蹄。
> 夜半独眠愁在远,北看归路隔蛮溪。

---

① 尹占华校注:《王建诗集校注》,巴蜀书社 2006 年版,第 268 页。

下编 "张籍、王建体"的另一层内涵：张籍、王建的近体诗创作

诗作的前三联描绘了一幅江陵民俗风物图：瘴云弥漫、梅雨淅沥；津楼高耸，沿大堤逶迤蔓延。蜀地热情好客的女子招呼着沿水路而来的客人，小小年纪的孩子已经知道在驿站旁向客人兜售山鸡。尤其令人称道的是第三联，"红药""青苔"的相对，色彩对比异常鲜明，山寺中的芍药长势蓬勃，花色嫣红如火，似乎可以把人的眼睛灼伤，而遍地生长的青苔绿意欲滴，好像要给过往的马蹄染上绿色。单单看到这里，诗人似乎只是在客观地写生，他的主观情感活动尚未表现出来。经过末句的点染，诗意一下子浓厚起来，诗人远离故土，一人客居于蛮荒之地，夜半时分，满怀的乡愁让诗人难以入眠，无奈之际，出门北看回家的道路，但因时空的阻隔，故乡只是回忆里的那个故乡，欲归而不得、无法排遣的思乡之情萦于心头……

还有一些表现对世风讽刺之作，如王建之《闲说》：

桃花百叶不成春，鹤寿千年也未神。
秦陇州缘鹦鹉贵，王侯家为牡丹贫。
歌头舞遍回回别，鬟样眉心日日新。
鼓动六街骑马出，相逢总是学狂人。

这首诗讽刺的是世人争赶时髦、竞尚豪奢的风气，主要是列举当时的几点时尚：好鹦鹉、牡丹、歌舞不歇、妆样翻新。夸张地写出时人追求享乐如醉如狂的精神状态。颔联充分利用七律对仗的特点，尤以"贵""贫"的巧对夸张近乎疯狂的物欲嗜好，使讽意更为强烈。方回《瀛奎律髓》卷46评云："叹时世衰薄，不务本，长安富贵之家所知惟此，而不知生熟好恶也。"[①] 此诗可以说是将白居易《秦中吟十首·买花》与《新乐府·时世妆》两诗之主题合在了一起。这种浮靡

---

① 尹占华校注：《王建诗集校注》，巴蜀书社2006年版，第329页。

之风亦见于唐人记载,如李肇《唐国史补》卷中:"京师贵游,尚牡丹三十余年矣……一本有直数万者。"白居易《代书诗一百韵寄微之》"风流夸堕髻,时世斗泣眉"自注:"贞元末,城中复为堕马髻、泣眉妆。"

另外值得一提的是,在张籍的七律中有三首悼亡诗,《哭丘长史》《哭十八胡遇》《哭元九少府》。内容不外乎追忆友谊、赞誉亡人,但是用七律来写悼亡是对七律题材的一个充实。

三 超然——田宅游逸、登临游览中的乐趣

在张籍、王建二人的七律中,还有一些描写田宅题记、山寺道观、登临游览之作,这一方面的诗作相对来讲王建的更多一些。

对于个人居宅及贵族公卿个人林园的关注,杜甫诗作中有《题新赁草屋五首》和《题省中院壁》两篇,但只是对草屋院壁做粗线条的勾勒,实为抒情之作。大历时期诗人写园宅的诗作渐次增多,有的步杜甫之后尘,但更多的是在细致描写园宅景物基础之上,表现主人的精神境界,情景逼真。王建之作,继承了大历诗风,景为情媒,旨在表现主人的高情逸趣,如《题裴处士碧虚溪居》:

> 鸟声真似深山里,平地人间自不同。
> 春圃紫芹长卓卓,暖泉青草一丛丛。
> 松台前后花皆别,竹崦高低水尽通。
> 细问来时从近远,溪名载入县图中。

诗以工致的白描手法对园宅做了全景式的展现:潺潺的溪水贯通了整个居宅,高低错落的青竹布下浓淡有致的阴影,花园里的紫芹长势卓卓,暖泉旁的青草丛丛簇生,松台前后花团锦簇,兼之传来几声小鸟的啁啾声,增添了几分山林之趣。全诗用语通俗,句法平顺,诗

人甚至不惜使用散文化的句式,好似一篇精美的游记。

再如张籍的《题韦郎中新亭》:

起得幽亭景最新,碧莎地上更无尘。
琴书著尽犹嫌少,松竹栽多亦称贫。
药酒欲开期好客,朝衣暂脱见闲身。
成名同日官连署,此处经过有几人?

比较看来,张籍这首诗几乎没有对景物做刻画,更多的是在抒情。首联叙述了韦郎中新起幽亭的事实,碧绿欲滴的草地上没有一丝纤尘,给人焕然一新、清丽明快的感觉。居住在这样的环境里的主人,肯定是有着高情逸趣的——暂时脱掉了朝衣,忘却了尘网中的俗事,著琴书、栽松竹,备好了酒等候嘉宾到来。想想当日那些同榜及第取得功名的人们,有几人能够放下心事,能够到这里来享受一下此等超凡脱俗的乐趣呢?

再看王建的《题金家竹溪》:

少年因病离天仗,乞得归家自养身。
买断竹溪无别主,散分泉水与新邻。
山头鹿下长惊犬,池面鱼行不怕人。
乡使到来常款语,还闻世上有功臣。

这是诗人为一个姓金的皇帝仪仗队员,因病退休养身所购的一座庄园题的诗。金某不仗势欺人,与新邻、乡使和睦相处,跟山鹿、池鱼亦相安不扰,淡泊养生,与世无争,和当时飞扬跋扈的金吾、羽林大不相类。金圣叹《贯华堂选批唐才子诗》卷4下:"(前解)此非写病,乃是因病得归,因归得脱,于是极写快活,以反形天仗。买断无别主,妙。天仗下张王李赵,弓刀剑戟,彼争我夺,朝得暮失,无此自在安稳也。散分与西邻,妙。天仗下一顾不轻,片言莫借,日视枯鱼,曾不沾酒,无此通融无碍也。言向使不因病告,即不得归家;不得归家,即不离天仗,况在少年血气方刚,安知今日不成祸事,盖深感一病之相救也。(后解)此又写归家既久,机事尽忘,鹿下鱼行,了无惊怖。闻彼世上功臣,朝受王命,夕发内热,幸而有成,万一余丧者,真有如春风之过聋耳也。"[1]

再如王建的《李处士故居》:

> 露浓烟重草萋萋,树映栏杆柳拂堤。
> 一院落花无客醉,半窗残月有莺啼。
> 芳宴想像情难尽,故榭荒凉路欲迷。
> 风景宛然人自改,却经门外马频嘶。

此诗起句写故居之景,烟霭沉沉,露气凝重,芳草萋萋。《楚辞·招隐士》云,"王孙游兮不归,春草生兮萋萋",春草由生而茂盛,主人当归而不得归,这青青芳草让作者触目伤怀。古人离别有折柳相送的习惯,栏杆旁的柳树已舒展柔条,轻拂溪堤,缕缕柳枝又牵惹出当年堤边惜别之想,当此春日,树尚有栏杆相依,有堤可拂,物皆互怜,我独何依。伤感之情、无依之感与露气烟霭郁结在一起化解不开。赵臣瑗在《山满楼笺注唐诗七言律》云:"勿谓起手十四字何曾有悲凉之状,予读之,早已觉凄冷满目矣。"[2] 三、四句兴在象外,凄然耐想,故宅之内一院落花,满地一片狼藉,一弯残月悬于窗前,暮春之落花,夜阑之残月,无不萧索凄清。又兼时有莺啼,更添寂寞之情。"以我观物,物皆着我之色彩。"落花残月这些陨落凋零的生命也昭示着人事的缺憾:月有圆缺,人有聚散。五、六句正面抒写自己

---

[1] 尹占华校注:《王建诗集校注》,巴蜀书社2006年版,第253页。
[2] 转引自陈伯海主编《唐诗汇评》中册,浙江教育出版社1995年版,第1533页。

下编 "张籍、王建体"的另一层内涵：张籍、王建的近体诗创作

的情怀，"故榭"借代手法也，院中的一切景物随着主人的离去显出荒凉颓败之迹，步入其中，诗人几欲迷路。遥想昔日曾在此与主人置宴把酒，赏花观月，其乐融融。往事如幻如电，永无再现之期。今日唯我独处院中，独睹荒凉，独叹人事。"迷"字妙，既是景物变化之大疑非旧踪的真实写照，描摹出作者沉浮今昔的迷离恍惚的情感状态，一石而兼二鸟。结尾二句宕开一笔，虚中带实，似离似合，感情更加深挚，诗人不说自己与处士故居十分熟悉，而偏偏托之以马，马也有情尚且惆怅，由于常来常往，认得游踪，每经门巷，常嘶不已。用这种虚写的手法勾勒出自己的凄怆之怀。其作景情与声情还暗合相契。作者采用平声齐韵部的韵脚，其音低抑，如泣如诉，与低迷凄惘的心态相辅相成。黄叔灿在《唐诗笺注》中云："诗思恻恻动人。"①

我们前面曾经谈到过在中唐思想大融合、大变化的背景下，张籍、王建二人较多受到了释、道二家思想的影响，他们二人的诗作中有为数不少的一些表现寺庙、道观幽静之景的诗作，如王建之《题诜法师院》：

> 三年说戒龙宫里，巡礼还来向水行。
> 多爱贫穷人远请，长修破落寺先成。
> 秋天盆底新荷色，夜地房前小竹声。
> 僧院不求诸处好，转经唯有一窗明。

法师所居的破寺经过人们的一番大修之后，娴雅幽静：秋来盆底新荷，见其情之雅，夜间房前小竹声，见其境之幽，在一片宁静清幽中显出了法师的心性淡泊高洁，也和前面的"三年说戒龙宫里""多爱贫穷人远请"呼应了。

---

① 转引自陈伯海主编《唐诗汇评》中册，浙江教育出版社1995年版，第1533页。

又如张籍之《送稽亭山寺僧》：

师住稽亭高处寺，斜廊曲阁倚云开。
山门十里松间入，泉涧三重洞里来。
名岳寻游今已遍，家城礼谒便应回。
旧房到日闲吟后，林下还登说法台。

相对于上面王建诗中的诜法师，张籍诗中这位僧人居住的稽亭山寺似乎要更为幽旷一些：在那几乎连着白云的地方，斜廊曲阁、十里松、三重泉。数量词在律诗中的运用，增强了读者的视觉和阅读的快感，让读者感受到稽亭山寺景致之幽。

再如王建之《早登西禅寺阁》：

上方台殿第三层，朝壁红窗日气凝。
烟雾开时分远寺，山川晴处见崇陵。
沙湾漾水图新粉，绿野荒阡晕色缯。
莫说城南月灯阁，自诸楼看总难胜。

诗人在一个晴日的早晨，登上西禅寺最高处方丈居住的地方，远眺崇陵，近瞰渭水，长安郊野如画的风光尽收眼底，遂有此作。首联诗人突出了诗题中早登的"早"字，朝阳映照在西禅寺阁墙窗棂上，如日气凝结，嫣红一片。颔联采用了互文见义的手法，写晴日烟开雾散时，在登临处可以看清远方的寺院和云阳的崇陵。远处蜿蜒的渭水如同新画的白色丝带，纵横的绿野小路宛若泛着色泽的丝绸。此等美景，让诗人发出了长安城中诸楼，莫可与之比肩的感慨。

另外，诗人面对中唐时期的政治危机，他们缅怀开天盛世，探寻治国治民的得失之道和历史发展中兴亡递变的规律，抒发李唐王朝由盛而衰的感喟。他们时常将目光转向历史题材，如王建之《华清宫感旧》：

下编 "张籍、王建体"的另一层内涵：张籍、王建的近体诗创作

> 尘到朝元边使急，千官夜发六龙回。
> 辇前月照罗衫泪，马上风吹蜡烛灰。
> 公主妆楼金锁涩，贵妃汤殿玉莲开。
> 有时云外闻天乐，知是先皇沐浴来。

这是一首明显含有讽意的作品，总结了唐明皇与杨贵妃荒淫误国的历史教训。前半部分追述唐明皇仓皇出逃之事，烽火突至，朝元宫危在旦夕，龙辇千官仓促夜发，与杜牧的"新丰绿树起黄埃，数骑渔阳探使回"异曲同工。颔联以闲笔写出了明皇奔蜀路上的窘急，贵为天子，被迫离宫，月照辇车，泪湿罗衫，一片悔恨之情。辗转马上，备尝颠簸之苦，贵妃香消玉殒，爱情灰飞烟灭，满腔无奈之悲。后半部分发作者之感慨，公主已故，妆楼金锁生出涩意，贵妃已亡，汤殿玉莲依旧盛开，斗转星移物是人非，国运衰微，人事消亡。结尾以虚笔收束全篇：观者伫立在华清宫前怅想往事，恍惚间似有乐曲从天际传来，明皇是不是又来沐浴？面对今日之华清宫，明皇情将何往？余音绕梁，给读者留下了自由思索的空间。全篇文辞优美，结构紧凑，颇堪讽诵，在寄予了诗人深沉兴亡之感的同时，犹如一曲《长生殿》，留给读者以"穷人欲逞侈心，祸败随之"的历史教训，以备后世炯鉴。

再如《同于汝锡游降圣观》：

> 秦时桃树满山坡，骑鹿先生降大罗。
> 路尽溪头逢地少，门连内里见天多。
> 荒泉坏简朱砂暗，古塔残经篆字讹。
> 闻说开元斋醮日，晓移行漏帝亲过。

诗人把很长的一段历史汇聚在降圣观这个空间点上，充分显示了七律这种题材的追溯力和汇聚力。诗从老子现神，降圣观初建写起，

· 219 ·

满山遍野是秦时栽种的桃树,老子出关西去已到了那大罗天上。接着写出了圣观曲径通幽的胜境——"路尽溪头逢地少,门连内里见天多"。随后诗人穿插了降圣观今日衰败之景:坏简上的朱砂字迹,因年代久远已暗淡失色,古塔上刻的石经,因风雨侵蚀,经文已残缺脱落,斑驳讹夺。尾联又用闻说二字联系圣观在开元之日皇帝亲幸拜圣。一篇之中在极大的时间跨度中熔铸着历史的缅怀、现实的感喟。

张籍、王建以乐府名家,七律未被注意。《养一斋诗话》中云:"张籍、王建以乐府名,然七律亦有人所不能及处。"[1] 他们的七律作务求情实,以质朴易大历葩藻习气,写出新的景趣,新的兴味。孙琴安《唐七律诗精评》:"七律至元和大兴,然其调亦太熟太烂。司业与李绅辈之七律却不专在字句之间求工,常有跳踯之感。无对偶之工,然亦无陈词滥调,贺裳喻为'鸿鹄之腹毳',见解深矣。"的确,张、王七律有粗俗的一面,这一点王建或许走得更远。如,"轮剑直冲生马队,抽旗旋踏死人堆"(《赠索暹将军》);"颠狂绕树猿离锁,跳踯缘冈马断羁"(《寒食看花》),亦开晚唐五季僻拗庸劣的陋习。正如《唐诗镜》中所云:"七言律,王建尚奇而昧于正,尚意而略于辞。"[2] 胡应麟《诗薮》内编卷5论唐七律的发展流变说:"唐七言律自杜审言、沈佺期首创工密,至崔颢、李白时出古意,一变也。高、岑、王、李,风格大备,又一变也。杜陵雄深浩荡,超乎纵横,又一变也。钱、刘稍为流畅,降而中唐,又一变也。大历十才子,中唐体备,又一变也。乐天才具泛澜,猛得骨力豪劲,在中晚间自为一格,又一变也。张籍、王建略去葩藻,求取情实,渐入晚唐,又一变也。李商隐、杜牧之填塞故实,皮日休、陆龟蒙驰骛新奇,又一变也。许浑、刘沧角猎排偶,时作拗体,又一变也。至吴融、韩偓香奁脂粉,

---

[1] 转引自陈伯海主编《唐诗汇评》中册,浙江教育出版社1995年版,第1519页。
[2] 同上书,第1518页。

杜荀鹤、李山甫委巷丛谈，否道斯极，唐亦以亡矣。"① 以"变"的观点看问题，当时是颇具慧眼的。七言律诗以杜甫为分水岭，杜甫之前只是初行时期，至于杜甫的作用，诚如赵翼《瓯北诗话》卷12所说："少陵以穷愁寂寞之身，借诗遣日，于是七律益尽其变，不惟写景，兼复言情；不惟言情，兼复使典。七律之蹊径，至是益大开。"但是杜甫的七律稍逊畅达，时有拙句，故刘长卿变杜甫之僻拗而为通畅，张籍、王建正是在此基础上变本加厉，更为平易浅近之风格，遂亦有矫枉过正之失。刘克庄《韩隐君诗序》说："或古诗出于情性，发必善；今诗出于纪闻，博而已。自杜子美未免此病。于是张籍、王建辈稍束起书袋，铲去繁缛，趋于切近。世喜其简便，竞起效颦，遂为晚唐体，益下，去古益远。岂非资书以为诗失之腐、捐书以为诗失之野欤！"② 白居易七律意虽浅近，但字求工巧，是与张籍、王建不同之处。再至李商隐，意深语典，已开西昆之先河。由此观之，张籍、王建的七言律正是唐七律发展过程中的一个重要环节，也是七律风格中不可或缺之一体。那种以"雅""俗"论诗的观点是不可取的，以难则为雅，易则为俗；深则为雅，浅则为俗；晦涩则为雅，明白则为俗，实为皮相之谈。说浅易明白是张籍、王建诗的特点，可矣；说这是他们律诗的缺点，则未敢苟同。

---

① （明）胡应麟：《诗薮》内编卷5，上海古籍出版社1979年版，第84—85页。
② 刘克庄：《后村先生大全集》卷96。

第七章　张籍、王建的绝句创作

据中华书局上海编辑所编辑的《张籍诗集》，张籍今存有绝句一百四十余首，以七言绝句居多。内容大多是写景、寄赠、抒怀，但亦有较高的成就。除《宫词》外，王建尚有绝句二百七十余首。作为他生活轨迹与情感境界的真实笔录，其绝句的关注焦点、风格特色几经变易。

第一节　张籍的绝句创作

张籍的绝句大都写得清新明快，韵味隽永。正如沈德潜在《说诗晬语》中说的那样："七言绝句，以语近情遥、含吐不露为主；只眼前景，口头语，而有弦外音，味外味，使人神远。"[①]

试看张籍广为流传的名作《秋思》：

　　洛阳城里见秋风，欲作家书意万重。
　　复恐匆匆说不尽，行人临发又开封。

[①] 王夫之：《清诗话》下册，上海古籍出版社1999年版，第542页。

下编 "张籍、王建体"的另一层内涵：张籍、王建的近体诗创作

张籍的这首《秋思》寓情于事，借助日常生活中一个富有含义的片断——寄家书时复杂的思想活动和行动细节，非常真切细腻地表达了作客他乡的人对家乡亲人的深切怀念。诗人客居洛阳，又见秋风，据《晋书·张翰传》记载张翰"因见秋风起，乃思吴中菰菜、莼羹、鲈鱼脍，曰：'人生贵得适志，何能羁宦数千里，以要名爵乎？'遂命驾而归"。张籍祖籍吴郡，此时客居洛阳，情况和当年的张翰相似。但由于种种原因不能像张翰那样命驾而归，只好修一封家书来寄托思家怀乡的感情。一个"欲"字，展现了诗人动笔之前的千愁万绪，竟不知从何说起、怎样表达……书成之际，似乎已经言尽，但当带信的行人就要上路的时候，却又忽然觉得自己刚才太匆忙了，怕是漏掉了什么重要的内容。写出了人人心中所有、笔下所无的一种感情经历。正如王安石评价张籍诗"看似寻常最崎岖，成如容易却艰辛"，本诗本色、平淡、自然，却又让人回味不尽。

还有《与贾岛闲游》：

水北原南草色新，雪消风暖不生尘。
城中车马应无数，能解闲行有几人。

这首诗开头观察入微地描写了初春时分特有的景致，雪消风暖，只有一些向阳地方的草色刚刚有了一丝绿意，正像韩愈诗中所说的"天街小雨润如酥，草色遥看近却无"。这般细致的景色，如果不是有闲情逸致的人根本不会注意到。所以在诗的后半部分发感慨了：城中车马无数，但大都是争名竞利之徒，辜负了美好的景色，只有心底真正闲下来，才能知道这闲行的乐趣。《唐诗选脉会通评林》中有这样一段话："予谓闲行得趣，当分二慨：有真能薄官爵，遗势利，超然物外，以闲行为乐；亦有不得志于时，偃蹇流落，闲行以舒其湮郁

者。若籍、岛辈，其不得志于时者欤？"① 至于张籍和贾岛的闲游，大概这二者的成分是兼而有之吧。

再如其《成都曲》：

> 锦江近西烟水绿，新雨山头荔枝熟。
> 万里桥边多酒家，游人爱向谁家宿。

这是张籍游成都时所作的一首七绝，前两句展现了诗人顺着锦江西望时的美丽景色：新雨初霁，在绿水烟波的背景下，山头岭畔，荔枝垂红，四野飘溢清香。这样美好的景色如跳动的音符、悠扬的旋律，诗人写眼前景、景中含情。后两句市井繁华的情况跳入读者的眼帘，"万里桥"让人想到远商近贾、商业兴盛、水陆繁忙；"多酒家"让人想到游人往来，生意兴隆。最后通过问人自问的语气，使人想到处处招待热情、店店别具风味、家家朴实诚恳的风土人情。诗句句含景，景景有情，特别是后两句，近似口语，却意味深远。

张籍绝句中特别善于借用比兴手法，试看其广为传颂的《酬朱庆余》：

> 越女新妆出镜心，自知明艳更沉吟。
> 齐纨未是人间贵，一曲菱歌敌万金。

这首诗表达含蓄蕴藉，趣味横生。对朱庆余的探问（朱庆余《闺意献张水部》："洞房昨夜停红烛，待晓堂前拜舅姑。妆罢低声问夫婿，画眉深浅入时无。"），张籍心领神会，于是作了这首绝句，用同样的手法，作了巧妙的回答。首句"越女新妆出镜心"，越地出美女，而朱庆余恰好又是越州人，所以诗人把朱庆余比作一个刚刚经过修饰

---

① 转引自陈伯海主编《唐诗汇评》中册，浙江教育出版社1995年版，第1917页。

· 224 ·

下编 "张籍、王建体"的另一层内涵：张籍、王建的近体诗创作

打扮，从清澈明净、风景优美的鉴湖中走出来的美艳动人的采菱女。实际上是说朱庆余有良好的先天条件，再加上后天刻苦学习，自是德才兼备，文质彬彬。第二句"自知明艳更沉吟"，尽管采菱女自己也知道自己长得漂亮，但因过分爱美，却又自我思量起来。实则是说朱庆余虽也知道自己的文章不错，但还没有足够的信心，不知道自己是否能得到考官的赏识。诗的后两句，紧扣"更沉吟"三个字，针对朱庆余的疑虑，作了肯定的回答，同时也流露出作者对朱庆余的赞赏之情。"齐纨"指齐地产的白色细绢，异常精美，自古有名。尽管有许多姑娘身上穿着齐地出产的精美绸缎做成的衣服，却并不值得人们看重。言外之意是讲朱庆余并不是一个华而不实、徒有其表的人。便自然引出最后一句"一曲菱歌敌万金"。当人们透过字面而体味到它内在含义的时候，往往不由自主地发出会心的微笑。如果单单把张籍、朱庆余的这两首诗看作闺情诗，也是很成功的。

另外，张籍一些抒发时事感慨的绝句，则全在写景叙事中寓褒贬讽诫，不着议论，更具有含蓄的魅力。如《凉州词三首》：

> 边城暮雨雁飞低，芦笋初生渐欲齐。
> 无数铃声遥过碛，应驮白练到安西。
>
> 古镇城门白碛开，胡兵往往傍沙堆。
> 巡边使客行应早，欲问平安无使来。
>
> 凤林关里水东流，白草黄榆六十秋。
> 边将皆承主恩泽，无人解道取凉州。

唐德宗贞元六年（790）以后至9世纪，安西和凉州边地尽入吐蕃手中，"丝绸之路"向西一段也为吐蕃所占。张籍在《凉州词》中表达了他对边事的忧愤。

第一首开头两句写地点和时令：边城傍晚时分，春雨潇潇，大雁低飞将落平沙，芦苇已萌生嫩芽而将长齐。仅用十四个字就描绘了一幅边城初春暮雨雁翔图，形象生动，给人以身临其境之感。不过这仅为背景，诗的主体在后两句：无数铃声远远穿过沙漠，应该是驼队驮运白练去安西吧。当悠扬的铃声从沙漠远处传来的时候，让人不由自主地想到驮白练的理应是沙漠之舟——骆驼。可是驼队走向遥远的沙漠，究竟是要到哪里去呢？诗人不由得怀念起往日"平时安西万里疆"丝绸之路上和平繁荣的景象。在这"芦笋初生渐欲齐"的温暖季节，本应是运载丝绸商队"万里向安西"的最好时候，言外之意，现在的安西都护府辖境为吐蕃控制，"丝绸之路"早已闭塞阻隔，骆驼商队再不能到达安西了。锤炼一个"应"字，凝聚了多少辛酸和沉痛的感情！

相对于第一首，第二、三首却直质显露。第二首写出了胡兵的猖獗，边城到处是"胡兵往往傍沙堆"，而由于"欲问平安无使来"的局面，老百姓都盼望着"巡边使客行应早"。第三首则是直接批评边将只知道"承主恩泽"，没有一点收复失地的想法。同样的意思在高适的诗中表达得更为愤慨："岂无安边书，诸将已承恩。"《诗境浅说续编》中评之曰："诗言凉州失陷已六十年矣，而诸将坐拥高牙，都忘敌忾。少陵诗'独使至尊忧社稷，诸君何以答升平'，欲文昌有同慨也。"[①]

再如《法雄寺东楼》：

<blockquote>
汾阳旧宅今为寺，犹有当时歌舞楼。
四十年来车马绝，古槐深巷暮蝉愁。
</blockquote>

汾阳旧宅，当指的是郭子仪的旧宅。郭子仪被封为汾阳郡王，当时权势显赫，车马盈门。如今是"车马绝""暮蝉愁"，一派萧条之

---

① 转引自陈伯海主编《唐诗汇评》中册，浙江教育出版社1995年版，第1920页。

下编 "张籍、王建体"的另一层内涵：张籍、王建的近体诗创作

景。昔盛今衰对比之下，自生富贵不长之感，但经诗人以唱叹之笔出之，便觉深远。《诗境浅说续编》评此诗说："汾阳以一代元勋，乃四十年中，荣戟高门，盛衰何速！赵嘏《经汾阳故宅》有'古槐疏冷夕阳多'句，与此诗词意相似，但张诗明言其改为法雄寺。以带砺铭功之地，为香灯禅诵之场，有唐君相。不知追念荩臣，保其世业；剩有词客重过，对槐阴而咏叹耳！"[1]

张籍绝句中还有许多语言凝练、含义深邃隽永的诗句，如：

月色当户入，乡思半夜生。　　　　《冬夕》
青山无限路，白首不归人。　　　　《送南迁客》
倦游寂寞日，感叹蹉跎年。　　　　《病中寄白学士拾遗》
上阳春晚萧萧雨，洛水寒来夜夜声。《赠王侍御》
五千言里教知足，三百篇中劝式微。《留别微之》
才雄犹是山城守，道薄初为水部郎。《赠商州王使君》

除了我们上面论述的这些诗篇以外，张籍的绝句还有大量写景、寄人题材的作品，也是自有其特色的。

第二节　王建的绝句创作

周啸天统观王建绝句作赞语曰："以风神取胜，王建绝句可以当之。"[2] 作为王建生活轨迹与情感境界的真实笔录，其绝句的关注焦点、风格特色几经变易。

---

[1] 转引自陈伯海主编《唐诗汇评》中册，浙江教育出版社1995年版，第1898页。
[2] 周啸天：《唐绝句史》，安徽大学出版社1999年版，第199页。

从军秣马的游宦期间,他一面以诗代简,对亲朋好友道尽珍重惜念之情,如《道中寄杜书记》《赠赵侍御》《扬州寻张籍不见》《留别张广文》等,这些绝句多具情景兼融之质,一面又随着足迹所至,将各地山川风物、民俗风情纳入绝句之体,《夜看扬州市》《江陵道中》《雨过山村》《田家》《江馆对雨》《山店》等,这些绝句往往以浓郁的地方色彩显出瑰奇之丽。如其《扬州寻张籍不见》:

别后知君在楚城,扬州寺里觅君命。
西江水阔吴山远,却打船头向北行。

全诗平易流畅,明显带有江南民歌的明快格调。大约也作于这一时期的《江陵道中》,江南民歌的影响更为明显:

菱叶参差萍叶重,新蒲半拆夜来风。
江村水落平地出,溪畔渔船青草中。

清新、明快,唯写眼中所见,仿佛信口而出,如民歌以眼前景物起咏,抒发一种最为单纯的情思。

卜居原上与山居期间,王建又往往以忘机之心凝注自然界琐细微小的事物:《荒园》《水精》《落叶》《园果》《野菊》《秋灯》《南涧》,捕捉它们的灵动之态,领略它们的自然之趣。其佳作或者在信手拈来间时露理趣之思,如,"闲即傍边立,看多长却迟。"(《小松》);令人回思事物量变积累得不易察觉;"扫落黄叶中,时时一案燕"(《荒园》),令人浮想自然界生命代谢的永不停歇;或者在调置景物之态时成就构图之美,如《野池》:"野池水满连秋堤,菱花结实蒲叶齐。川口雨晴风复止,蜻蜓上下鱼东西。"明白如话的语言,讲究平面的铺展、空间的调度,动静相兼,几把野池写足。如《雨中寄东溪韦处士》,在用词上似也有意向通俗化方向探索:

雨中溪破无干地，浸着床头湿著书。

一个月来山水隔，不知茅屋若为居。

此诗更是纯系口语。王建一生沉沦不遇，将近五十岁时才得一昭应令职，所作诗固然多有寓意寄托，但终其一生，对诗歌表现形式的通俗平易的追求却是极为明显的。试举几首小诗，如《荒园》：

朝日满园霜，牛冲篱落坏。

扫掠黄叶中，时时一窠薤。

在朝为官期间，其绝句多涉及当时发生在长安的重要事件，以及文人普遍关注的逸闻奇事。穆宗长庆元年，太和公主发赴回纥，王建作《太和公主和蕃》充满凄楚之音；刘蕡抨击宦官而落第致病，韩愈谏迎佛骨被贬潮州，王建分别作《寄刘蕡问疾》与《送迁客》遥寄关切之情；高僧柏岩禅师示灭，王建以五绝写《题柏岩禅师影堂》以示缅怀之心；唐昌观玉蕊院真人下降，王建的七绝《唐昌观玉蕊花》不涉神怪，在同题之作中以笔致轻灵雅洁而取胜；李愬雪夜入蔡州，生擒吴元济，王建的《赠李愬仆射二首》作艺术纪实，与刘禹锡名篇《平蔡州三首》一样脍炙人口。此间，王建亦开始关注宫廷生活及宫中各色物、景之态。《御猎》《夜看美人宫棋》《宫前早春》实际已与《宫词》无异，《长门烛》《故行宫》《旧宫人》《长门》则为失宠宫人辑一幅悲怨的剪影，而《楼前》《老人歌》则借飞龙老马、白发歌人抒昔盛今衰的无常慨叹。

王建绝句最引人注目的当是它们的资料价值，其《宫词》一百首不仅对帝王生活作了多角度、多侧面地展示，还将宫女生活百态予以全真全景式地展现，其诗大多可与史互为参证，是研究唐代宫廷文化的重要资料。其他如《观蛮妓》："欲说昭君敛翠蛾，清声委曲怨于歌。谁家年少春风里，抛与金钱唱好多。"此诗描写的就是一位女艺人说唱《王昭君变文》的情景,表演的方式、演出的场景,包括年轻人也被故事的情节所打动。学者们多引用此诗来证明说唱文艺在唐代的流行。再如《霓裳词》十首,所写都是有关《霓裳羽衣曲》的事情,《霓裳羽衣曲》为唐代著名的歌舞曲,宋时已不传,部分乐段演变为词调。其一:"弟子部中留一色,听风听水作霓裳。散声未足重来授,直到床前见上皇。"所写的是梨园弟子在唐玄宗指导下演奏《霓裳羽衣曲》时的情景。蔡絛《西清诗话》(明抄本)卷上说:"欧阳《归田录》论王建《霓裳词》'弟子部中留一色,听风听水作霓裳',以不晓'听风听水'为恨。余尝观唐人《西域记》云:'龟兹国王与臣庶知乐者,于大山间听风水之声,均节成音,后翻入中国,如《伊州》《凉州》《甘州》,皆自龟兹至也。'此说近之,但不及《霓裳》耳。郑嵎《津阳门寺》注:叶法善引明皇入月宫,闻乐归,留写其半,会西凉府杨敬述进《婆罗门》曲,声调吻同,按之便韵,乃合二者制《霓裳羽衣》。则知《霓裳》亦来自西域云。"其六:"伴教霓裳有贵妃,从初直到曲成时。"可见杨贵妃亦善此舞。乐史《杨太真外传》卷上:"妃醉中舞《霓裳羽衣》一曲,天颜大悦。"又载杨妃语:"《霓裳羽衣》一曲,可掩前古。"其七:"一声声向天头落,效得仙人夜唱经。"《霓裳羽衣曲》具有道教法曲音乐的特点,此句可证唐玄宗游月宫闻仙乐、归写其曲之说中唐已十分流行。其八:"武皇自送西王母,新换霓裳月色裙。"可知《霓裳羽衣曲》之舞者衣裙为白色。

绝句为四句体诗,体制短小,故作绝句强调言尽而意不尽。杨万里《诚斋诗话》说:"五七字绝句最少,而最难工。"杨载《诗法家数》说:"绝句之法,要婉曲回环,删芜就简,句绝而意不绝。"胡应麟《诗薮》内编卷6说"绝句最贵含蓄"。沈德潜在《唐诗别裁集·凡例》认为:"七言绝句,贵言微旨远,语浅情深。"以此标准衡量之,王建的绝大多数绝句算不得上乘之作,仅有少数作品例外。王建绝句也有一些上乘之作，较之白居易率性之作，多以情韵取胜。如其五绝《古行宫》：

寥落古行宫，宫花寂寞红。
白头宫女在，闲坐说玄宗。

此诗言简意赅，写出了在深宫中，无论是盛开的红花，还是衰老的白头宫女，都是荒凉、寂寞的。而盛唐时代的多少往事，都包含于"闲坐说玄宗"这五个字之中了。胡应麟《诗薮》内编卷6评此诗："语意妙绝，合建七言《宫词》百首。不易此二十字也。"同类之作还有如《宫人斜》：

未央墙西青草路，宫人斜里红妆墓。
一边载出一边来，更衣不减寻常数。

此事借墙内红妆墙外白骨的强烈反差，以及"一边载出一边来，更衣不减寻常数"的客观叙述，将摧残青春女性的罪恶刻画得真实无情、客观冷静。

《十五夜望月寄杜郎中》是王建广为流传的名作：

中庭地白树栖鸦，冷露无声湿桂花，
今夜月明人尽望，不知秋思落谁家？

月光照射在庭院中，地上好像铺了一层霜。萧瑟的树荫里，鸦雀的聒噪声逐渐消停下来，它们终于适应了皎月的惊扰，先后进入梦乡。在万籁俱寂的深夜，秋露打湿了庭中的桂花，当然，这桂花也可能使诗人仰望明月时，想到在那广寒宫中，清冷的露珠一定也沾湿了月中的桂树……普天之下，人尽望月，但那感秋之意，怀人之情，却是各不相同。诗人选取了一种委婉的疑问语气：不知那茫茫的秋思会落在哪里呢？明明是自己在怀人，偏偏说"秋思落谁家"，将诗人对月怀远的情思，表现得蕴藉深沉。诗人以形象的语言、丰富的想象渲染了中秋望月的特定的环境和气氛，把读者带进一个月明人远、思深情长的意境，又以唱叹有神、推己及人的结尾，含别离思聚之情，具悠然不尽之意。唐汝询《唐诗解》卷29评论说："地白，月光也。明则鸦警，今既栖树，则夜深矣，是以见露之沾花。此时望月者众，感秋者谁？恐无如我耳。"俞陛云《诗境浅说续编》二则说："自来对月咏怀者，不知凡几，佳句亦多，作者知之，故著想高踞题巅。言今夜青光，千门共见，《月子歌》所谓'月子弯弯照九州，几家欢乐几家愁'。秋思之多，究在谁家庭院，诗意涵盖一切。且以'不知'二字作间语，笔致尤见空灵。前二句不言月，而地白疑霜，桂枝湿露，宛然月夜之景，亦经意之笔。"[①]

还有如《江陵使至汝州》：

　　回看巴路在云间，寒食离家麦熟还。

　　日暮数峰青似染，商人说是汝州山。

这首纪行诗是王建一次出使江陵，回来路上行进汝州（今河南临汝县）时所作。诗人以洗练明快之笔画出在薄暮朦胧背景上凸显的几座轮廓分明、青如染出的山峰，甚至可以想象到天气晴朗、天宇澄净，描摹出了山川风物的优美之景。但诗人又在摹景中传出诗人在特定情况下的一片心境，而是已经行至离家最近的一个大站——汝州，遥望前路，忽见数峰似染，同行的商人告诉诗人那就是汝州的山峦了。对于盼归心切的诗人来说，心中涌起的自是欣慰、喜悦、兴奋、亲切之情。但是诗人没有着意刻画当时的心境，而是淡淡着笔，将所见所闻轻轻托出，景物与心境契合神会，构筑出独具魅力的风调之美。

---

　　① 转引自陈伯海主编《唐诗汇评》中册，浙江教育出版社1995年版，第1536页。

再如《雨过山村》：

> 雨里鸡鸣一两家，竹溪村路板桥斜。
> 妇姑相唤浴蚕去，闲看中庭栀子花。

此诗写田园山水，富有诗情画意，又充满劳动生活的气息。前两句写山村景象，有霏霏细雨、一两家的鸡鸣、萧萧竹林、潺潺溪水、简单的板桥，题目中"雨过山村"四字全都坐实了，雨中山村美景宛如在眼前，真切如画；后两句写人物活动，田家少闲月，妇姑相唤着冒雨浴蚕，而以"闲着中庭栀子花"衬托劳动之辛勤与愉悦，农家生活之勤劳和快乐，自在词语之外。全诗处处扣住山村特色，融入劳动生活情事，从写景到写人，从写人到写景，语言新鲜活泼、意象新鲜生动，传达出了浓郁的乡土气息。

但可惜的是，王建似上述之作寥寥无几，更多的是言尽意尽，了无余味。尚有语言几如大白话者，如其《酬从侄再看诗本》："眼暗没功夫，慵来剪刻磨。自看花样古，称得少年无？"叶盛《水东日记》卷 10 "俗语见唐诗"条，特摘王建三十三句，以证王建诗多用俗语，其中绝大多数见于绝句，也从侧面说明了这个问题。

第三节　王建《宫词》论析

一　宫词的概念及特点

宫词有广义宫词和狭义宫词之别，广义宫词泛指一切以宫廷生活为描写对象的诗词，以此标准，它既包括古已有之而后一直绵延不绝表现宫女幽怨情思的宫怨诗,又包括崛起于齐梁之际的专咏枕席的宫体诗,还包括盛行于元和以后,奠基于天宝遗事,总结盛衰之由的叙事诗;狭义宫词是专指以《宫词》名篇的诗作,一般多以七言绝句咏宫廷琐事。"宫词"一词最早见于崔国辅《魏宫词》,继而见顾况《宫词》六首,王建百首《宫词》不仅把宫词提升为一种新的文学,而且为以后的宫词提供了一个写作典范,因而王建有"宫词之祖"[1]之誉,其百首《宫词》是狭义宫词的真正历史起点。

诗人杜甫曾有"宫中行乐秘,少有外人知"之叹。宫廷是全国的政治中心,帝王的一言一行关系治乱兴衰,他们在宫廷里究竟是怎样生活的,深锁在宫苑里的千千万万宫女又是怎样生活的,她们的精神状态是怎样的,外人是不易了解的。宫词则以文学形式为宫廷内部生活打开了一个窗口,使我们能窥见里面一些人物的活动。宫词虽是诗体,但所言多有关宫廷史实。我国史籍中虽有关于宫廷的记载,但皆是从制度、礼仪、宫殿等方面入手,而对生活在其中的人物活动鲜有记述。所以说《宫词》是一部活的宫廷史,是我们研究历代统治者宫廷生活的重要资料。秦兰征于《天启宫词》序中说:"惟天禁掖之地,妇寺之俦,寝食之恒,器物之琐,或事秒仅资谐谑,或情冤堪激忠愤。或骄奢逾踪,疑帝疑天,或幽艳瑰奇,可歌可舞。诸如此类,岂无朝政互为表里,君德由兹成败者哉?顾左右史漫云细碎不堪置喙,稗官家复曰忌讳不敢濡毫。居诸既暇,沈湎是惧。用是采辑旧闻,谱诸声律。草率芜陋,萃为百首。非特风云月露,愿踵仲初这后尘,抒谓诽谤传言,欲备董狐之采择也。"这几句话对《宫词》史学上的意义,说得精当而准确。《宫词》所述,不受史家义例的限制,《宫词》作家往往不因事件琐碎而弃置,

---

[1] 魏庆之:《诗人玉屑》,上海古籍出版社 1981 年版,第 351 页。

也不会因忌讳而胆怯，用笔大胆，涉猎广泛，这样的题材选择与写作态度铸就了宫词不可替代的史学价值：有些虽是琐事，却可与朝政互为表里；有的虽属传闻，却可以探究事件真相，值得史学家以备研究参考之作。

王建《宫词》百首以组诗的形式对宫廷生活做了全面描绘，给我们呈现出一幅幅宫廷生活的生动画面，作者的笔触是冷静、客观的，这与传统的宫怨及宫体诗判然有别。诗人的视角发生了变化，不再单纯是些宫女生活或她们内心的哀怨，也非宫体诗带着欣赏的眼光吟咏女性身体、衣着，而是宫里的一切皆入作者的笔端，尽量淡化主观色彩。

二　王建《宫词》的创作条件

王建的《宫词》百首创作能另辟新境，固然有其才气的原因。但宫词独成一体，以能否描写宫中隐秘成为衡量其高下的尺度。要了解宫中隐秘，必须有亲见亲闻的经历，否则根本无从问津。王建《宫词》难以超越的一个主要原因是他和宦官王守澄之间的宗姓关系。对于此事，据《永乐大典》卷 806 记载："唐王建《宫词》以宫词名家，本朝王岐公亦作宫词百篇，不过述郊祀、御试、经筵、翰苑、朝见等事，至于宫掖戏剧之事，则密不得传，故诗词中亦罕及。若建者，乃是内侍王守澄之宗姓，得宫中之事为详，如'丛丛洗手绕金盘，旋拭红巾入殿门。众里遥看新橘子，在前收得便承恩'。又云'避脱昭仪不掷卢，井边含水喷鸦雏。内中数日多呼唤，写得滕王峡蝶图'。如此之类，非守澄说，似则建岂能知哉？初，守澄读建宫词，谓之曰'宫掖之事，而子昌言之，倘得罪，将奚赎？'建与之诗，云：'三朝行坐镇相随，今上春宫见小时。脱下御衣先赐著，进来龙马每教骑。长承密旨归家少，独奏边机出殿迟。不是姓同亲说向，九重争得外人知.'自是守澄不敢有言。"① 我们可以想见王建听取了王守澄绘声绘色的闲谈之后,必然会选取自己最有印象、最有趣的感受付诸《宫词》创作中。

王建之前,王涯也有《宫词》之作,但其缺点则在于虽是外廷权臣,但不能尽窥宫中隐秘,也不能通晓宫中故事。后有花蕊夫人效仿王建作《宫词》百首,她写自己的生活,这样的优势在于其对宫中生活深有体会,但因其长期养尊处优生活在深宫之中,缺乏作为诗人必需的丰富人生阅历,不知道宫廷内外生活的区别。对于老百姓充满好奇的事物他们都是司空见惯,根本不会着笔去写,这就失去了王建《宫词》的一大特点——"尚奇"。有鉴于此,花蕊夫人《宫词》的选材可能不会引起读者的好奇心,但她借鉴了王建《宫词》的主题、师法了王建《宫词》所关注的对象。由于她忠实地模仿了王建《宫词》中的主题,再融入自己的体验与感悟,故成就高于其他效仿者。

通过以上分析可以得知,王建《宫词》得以尽现宫中隐秘,与王守澄的宗姓关系为其题材来源;而诗人首创了百首连章的形式,使后人争相效仿此体。这两者是统一的、缺一不可的。有思心妙笔,而无告情之人,不能成功;有知情之人,但未必与作者有交谊,不能成功;即便有交谊,此人又未必能执管,不能成功;即便两者具备,而不能具备唐代宦官专政的政治条件,可以畅言无忌,也不能成功。综合各方面的条件,王建《宫词》可谓得天时、地利、人和,主题突破了传统的宫怨情怀,更以生花妙笔连章描写宫中隐秘,遂能成中国文学史上这一空前恐怕也是绝后的杰作。

---

① 《海外新发现永乐大典十七卷》卷 806,上海辞书出版社 2003 年版,第 125—126 页。

三 王建《宫词》的成就

王建《宫词》所描写的对象是繁荣时期的唐代宫廷文化，这些事情本身就足以成为流传千古的佳话，因此，没有必要在其中借用古典来表情达意，所以诗人摒弃了文绉绉的书面语，大量运用了当时的俚语俗语，语言朴实无华，使时人读来明白晓畅。但时过境迁，对于今人来讲，王建《宫词》百首还是比较难以理解的。

在百首《宫词》中，王建往往站在一个旁观者的立场进行叙述。这种叙述视角赋予诗人充分的自由，他如同一个在宫苑中探幽取胜的游客，于或凄清或欢快的场面中徜徉，忽而放慢叙述速度，定睛凝视。就其题材来说，王建《宫词》涵盖深广，包罗宏富。首先，从广度方面来看，王建《宫词》的范围涉及的人物甚广，涉及宫中生活的各个层面，从皇帝到朝臣，从教坊博士到教坊歌伎，从贵妃到宫人，从高级宦官到低级宦官等；王建《宫词》取材广泛，有朝元、故实、朝对、纳凉、侍寝、校猎、朝贡、门榭、考试、竞渡、失宠、得宠、夜宴、钓鱼、直宿、宫怨、医疗、生育、生日、内宴、赏赐、园艺、禽鸟、游戏、参禅、卸妆、斗百草、建筑、装饰等各种事情，涉及的时间节气有中元、腊日、正月、初春、初秋、仲春、寒食、除夜、深秋、七夕、盛夏各个时段，内容是丰富多彩的。其次，就其深度而言，王建《宫词》写心的能力也是少有匹敌的，其中宫中女性的悲欢人生，每每能动人心弦，对于描写宫中各阶层之间的复杂关系，也能深入人心。如："闻有美人新进入，六宫未见一时愁。"只是闻有美人新进而并未见美人进来，可六宫嫔妃一时皆愁了，把她们唯恐新人争宠夺幸的微妙心理淋漓尽致地刻画出来了；《宫词》第八十三首："教遍宫娥唱遍词，暗中头白无人知。楼中日日歌声好，不问从初学阿谁。"教唱歌女倾尽心血教遍宫娥，头白年老却被人所忽视，无人问津，在人情冷暖中咀嚼的是英雄末路似的酸楚。《宫词》第五十一首："家常看著旧衣裳，空插红梳不作妆。忽地下阶裙带解，非时应得见君王。"诗歌前两句呈示给我们的是一个爱着旧裳、素面朝天的俭约女子。第三句言罗裙自解，我国古代妇女以帛缕、绣缕结腰系裙，一不留意，难免缕结松张，这自古以来被视为夫妇好合之兆，多情的女主人公便马上把这一偶然现象与自己的盼幸之情联系起来，女主人公喃喃自语：莫非君王要非时召见吗？这一结语颇耐人寻味：读者由此恍悟宫女的俭约并非性情所致，而是一种"岂无膏沐，谁适为容"的落寞，亦由此可以想见宫女喜不自禁、严妆候君的行为，望君临幸是后宫嫔妃的系怀所在，所以罗裙自解这件小事竟激起主人公心灵无法平静的涟漪，后宫嫔妃的内心便总是在候君的欣喜与盼幸不至的灰心间起落跌宕……在谈到《宫词》内容时，周啸天先生写道："从内容上说，这组诗突破了'宫怨'的框框，变写意为纪实，诗中将宫廷妇女作为集体形象，多着眼于其日常生活，视野相当开阔。既用赞赏的口吻写了宫中庄严、宝贵、繁华的生活，又情不自禁地写出了庄严后面的淫逸、宝贵后面的苦恼、繁华后面的凄凉。不仅具有相当的认识价值，而且更加细腻而不露痕迹地反映了宫女的内心苦闷。在艺术表现上，大都采用白描叙事，细致入微。辛文房谓为'特妙前占'，'射生宫女'、'树前树后'等篇，直开王昌龄未开之生面。"

王建的百首《宫词》，每一首大抵有本事可循，一诗言一事。王建以其才情慧质将王守澄饮宴之余对宫中趣事的闲话引入绝句这种体裁中，让绝句成为宫中琐碎之事的承载。这种写作模式必然使《宫词》突破盛唐绝句寓情于景、情景交融的写作惯例，而使这种短篇小制的诗歌体裁更多地带有叙述作品的特质。喻守真曾说"王建《宫

下编 "张籍、王建体"的另一层内涵：张籍、王建的近体诗创作

词》百首，以诗纪事，为其创格"①。周啸天在其《绝句诗史》中写道："王建是元和绝句浅切派最重要的诗人之一……其中《宫词》百首，乃是绝句史上一大创获……从体制上说，它发展了杜甫采用过的连章体形式，试图突破绝句体制短小的天然局限，而通过连续的方式予以解决。这些绝句每首可以独立存在，而合起来又能成为一个整体，这就等于大大拓宽了绝句的表现领域。"又说："与王建相鼓吹，同时作家王涯亦有《宫词》三十首（今存二十七首），五代花蕊夫人、宋王珪均有继作，后由毛晋编入《三家宫词》，无论以内容的新颖和艺术的造诣而言，均以王建为巨擘。这种大型组诗的出现，是绝句史上值得注意的现象。"

---

① 喻守真：《唐诗三百首详析》，中华书局1985年版，

余编 "张籍、王建体"的贡献及影响

第八章 张籍、王建的贡献及影响

第一节 张籍、王建与中唐两大诗歌流派领袖人物的交游

张籍、王建因其新乐府诗歌关注现实、言语流易的风格近乎白居易的讽喻诗,因而一般被归于元白诗派,历代诗评家论唐人乐府,每以张王元白并称。张戒《岁寒堂诗话》说:"张司业诗,与元白一律,专以道得人心中事为工。但白才多而意切,张思深而语精,元体轻而词躁。"[1] 何世基《燃灯纪闻》说:"元、白、张、王诸作,不袭前人乐府之貌而能得其神者,乃真乐府也。"[2] 刘熙载《艺概·诗概》说:"白香山乐府与张文昌、王仲初同为自出新意,其不同者,在此平旷而彼峭窄耳。"[3] 上述这些侧重于艺术风格的评论,虽然见出他们的乐府诗同中有异、各具特色,但在总体上是把他们看作一个流派的。

但应该注意的是,张籍与韩孟派诗人也来往甚密。他与韩愈、孟郊都有深厚的友谊,一起交游往来,共同切磋诗艺,所处时间之长、

---

[1] 丁福保:《历代诗话续编》上册,中华书局2006年版,第450页。
[2] 李建昆校注:《张籍诗集校注》,台北华泰文化事业公司2001年版,第606页。
[3] 同上书,第600页。

关系之密切，要超过与李贺、刘叉等韩孟派诗人。而实际上历来论者也常把张籍归入"韩门诗派"，如《新唐书》将孟郊、张籍、皇甫湜、贾岛、刘叉传附于《韩愈传》；梅尧臣《依韵和永叔澄心堂纸答刘原甫》"退之昔负天下才，扫掩众说犹除埃。张籍卢仝斗新怪，最称东野为奇瑰"①，显然将张籍与卢仝、孟郊并列于韩愈一派；刘克庄《满领卫诗》："唐元和、大历间诗人，多是韩门弟子。如湜、籍，如翱者，旧皆直呼其名，虽称卢仝玉川先生，然语意多谐谑，惟于孟郊特加敬。"② 也认为张籍是"韩门弟子"。因为张籍这种横跨中唐两大诗派的特殊文学地位，我们应当给予特别的注意。

张籍进入仕途多是因韩愈的提携，所以其与韩愈的人事过往十分密切，而且他的诗歌创作与韩孟诗歌思想一致，即崇尚"古道"，这里的"道"指儒家思想，诗不虚言与韩孟无二致，其诗歌之兴讽古淡的风格也受到韩孟的推崇。张籍为人处世之"古直"也备受韩孟尊崇，其一生坎坷的人生境遇也与韩孟诗派多数成员相类。这样看来，不能不把他看作韩孟诗派的成员，正所谓"根同"，而张籍诗歌风格趋向平淡而不尚奇，正所谓"枝异"。同时，他的加入对韩孟诗派的确立及影响力的扩大做出了极其重要的贡献。随着孟郊的离世，韩愈被贬潮州，韩孟诗派渐转入后期发展，张籍与元白等人的唱和与人事过往开始频繁。而且，"古淡平易"与元白"坦易"的诗风相接近，故被元白引为同道也非常自然。张籍之乐府早在贞元中即大量创作，故可看作元白的先导。其乐府逐渐影响元白，白居易的《读张籍古乐府》中确有体现，但是张籍乐府的特点更接近孟郊，"兴之意"颇多，并反映了韩孟诗派的"古道"，与元白所倡新乐府可谓"殊途"。而与元白交往的过程中，张籍诗风趋向平易的本色，可谓"同致"。当然，

---

① 朱东润：《梅尧臣编年校注》卷25，上海古籍出版社1980年版。
② （宋）刘克庄：《后村先生大全集》卷111，四部丛刊初编本。

张籍也受到了元白诗派,尤其是白居易的影响,比如元白诗派推崇杜甫甚于李白的诗学思想。当韩愈得知张籍有此诗学思想时,便作诗《调张籍》进行调和,也只有把张籍作为韩孟诗派成员,韩愈才会直言相劝。然而"学诗为众体"的创作方式依然是张籍的创作主体。所以,张籍的诗派归属不能绝对化,这两派门墙森严,但是两个诗派在发展过程中有先后变化之分。韩孟诗派形成发展在前,而元白诗派在后,与元白诗派接触时,韩孟诗派的态势已近尾声,这无疑符合张籍人事过往的发展与其诗歌创作的特点。同时,张籍在两个诗派中历时性的发展,体现了其在两大诗派中所起的桥梁作用,并对两大诗派的产生和发展做出了重要的贡献。

张籍(约766—830)、韩愈(768—824),两人生活年代基本相同,白居易(772—846)比张韩晚出生几年,韩愈于长庆四年去世,张籍死于大和四年,白居易则直到武宗会昌六年才去世,三人共同生活在贞元、元和、长庆年间。

一　张籍与韩愈之间的交往

对于张籍与韩愈二人一生的交游,张籍《祭退之》一诗对他们的相识、相交过程有深情的追忆、明确的记载:

籍在江湖间,独以道自将。学诗为众体,久乃溢笈囊。
略无相知人,黯如雾中行。北游偶逢公,盛语相称明。
名因天下闻,传者入歌声。公领试士司,首荐到上京。
一来遂登科,不见苦贡场。观我性朴直,乃言及平生。
由兹类朋党,骨肉无以当。坐令其子拜,常呼幼时名。
追招不隔日,继践公之堂。出则连辔驰,寝则对榻床。
搜穷古今书,事事相酌量。有花必同寻,有月必同望。

> 为文先见草，酿熟偕共觞。新果及异鲜，无不相待尝。
> 到今三十年，曾不少异更。公文为时师，我亦有微声。
> 而后之学者，或号为韩张。

从这首诗中我们可以得知：其一，张籍在与韩、孟诗酒唱和及切磋诗艺之前，已是"学诗为众体"，有了自己的创作面貌，但尚未知名，后因韩愈称赏，才"名因天下闻"；其二，韩愈举荐张籍参加科考并及第；其三，韩张在生活、文学创作中相处甚密，"事事相酌量""为文先见草"，相互间定然有影响。张籍认为在开始阶段自己的诗名从属于韩愈，但后来并称为"韩张"，诗名有所提高。

首先，韩愈与张籍的师生关系、韩愈的荐举之恩和诗文创作上互相吸引和影响，是张韩二人友谊终身牢不可破的纽带。张籍与韩愈的交往首先表现出一种师友关系。德宗贞元十三年（797），经孟郊的介绍，张籍与韩愈相识，便开始了长达二十八年的交游活动，并且终其一生，交情都不曾改变。张籍与韩愈结交之始是韩孟诗风基本形成并准备扩大影响之时，韩愈对张籍的才学、品行极为赞赏，因而留张籍在他的城西馆读书，准备参加考试。贞元十四年（798）秋，汴州举进士，韩愈为考官，试《反舌无声诗》，张籍应试得了第一，被推荐参加全国的进士考试。韩愈有《此日足可惜一首赠张籍》曰："我友二三子，宦游在西京。东野窥禹穴，李翱观涛江……子又舍我去，我怀焉所穷？"称孟郊、李翱、张籍为友。此诗作于张籍中汴州试的第二年，他赴京应礼部进士试之时。贞元十五年（799）春二月，张籍在长安中了进士，开始了到处谋官的生涯。由此可见，张籍在科举考试上，得到了韩愈的帮助与鼓励。张籍对此深为感激，登第后，在返乡途中，经过徐州，特地去探望已由汴州转调为徐州节度推官的韩愈。韩愈留张籍在家住了一个月。

其次，韩愈与张籍的友谊，从韩愈对张籍仕宦生涯的帮助中也可以看到。《旧唐书·韩愈传》载:"小时与洛阳人孟郊,本郡人张籍友善。二人名位未振,愈不避寒暑,称荐于公卿间。而籍终成科第,荣于禄位。后虽通贵,每退公之隙,则相与谈论文赋诗,如平昔焉。"元和元年(806),张籍任太常太祝,一任十年。元和十一年(816),在韩愈的推荐下,张籍改任国子助教。长庆元年(821),韩愈任国子祭酒之时,又举荐张籍,有《举荐张籍状》:"登仕郎守秘书省校书郎张籍,学有师法,文多古风。"张籍在《祭退之》中也说到此事:"我信麟台中,公为大司成。念此微末秩,不能力自扬。特状为博士,始获升朝行。"

再次,张籍与韩愈的交往更多的是文学上的吸引与影响,韩愈和张籍二人的友谊也基于文学上的交流与影响。从相识到韩愈去世的每一年,他们几乎都有交往,都有诗歌唱和。如,元和十一年(816),韩愈有《调张籍》《晚寄张十八助教郎博士》《题张十八所居》《奉酬卢给事云天四兄曲江荷花行见寄并呈上钱七兄阁老张十八助教》。元和十五年(820),韩愈有《贺张十八秘书得裴司空马》。长庆元年(821),韩愈有《咏雪寄张籍》《举荐张籍状》《雨中寄张博士籍候主簿喜》。长庆二年(822),韩愈有《早春与张十八博士籍游杨尚书林亭寄第三阁老兼呈白冯二阁老》《同水部张员外籍曲江春游寄白二十二舍人》《早春呈水部张十八员外二首》《贺水部张员外宣政衙赐百官樱桃诗》《早春与张十八博士籍游杨尚书林亭寄第三阁老兼呈白冯二阁老》《同水部张员外籍曲江春游寄白二十二舍人》。长庆四年(824),又有《玩月喜张十八员外以王六秘书至》《与张十八同效阮步兵一日复一夕》。直到韩愈去世前的最后时刻,张籍作为他最好的朋友也来探望,二人诗歌唱酬直到最后一刻。

张韩二人常常在一起谈论诗文。二人在古文创作、诗歌创作上持有不同意见,先后有往来书信四封,张书主要是建议韩愈著书以攘佛老,并对其"多尚驳杂无实之说"及喜"为博塞之戏"一类"远于理"的嗜好进行了批评。韩愈作了《答张籍书》《重答张籍书》,就张籍指出的问题作了回答。这一辩论为时人亦为后人所乐道,更常常被作为考察唐人小说观念的重要资料所引用。例如,韩愈之所以写《张中丞传后叙》,就是因为张籍那里"阅家中旧书,得李翰所为《张巡传》",以及听张籍叙述他从于嵩那里听到的有关张巡、许远等人的故事,才触发了写作的动机。再有,韩愈借子侄阿买和张籍、孟郊探望张署,作《醉赠张秘书》:

> 人皆劝我酒,我若耳不闻。今日到君家,呼酒持劝君。
> 为此座上客,及余各能文。君诗多态度,蔼蔼春空云。
> 东野动惊俗,天葩吐奇芬。张籍学古淡,轩鹤避鸡群。
> 阿买不识字,颇知书八分。诗成使之写,亦足张吾军。
> 所以欲得酒,为文侯其醺。酒味既冷冽,酒气又氛氲。
> 性情渐浩浩,谐笑方云云。此诚得酒意,余外徒缤纷。
> 长安众富儿,盘馔罗膻荤。不解文字饮,惟能醉红裙。
> 虽得一饷乐,有如聚飞蚊。今我及数子,固无犹与薰。
> 险语破鬼胆,高词媲皇坟。至宝不雕琢,神功谢锄耘。
> 方今向太平,元凯承华勋。吾徒幸无事,庶以穷朝曛。

饮酒论诗,谈政讥俗。几个朋友一边喝酒,一边吟诗,诗成之后,写成条幅,悬挂起来,品评欣赏,何等惬意!比起长安城里的那些富人们,蚊聚蝇鸣,酒足饭饱之余,只知道在花红柳绿间寻找乐趣,不是要高雅得多了吗?在这里,韩愈不仅一一道出了张署、孟郊、张籍等人诗作的风格特点,而且提出了一个诗歌创作的原则:"险语破鬼胆,高词媲皇坟。至宝不雕琢,神功谢锄耘。"对于险怪诗风和平淡诗风同提并重,对于他门下数子诗风的多样化颇为自得。

最能表现张籍与韩愈在文学创作中切磋砥砺情景的，是韩愈写于元和十一年（816）的《调张籍》：

> 李杜文章在，光焰万丈长。不知群儿愚，那用故谤伤。
> 蚍蜉撼大树，可笑不自量。……
> 我愿生两翅，捕逐出八荒。精诚忽交通，百怪入我肠。
> 刺手拔鲸牙，举瓢酌天浆。腾身跨汗漫，不著织女襄。
> 顾语地上友，经营无太忙。乞君飞霞佩，与我高颉颃。

这是一首借朋友之间的唱和表现自己的诗歌理论的诗作，高度赞扬了李白、杜甫的文学成就，直接斥责谤伤李杜的人是愚蠢的"群儿"，如同"蚍蜉撼大树"，除了令人可笑的不自量力以外，对于光芒万丈的李杜光辉来说，是不会有损于毫毛的。他认为一旦掌握了李杜的创作思想，就会产生出许多奇思妙想，创作出许多惊世骇俗的作品。因此，不仅他自己愿意生出两翅，出天入地地追寻李杜，而且希望自己的朋友张籍不要一味"意匠惨淡经营中"，要向李杜学习。

由于张韩二人诗风迥异，张籍喜通俗明快的乐府诗。所以有人认为张籍诗歌创作受元白影响较大，诗风接近元白的创作风格，应属于元白诗派，而将他划出韩孟诗派之外。实际上，张籍在创作上也受到韩愈的影响，早期诗作有韩孟诗风。比如，韩愈、孟郊、张籍、张彻四人创作的《会合联句》，张籍与之联句诗风与其他三人无异。方世举说："此诗四人所作，二张固韩门子弟，鲜有败句，亦奇观书。"朱彝尊也说："此仍是各一联或数联，下语多新，句句醒眼，道昔离今合，昔谪今还，意宏肆，词奇峭，虽略嫌生硬，然联句正以此角采，正是合作。"可见，张籍与韩派诸人融合无间。

虽然张籍的后期诗风与元白派诗风相近，但不能由此否定他前期诗作倾向韩孟的个性。

韩愈曾称赞张籍的诗"古淡"，对张的古朴平淡诗风表示赞扬。而韩愈自己的诗风也并非一成不变的险怪，也有平淡之作。前文我们已经谈到韩愈在《醉赠张秘书》中说："今我及数子，固无莸与薰。险语破鬼胆，高词媲皇坟。至宝不雕琢，神功谢锄耘。"可以看出韩愈对险怪诗风和平淡自然的诗风同提并重，对他门下数子诗风多样化颇为自得。清代赵翼也持此论调，说："若专以奇险求昌黎，则失之矣。"钱仲联有言："韩诗的艺术风格，还有平易清新，天然去雕饰的一面。"张籍诗中的平淡诗风也影响到韩愈，甚至元白诗派的作风也影响到韩愈的诗歌创作。特别是在元和十年（815）以后，由于韩愈一方面受元白诗风的影响；另一方面因为自己的仕途越来越顺利，早年耿介多气的个性渐渐消失，开始热衷于仕途政治，在诗歌创作上也有更多平淡之作。而联系韩孟诗派与元白诗派的中间人物就是张籍。

二 张籍与白居易之间的交往

张籍与白居易的交往比与韩愈的交往则要晚得多。张籍与白居易定交，可以追溯到元和初张籍调补太常寺太祝之时。当时白居易是左拾遗、翰林学士，并且正在创作新乐府，官品虽不高，地位却十分清要，而张籍却是太常寺太祝，一直屈居下僚，病体缠身、郁郁寡欢。张籍曾多次想造访白居易，他写了一首《寄白学士》诗："自掌天书见客稀，纵因休沐锁双扉。几回扶病欲相访，知向禁中归未归。"张籍在诗中表明了白居易的地位，以及急于求见的心情。白居易对此深表同情，他立即向张籍发出了热情的邀请："怜君马瘦衣裘薄，许到江东访鄙夫。今日正闲天又暖，可能扶病暂来无?"（《答张籍因以代书》）白居易表现出十分谦逊好客，流露出异常真挚的友情。此时张籍非常苦闷，还写了一首《病中寄白学士拾遗》表达同样的心情："自寓城阙下，识君弟事焉。君位天子识，我方沉病缠。无因会同语，悄悄中怀煎。"白居易也有《酬张太祝晚秋卧病见寄》诗，对张籍的诗才表示高度的赞扬，对于两人不能时常相见表示十分遗憾，其中有两句道："高才淹礼寺，短羽翔禁林。……君病不来访，我忙难往寻。差池终日别，寥落经年心。……"这几首诗应是现存张籍、白居易唱和诗中最早的。自定交后，二人友情甚笃，时有唱和，直到张籍去世前不久，白居易以太子宾客分司东都，张籍作《送白宾客分司东都》为之送行，诗中有句云："老人也拟休官去，便是君家池上人。"张因比白年长，所以自称"老人"。这可能是他们二人酬唱诗的"绝笔"，大概过了不久，张籍就去世了。纵观二人交往，前后近三十年，可谓事历数朝，"交情不替"。

　　张籍与白居易定交之时，韩孟诗派的基本成员已经齐备，风格已经形成，诗派的活动也已开展得丰富多彩，形成了很大的声势。而白居易到贞元十六年（800）才登进士第，十九年（803）书判拔萃科又登第，才奠定了他在官场的地位。元白早期讽喻诗的创作，从这一年白居易做左拾遗才刚刚开始尝试，元白的共同创作风格则还没有形成。所以，张籍与白居易的交往对于新乐府诗歌运动的形成有很大作用。此时张籍诗风中的平淡风格开始凸显，在文学创作上向元白靠近。张籍、白居易二人交往中最有意义的，是从元和初到元和十年（815），白氏贬江州司马之前这十年左右的时间。他们的许多有价值的乐府诗和讽喻诗创作于这十年间，著名的新乐府运动也正兴起于这十年，这与他们二人在这期间的相互影响和促进，肯定有极大的关系。这十年，是白居易在政治上颇为得意，文学上取得辉煌成就的十年；而张籍虽官卑职冷、僻处街隅、贫病交加，却也是他创作上丰收的十年。尽管两位诗友的境遇穷达不同，但交往十分密切，或你寻我访,或相约出游,或对床夜话。可以想见,这两位思想倾向和诗风相近的诗人频繁接触,相互切磋,无疑会给他们的创作带来有益的影响。元和九年(814),白居易结束了在渭上的丁忧生活,召授太子左赞善大夫,入朝后曾作《重到城七绝句》,其中一首"张十八"就是为张籍所作的:"谏垣几见迁遗补,宪府频闻殿转监。独有咏诗张太祝,十年不改旧官衔。"为张籍的仕途失意鸣不平。白居易还在《酬张十八访宿见赠》诗中分析了张籍不走运的原因:"况君秉高义,富贵视如云;五侯三相家,眼冷不见君……"既是深入的分析,也是热情的赞誉,更是纯正的友谊。其时,白居易读了张籍的许多乐府诗后,写了非常有名的《读张籍古乐府》,高度赞扬了张籍古乐府的成就和社会作用。同时,白居易大量创作的新乐府诗,讽喻现实,力求干预政治。但是,这些乐府诗及白居易和元稹在政治上的锋芒毕露导致了官场对他们的排斥,使他在元和十年(815)被贬江州司马,受到了很大的打击。这时他又特别怀念起张籍来:"……同病者张生,贫僻住延康。慵中每相忆,此意未能忘……"这时他们不像以前地位差异较大,而是"同病者"了。

遭贬后的白居易思想开始变化,独善其身,政治热情大大减退,创作了大量的闲适诗。长庆年间虽然回到京城,但他已经不再热心政治。张籍、白居易交往的第二个重要时期是从元和十五年(820)到张籍去世。此时,张籍与白居易的交往诗作不再是乐府诗的内容,而更多的是应酬、闲适的内容,写日常生活,交游往来,凡俗琐事。宝历二年(826),张籍寄诗给白居易《寄苏州白二十二使君》。大和二年(828),白居易有《雨中招张司业》:"泥泞非游日,阴沉好睡天。能来同宿否?听雨对床眠。"诗句是那么的通俗浅近,而情意却是那么的真挚感人。可见,张籍、白居易晚年已经到了形影不离的地步。

在诗作上，虽然张籍与白居易靠近了，但他始终保持着与韩愈的亲密关系，并且通过与韩、白两派的交往，影响着两派创作风格的变迁。例如，韩愈的创作，在元和十年（815）左右曾发生过变化。这种变化，一是受到元稹、白居易、张籍风格的影响；二是因自己仕途的节节顺利，他更多留意政治，不太留意文学上的建树。在文学创作上，他激进、狂傲的风格都有所改变。如果说，韩愈早期是以文学上的创作来作为自己立身的基础的话，那么在他仕途顺利之时，建功立业的抱负已经得到满足，他就不需要借助文学作为自己传道的工具，开始把文学作为独立的艺术来看待，其文学创作也就受到了世俗文学，即元白的闲适文学的影响。随着元白地位身世的变化，他们在元和三年（808）到五年（810）所倡导的新乐府运动渐趋尾声，渐渐地走入个人生活，越来越世俗化，用文学寄托生活情趣，在文学创作中充满了个体生活的闲情逸致。又如，元和八年（813），元稹《杜工部墓志铭》有扬杜抑李倾向。元和十年（815）十二月，白居易《与元九书》中说："世称李杜之作才矣，奇矣，人不逮矣，索其风雅比兴，十无一焉。"元和十一年（816），韩愈有《调张籍》，张籍借寄书来表明了自己与李杜并尊的态度。贬江州后，白居易有《读李杜诗集因题卷后》："翰林江左日，员外剑南时。不得高官职，仍逢苦乱离。暮年逢客恨，浮世谪仙悲。吟咏留千古，声名动四夷。问场供秀句，乐府待新词。天意君须会，人间要好诗。"他改变了自己对李白的批评态度，必定是受到韩愈《调张籍》的影响。再如，元和十年（815），诗坛创作有所变化，诗人们都热衷于创作律诗，韩愈也不例外。元和十一年（816），元稹有《见人咏韩舍人新律诗因有戏赠》："喜闻韩古调，兼爱近诗篇。玉磬声声彻，金铃个个圆。高疏明月下，细腻早春前。花态繁于绮，闺情软似绵。轻新便妓唱，凝妙入僧禅。欲得人人伏，能教面面全。延之苦拘检，摩诘好因缘。七字排居敬，千词敌乐天。殷勤贤太祝，好去老通川。莫漫裁章句，须饶紫禁仙。"由此可知，韩愈的这一转变，受到元白的影响应是一个主要原因。还有，大和八年（834），白居易《思旧》曰："闲日一思旧，旧游如目前。再思今何在，零落归下泉。退之服硫黄，一病讫不痊。微之炼秋石，未老身溘然。"对于韩愈、元稹的去世，白居易深感痛惜，其诗歌充满了一种感伤的情调。拿韩愈与其好友元稹相提并论，可见韩愈在他心中的地位。

在唐代，诗人们交游必有唱和，这些诗作为后人研究诗人及其友人的生平、交游、仕宦踪迹等提供了第一手资料。据统计，张籍与韩、白相互唱和的诗作有五十余首。为方便了解张籍与韩愈、白居易之间的唱和情况，列表如下。

张籍酬赠韩愈	《祭韩愈》《祭退之》《酬韩庶子》《酬韩祭酒雨中见寄》《和裴仆射寄韩侍郎》《和裴仆射朝回寄韩吏部》《送韩侍御归山》《同韩侍郎南溪夜赏》，计8首
韩愈酬赠张籍	《此日足可惜》《病中赠张十八》《咏雪赠张籍》《喜侯喜至赠张籍张彻》《调张籍》《玩月喜张十八员外以王六秘书至》《与张十八同效阮步兵一日复一夕》《赠张籍》《晚寄张十八助教周郎博士》《题张十八所居》《雨中寄张博士籍侯主簿喜》《奉酬卢给事云夫四兄〈曲江荷花行〉见寄，并呈上钱七兄阁老、张十八助教》《贺张十八秘书得裴司空马》《和水部张员外宣政衙赐百官樱桃诗》《赠张十八助教》《早春与张十八博士籍游杨尚书林亭，寄第三阁老兼呈白、冯二阁老》《同水部张员外籍曲江春游寄白二十二舍人》《早春呈水部张十八员外》（二首）《与张籍孟郊张彻会合联句》，计19首
张籍酬赠白居易	《病中寄白学士遗》《酬白二十二舍人早春曲江见招》《早朝寄白舍人严郎中》《新除水曹郎答白舍人见贺》《寄白二十二舍人》《答白杭州郡楼登望画图见寄》《酬杭州白使君兼寄浙东元大夫》《寄苏州白二十二使君》《苏州江岸留别乐天》《送白宾客分司东都》《寄白学士》，计11首

续表

| 白居易酬赠张籍 | 《酬张太祝晚秋卧病见寄》《读张籍古乐府》《酬张十八访宿见赠》《寄张十八》《新昌新居书事四十韵因寄元郎中张博士》《曲江独行招张十八》《逢张十八员外籍》《雨中招张司业宿》《和张十八秘书谢裴相公寄马》《喜张十八博士除水部员外郎》《江楼晚眺,景物鲜奇,吟玩成篇,寄水部张籍员外》《张十八员外以新诗二十五首寄,郡楼月下吟玩通夕,因题卷后封寄微之》《答张籍因以代书》《重到城绝句·张十八》《酬韩侍郎张博士雨后游曲江见寄》,计15首 |

三 王建与韩愈、白居易之间的交往

前文已经谈到王建与张籍不仅是同学好友,其艰难的遭际亦与张籍相仿,且比张籍更为坎坷。他一生奔走南北,糊口四方长达三十余年。可能到元和八年(813)得到裴度、田弘正的举荐,才得以走向仕途。王建与白居易、韩愈的交往似乎没有张籍那样密切。

王建得识韩愈,同张籍有关。元和十四年(819)正月,韩愈因上《谏迎佛骨表》予宪宗,由刑部侍郎贬为潮州刺史,王建有《送迁客》诗,诗云"万里潮州一逐臣",韩愈正由刑部侍郎贬为潮州刺史。长庆元年(821)七月,韩愈由国子祭酒转为兵部侍郎,王建又有《寄上韩愈侍郎》诗。长庆四年(824)八月十六,王建偕张籍访韩愈,韩愈因有《玩月喜张十八员外以王六秘书至》诗。

由于王建同张籍是同年又复同学的挚友,生平遭际亦复相似,故作乐府诗风与张籍相类。有了这样的基础,再有张籍作中介,他同元白诗派的接近,应是很自然的事情。白居易似乎曾提携过王建。白居易有《授王建秘书郎制》,制文中说:"诗人之作丽以则,建为文近之矣。故其所著章句,往往在人口中。求之流辈,亦不易得。"可知王

建那些来源民间具有现实性的诗作为白居易所看重。所以白居易的制中还说："敕太府丞王建：太府丞与秘书郎，品秩同而禄廪一，今所转移者，欲职得宜而才适用也。"是制约作于长庆元年（821），时白居易为主客郎中、知制诰或中书舍人，如此方才得拟此制。王建授秘书郎后，白居易有《寄王秘书》诗予王建。大和二年（828），王建出为陕州司马，白居易等友人为其送行，白居易有《送陕州王司马建赴任》诗。大和三年（829）四月，白居易赴太子宾客分司东都任途经陕州，又有《别陕州王司马》诗予王建。

通过上面考察，张籍、王建和中唐两大诗派代表人物韩愈、白居易之间的交往情况，可见当时诗坛虽各立门户，但各派诗人之间交游密切，不同风格、流派的诗人结交为友，互相切磋砥砺。这既显示了唐代诗人博大的胸襟与气度，也促进了唐代诗坛的繁荣与兴盛。我们可以得知张籍、王建二人在韩孟诗派的奇险化和元白诗派的通俗化之间起着桥梁的作用。正如许总先生论述的那样："……张、王既表现为元、白诗风之先导，又与韩孟派关系密切，其诗歌通俗化程度显然不及元、白，在着意将写实、寓意与通俗融合起来的创作实践中，实际上包含着相当程度的经营构炼之功，有些诗篇甚至含蕴隽永，耐人寻味。宋人王安石《题张司业集》评为'看似寻常最崎岖，成如容易却艰辛'，正是对张、王'乐府皆言妙入神'的根本特征的精彩提挈。从其中'寻常'与'崎岖'两种艺术风范的兼具及辩证关系看，似又一定程度地体现出介乎韩孟诗派的奇险化与元白诗派的通俗化之间的过渡与兼容状态。"[①]

[①] 许总：《论张王乐府与唐中期诗学思潮转向》，《华侨大学学报》2004 年第 2 期，第 93—99 页。

第二节　张籍、王建的贡献及影响

一　"同变时流"——开尚实、尚俗诗风之先

辛文房《唐才子传·王建》条云："建，字仲初，颍川人。……与张籍契厚，唱答尤多。工为乐府歌行，格思幽远。二公之体。同变时流。"张籍、王建为何可以"变流"？白居易讲，"诗到元和体变新"，然而任何时代的文学都是以既定的文学传统为出发点，在继承文学传统的基础上发展起来的，元和新变就必然是以大历为发点。在这由传统到新变的过程中，张籍、王建的意义何在？他们又为何能起到这样的作用呢？这些都可以从文学接受的角度进行审视，其实就是张籍、王建乐府诗在当时的群体接受问题。文学接受作为一种社会文化现象，同社会文化整体之间存在两方面的关系。个体、群体文学受到同时代文化整体的制约，同时又充实、丰富、发展乃至改变着整体文化的传统。那么，元和时期文化整体与张籍、王建的诗歌之间的关系究竟如何？

张籍、王建于贞元中期开始活跃于诗坛，辛文房所谓"时流"，概指大历之风。明代胡应麟在《诗薮》中以"气骨顿衰"四个字评价大历诗，从此成为古今定论。如果说这四个字过于简单和抽象了，那么蒋寅先生在《大历诗风》中对此种"时流"的诠释就十分清楚透彻。蒋寅先生说："到此刻，交汇成盛唐之音的观念、气魄、情调全都黯淡了、褪色了、低沉了，为一种疲倦、衰顿、苍老而又冷淡的风貌所取代。"这是很有道理的。安史之乱后，藩镇分裂割据的局面已

经显露，经历长治久安的唐代突然面临这样的分裂局面，使整个社会由上而下出现紊乱，统治者对削藩举棋不定，朝纲不济，战乱频仍，人民生活困顿。大历诗人们对国家的中兴丧失信心，诗人这种主体精神的变化，体现在诗歌创作"最显著的标志就是'建安风骨'被遗忘、被丢弃了"。大历诗人不再有盛唐人那种博大的胸襟和历史的眼光，大多数人只能在忧伤与自怜中徘徊，诗人们豪气顿减，参与意识弱化，他们想逃避现实的苦难，因此遁入自我封闭的内心世界，这种内心的自省，使他们能精确地描绘出自己的所见所闻、所感所历，因而陆时雍《诗镜总论》评："中唐诗近收敛，境敛而实，语敛而精。……然其病在雕刻太甚，元气不完，体卑而声气亦降。"概言之，大历之诗在文气上的"风骨顿衰"及其在语言上的"雕刻太甚"并不为后人所称赏，但这并不意味着大历诗歌就无可取之处。大历诗人敏锐的感受使他们善于发现平凡的日常生活中蕴含的诗意，推进了诗歌的写实化，拓展了诗歌的表现内容；大历诗人也常用娴熟的诗歌技巧来写乐府诗，虽然改变了乐府原有的古拙风格，却使其变得精工巧丽。

明人许学夷论中晚唐诗时，突出肯定了中唐诗风的新变，他说："大历以后，五七言古、律之诗，流于萎靡；元和间，韩愈、孟郊、贾岛、李贺、卢仝、刘叉、张籍、王建、白居易、元稹诸公群起而力振之，恶同喜异，其派各出，而中唐古、律之诗至此为大度矣。"可以说"新变"是元和时期诗歌创作的最重要倾向，也是元和体诗歌风格的本质特征。到了元和年间，诗歌的新变主要表现在以下三个方面：第一是干预现实的自觉意识，孟郊提出"章句作雅正"；韩愈重建道统，提出"文以明道"；张籍主张"弃无实之谈"；把干预现实之风推向极致的则是元白诗派。第二是语言的通俗化，张王乐府以"俗言俗事"入诗；白居易自述："自长安抵江西三四千里，凡乡校、佛寺、逆旅行舟之中，往往有题仆诗者；士庶、僧徒、孀妇、处女之口，每每有咏仆诗者。"因此有言：世俗言语，已被乐天道尽。第三是文学功能的情志化，韩孟诗派主张"不平则鸣"，形成了强烈的发自内心情志的创作冲动；白居易在《与元九书》中强调诗的四义，"根情、苗言、华声、实义"，以情为创作的动力与根源。由此可见，元和的"新变"是相对于大历诗风而言的，如果将元和诗风的渊源再往前追溯，则不难发现元和对大历的"新变"实则是对汉魏的"复古"，这恰恰与张籍、王建体的突出特征不谋而合。一种风气、一种传统的形成往往不是单凭几个人就能成就的，而是一代甚至是几代的酝酿和沉淀，也就是说在这种"新变"的过程中，无数的诗人甚至包括普通的受众都参与其中，而张籍、王建的意义就在于他们率先从乐府诗创作上打开了一个"新变"的缺口，辛文房的"同变时流"也是指乐府创作。

张籍、王建诗歌在这一"变流"的过程中最根本的贡献在于对贞元诗人主体精神上的影响，在"风骨顿衰"的主体精神中注入了慷慨之情。罗宗强说："盛唐余韵与战乱写实，这是大历初至贞元中诗人们创作中的两点生机。"正是战乱写实的这点生机开了元和诗人的先导。而战乱写实按其题材倾向主要又可分为两类：一是写战争给人民带来的深刻苦难的；二是写战争及军事行为本身的。张籍、王建在此二类诗歌的创作上较之大历，其所体现的主体精神大为不同。如前文所述，大历诗人在描绘人民苦难时和战争时总是带着迷惘、悲观乃至绝望的心理，而张籍、王建的诗歌却更多地渗透着对残酷现实的控诉和批判；在描写战事时，大历诗人浸透了戍卒的泪水，情调十分低沉，而张籍的诗中却蕴含着对战争胜利、收复边疆的信心和渴望。在张籍、王建的诗歌中，那种曾经在大历时期暗哑的歌喉，似乎又开始高昂，蓬勃的激情复现，虽然没有盛唐诗人恃才傲物的狂态，但终于在大历的"风骨顿衰"中打开了一点慷慨激昂的局面。张籍、王建在战乱写实诗歌中展现的"慨慷"之音，其实是喊出了人们压抑已久的心声，当时的文人们在阅读张籍、王建诗歌时，从中找到了深藏在悲观绝望背后的热情。这种风气的变化，除了张、王二人自身在诗歌创作上的主观努力外，社会文化环境的变化也是十分重要的因素。贞元时期正是为后来元和中兴奠基的重要时期，这个时期的整体社会局势呈现出乱转治的大趋势，虽然永贞革新失败，但是后来的君王相对开明，从而逐渐形成一种较为宽松的政治气氛，为诗人的参政实践创造了条件。正是在这样的条件下，形成了以复兴、进取为硬核的社会文化精神，并使诗人们的进取意向、批判精神和社会责任感益发激切。这种社会局势的转变，为张、王二人诗歌所体现出来的精神成了中唐诗人广泛接受的重要外部条件。

而这种精神体现在他们的作品中，则是他们二人有意识地将纪实与俗化作为一种自觉的审美追求。罗宗强先生指出："当白居易还没有形成自己的风格，还没有像他后来那样追求尚实、尚俗、务尽的诗风的时候，王建和张籍已经先走一步了，一直到贞元末年，白居易的诗作中都还反映出摇摆不定的多种创造倾向……而在此期间，张籍、王建的尚实、尚俗的诗风已渐露端倪了。"[①] 胡震亨《唐音癸签》卷7引高棅语云："大历以还，乐府不作，独张籍、王建二家体制相近，稍复古意，或旧曲新声，或新题古义，词旨通畅，悲欢穷泰，慨然有古歌谣之遗，亦唐世流风之变，而不失其正者。"[②] 可见其本于"古意"，而出于"通畅"，在精神上作为"古歌谣之遗"，在体制上则是"唐世流风之变"，正是元和时代文学革新体用关系的典型体现，而其

---

① 罗宗强：《隋唐五代文学思想史》，中华书局1999年版，第241—242页。
② （明）胡震亨：《唐音癸签》卷7，上海古籍出版社1981年版，第66页。

以"俗言俗事入诗",旨在"略去葩藻,求取情实",也正体现了这种通俗化表现中的实用性精神内核。

通观张、王诗歌的总体,这种倾向其实并未仅仅局限于乐府诗中,而是贯穿于整个创作生涯的普遍现象。或许是从通俗化探索出发,诗人才写了那么多乐府诗,他们的乐府诗除语言的通俗之外,又加上有所寄托,体现了王建所说的"大雅"之意。王建在《送张籍归江东》中,他说:"君诗发大雅,正气回我肠。"在《寄李益少监兼送张实游幽州》中也提道:"大雅废已久,人伦失其常。天若不生君,谁复为文纲?"看来在追求通俗化的倾向时,王建是提倡有所托讽的。而且在其乐府诗创作中,实践了这一思想。张籍在赠他的诗中,说他"赋来诗句无闲语",大概也是这个意思。他的主张与实践,都在白居易之前。张籍是与王建同时向通俗化方向探索的同道者。从其作品的创作倾向看,张籍的诗中不仅乐府尚实、尚俗,而且他的律诗和绝句也都明显有这种追求的特色。如《昆仑儿》"金环欲落曾穿耳,螺髻长卷不裹头。自爱肌肤黑如漆,行时办脱木绵裘",写马来妇人奇异装束;《赠贾岛》"拄杖傍田寻野菜,封书乞米趁时炊",写贾岛的落寞生活;《赠任道人》"长安多病无生计,药铺医人乱索钱",写庸医乘人之危勒索钱财。

张籍虽没有留下明确的表现其文学理论主张的材料,但从其给韩愈的两封信中,我们可以找到他尚实思想的证据。在《上韩昌黎书》和《再上韩昌黎书》中,他反对韩愈的"多尚驳杂无实之说",他说:"君子发言举足,不远于理,未尝闻以驳杂无实之说为戏也。"[①] 他反对韩愈以驳杂无实之说为戏,不知具体所指,起码可以说明,在尚实与否这一点上,他多少与韩愈的主要诗歌思想有些差别。而这片言只

---

① 中华书局上海编辑所:《张籍诗集》,中华书局1959年版,第109页。

语，用来与他的诗歌创作倾向相印证，则正好说明他的诗歌创作中对于"实"与"俗"的追求，是有思想基础的、自觉的。

二 沿流而下——张籍对晚唐五代诗人的影响

张籍的近体诗也对中晚唐的近体诗创作产生了很大的影响。中晚唐诗人对张籍诗歌的接受是近体诗风格流变中的一个重要环节。到了晚唐时代，诗歌分为两派，一派学张籍，另一派学贾岛。明代杨慎在《升庵诗话》中，对此事作了详细的叙述："晚唐之诗分为二派，另一派学张籍，则朱庆余、陈标、任蕃、章孝标、司空图、项斯其人也；一派学贾岛，则李洞、姚合、方干、喻凫、周贺、'九僧'其人也。其间虽多，不越此二派，学乎其中，日趋于下。"① 并且说："二派见张洎项斯诗，非余之臆说也。"刘克庄《后村诗话后集》卷2引张洎《项斯诗集序》曰："元和中，张水部为律格诗，工于匠物，字清意远，不涉旧体，天下莫能窥其奥。唯朱庆余一人，亲授其旨。沿流而下，则有任蕃、陈标、章孝标、胜倪、司空图，咸及门焉。"可见，当时学张籍的有朱庆余等六人。

（一）朱庆余

关于朱庆余与张籍，有一则美谈广为人知，据范摅《云溪友议》卷12载："朱庆余校书既遇水部郎中张籍知音，遍索庆余新制篇什数通，吟改后，只留二十六章，水部置于怀抱而推赞之。清列以张公重名，无不缮录讽咏，遂登科第。朱君尚为谦退，作《闺意》一篇以献张公，公明其进退，亦和焉。诗曰：'洞房昨夜停红烛，待晓堂前拜舅姑。妆罢低声问夫婿，画眉深浅入时无。'张籍郎中酬

---

① 丁福保：《历代诗话续编》中册，中华书局2006年版，第851页。

曰:'越女新妆出镜心,自知明艳更沉吟。齐执未足人间贵,一曲菱歌抵万金。'朱公才学,因张公一诗,名流海内矣。"朱庆余在诗作中,以即将拜见公婆的女子自喻,陈述了自己内心的忐忑,并道出了一番试探性的表白。张籍也借用这一构思,对朱的才华极尽赞美。一段文坛和科场上以文会友的佳话也由之流传了一千多年。《唐才子传》中亦云:"(朱庆余)得张水部诗旨,气平意绝,社中哲匠也,有名当时。"

朱庆余与张籍有诗酬赠,张籍《送朱庆余及第归越》:

东南归路远,几日到乡中。有寺山皆遍,无家水不通。
湖声莲叶雨,野气稻花风。州县知名久,争邀与客同。

朱庆余《贺张水部员外拜命》:

省中官最美,无似水曹郎。前代佳名逊,当时重姓张。
白须吟丽句,红叶吐朝阳。徒有归山意,君恩未可忘。

《上张水部》:

出入门阑久,儿童亦有情。不忘将姓字,长说向公卿。
每许连床坐,时容并马行。恩深转无语,怀抱自分明。

从张籍送朱庆余的诗中可看出张籍对朱庆余的赏识,而朱庆余写给张籍的诗中则充满了对张籍的敬仰及对其知遇之恩的感激。但朱庆余只是律诗类似张籍的平易清雅,诗歌中没有张籍乐府诗反映民生疾苦之作。

(二) 项斯

项斯,字子迁。据《唐才子传》:"开成之际,声价藉甚,特为张水部所知赏,故其诗格颇与水部相类,清妙奇绝。郑少师薰赠诗云:

'项斯逢水部,谁道不关情。'"① 项斯曾以诗卷谒江西杨敬之,杨敬之极为欣赏,赠其诗云:"几度见诗诗总好,及观标格过于诗。平生不解藏人善,到处逢人说项斯。"项斯对张籍是很尊敬的,张洎在《项斯诗集序》中说:"宝历、开成之际,君声价籍甚。时特为张水部之所知赏,故其诗格,颇与水部相类,词清妙而句美丽奇艳,盖得于意表,迨非常情所及。故郑少师薰云:'项斯逢水部,谁道不关情。'"项斯与张籍有诗酬赠,张籍《赠项斯》诗云:"近日吟诗坐忍饥,万人中觅似君稀。门连野水风长到,驴放秋原夜不归。日暖剩收新落叶,天寒更著旧生衣。曲江亭上频频见,为爱鹓鹚雨里飞。"项斯《留别张水部籍》诗云:"省中重拜别,兼领寄人书。已念此行远,不应相问疏。子城西并宅,御水北同渠。要取春前到,乘闲候起居。"② 看几首项斯的诗。

如《咸阳别李处士》:

古道自迢迢,咸阳离别桥。越人闻水处,秦树带霜朝。

驻马言难尽,分程望易遥。秋来未相见,此意转萧条。③

这首写送别的诗,明白如话,清新自然。

《苍梧云气》:

何年化作愁,漠漠便难收。数点山能远,平铺水不流。

湿连湘竹莫,浓盖舜坟秋。亦有思归客,看来尽白头。④

苍梧是舜病逝之处,也是舜之二妃泪洒斑竹之处。这首诗写的是苍梧的云气,诗首先质问云气何年带有愁思,便不再消散。然后便写

---

① 傅璇琮主编:《唐才子传校笺》第三册,中华书局1990年版,第190页。
② 《全唐诗》卷544,中华书局1999年版,第6467页。
③ 同上书,第6471页。
④ 同上书,第6466页。

云气中的愁思之重,云气笼罩了山峰,几处山峰便显得悠远,云气平铺在江水上,江水便似凝固一般不再流动。在傍晚它打湿了湘竹,在秋日它浓浓地掩盖了舜帝之坟。也有思归的游子,看到这云气,增重愁思,因之头白。此诗语言清雅,类似张籍五律。

又如其《山中作》:

> 青杨林疏亦有人,一渠流水数家分。
> 山当日午移峰影,草带泥痕过鹿群。
> 蒸茗气冲茅屋出,缲丝声隔竹篱闻。
> 行逢卖药归来客,不惜相随入白云。①

这首诗写山中景色,颇见观察之细致,带有闲云野趣。山中林疏之处住有几户人家,他们沿着溪水结屋。中午的时候,太阳将山影移到另一侧,鹿群经过,草地上便留下泥痕。蒸茶的热气从茅屋中冲出,缲丝声从竹篱的那边传来,充满了浓郁的生活气息。路上碰到卖药归来的山里人,诗人宁愿跟随他居住在白云深处。这首诗写出了住在山中的清幽闲适,语言也清雅。项斯诗歌多是这种风格,再如:《远水》:

> 渺渺浸天色,一边生晚凉。阔含萍势远,寒入雁愁长。
> 北极连平地,南流接故乡。扁舟当宿处,仿佛似潇湘。②

《泛溪》:

> 溪船泛数里,便觉少炎晖。动水花连影,逢人鸟背飞。
> 深犹见白石,凉好换生衣。未得多诗句,终须隔宿归。③

---

① 《全唐诗》卷544,中华书局1999年版,第6469页。
② 同上。
③ 同上书,第6470页。

《宿山寺》：

> 栗叶重重覆翠微，黄昏溪上语人稀。
> 月明古寺客初到，风度闲门僧未归。
> 山果经霜多自落，水萤穿竹不停飞。
> 中宵能得几时睡，又被钟声催著衣。①

可以看出项斯的诗主要是以清雅的语言写清幽闲适之趣。

（三）任蕃、刘得仁

任蕃，也是"家贫吟苦"，未第而归。据《唐才子传》载，任蕃："去游天台巾子峰，题寺壁间云：'绝顶新秋生夜凉，鹤翻松露滴衣裳。前风月照一江水，僧在翠微开竹房。'既去百余里，欲回改作'半江水'，行到题处，他人已改矣。"② 离开百余里，还返回欲改诗，可见其对作诗的认真，亦可见出其平日作诗是很注意锤炼字句的。《唐才子传》还载其："凡作必使人改视易听，如《洛阳道》云'憧憧洛阳道，尘下生春草。行者岂无家，无人在家老。鸡鸣前结束，争去恐不早。百年路傍尽，白日车中晓。求富江海狭，取贵山岳小。二端立在途，奔走何由了。'想蕃风度，此不足举其梗概。"③ 可见其作诗也追求通俗平易。刘克庄《后村诗话》卷1云："唐任蕃诗存者五言十首而已，然多佳句。'众鸟已归树，旅人犹过山。'《赠僧》云'半顶发根白，一生心地清'。居然可爱，今人动为千首而无可传者。"④

如其《惜花》：

---

① 《全唐诗》卷544，中华书局1999年版，第6477页。
② 傅璇琮主编：《唐才子传校笺》第三册，中华书局1990年版，第348页。
③ 同上。
④ （宋）刘克庄：《后村诗话》卷1，中华书局1983年版，第16页。

无语与花别，总怜枝上红。明年又相见，还恐是愁中。①

《葛仙井》：

古井碧沉沉，分明见百寻。味甘传邑内，脉冷应山心。
圆入月轮净，直涵峰影深。自从仙去后，汲引到如今。②

诗写得浅易自然。

刘得仁，《唐摭言》卷1《海叙不遇》条云："刘得仁，贵主之子，自开成至大中三朝，昆弟皆历贵仕，而得仁苦于诗，出入举场三十年，竟无所成。尝自述曰：'外家虽是帝，当路且无亲。'"刘得仁本可以凭借其公主之子身份跻身仕途，但他宁愿凭借诗文走科举之路，却困于科场二十年，后隐居。刘得仁卒后，僧栖白吊之曰："思苦为诗身到此，冰魂雪魄已难招。直教桂子落坟上，生得一枝冤始销。"《唐才子传校笺》称其诗："五言清莹，独步文场。"③

刘得仁亦苦吟，其诗中也多处提到，如：

到晓改诗句，四邻嫌苦吟。　　（《夏日即事》)④
吟兴忘饥冻，生涯任有无。（《夜携酒访崔正字》)⑤
吟身坐霜石，眠鸟握风枝。　　（《冬日喜同志宿》)⑥
静吟倾药酒，高论出名场。　　（《宿韦律山居》)⑦
莫话春闱事，清宵且醉吟。　　（《秋夜喜友人宿》)⑧

---

① 《全唐诗》卷727，中华书局1999年版，第8413页。
② 同上。
③ 傅璇琮主编：《唐才子传校笺》第三册，中华书局1990年版，第184页。
④ 《全唐诗》卷554，中华书局1999年版，第6338页。
⑤ 同上书，第6337页。
⑥ 同上书，第6346页。
⑦ 同上书，第6337页。
⑧ 同上。

>事事不求奢，长吟省叹嗟。　　　　（《池上宿》）①

刘得仁也确实是一个以作诗为业的诗人，他诗中多对自然界细微的观察，以清新流利的语言描摹自然界的变化，他诗中也多与僧人交往之诗，其诗境也偏于幽寂，这在某种程度上是对贾岛诗的继承。刘得仁可看作语言学习张籍的清雅，而诗境则倾向于贾岛的幽寂。《秋夕即事》云："永夕坐暝久，不闻猿狖啼。漏微砧韵隔，月朗斗星低。危叶无风落，幽禽并树栖。自怜无援者，甘与路岐迷。"② 在秋日的晚上，诗人长夜静坐，更漏之声由于砧声之阻隔，变得细弱。明月皎洁，星斗低垂。高树上的叶子，虽然无风，也飘然而下，两只禽鸟在树上栖息。写出了秋日夜晚特有的景色。而春日的景色又自不相同，《春日雨后作》云："朝来微有雨，天地爽无尘。北阙明如昼，南山碧动人。车舆终日别，草树一城新，枉是吾君戚，何门谒紫宸。"③ 春日的早晨，下着蒙蒙细雨，天地间变得清爽。北阙明亮如昼，终南山被雨洗过，更加青翠动人，不过是一整天没看到，城中的草树也焕然一新，写出了春雨后的景物清新可人。刘得仁还有许多类似的诗，如《答韦先辈春雨后见寄》："风散五更雨，鸟啼三月春。轩窗透初日，砚席绝纤尘。个个峰头出，家家树色新。怜君高且静，有句寄闲人。"④

（四）贾岛、姚合

另外，贾岛与姚合在创作上受到张籍的影响。贾岛在《投张太祝》诗中推崇张籍之诗风骨嶙峋："风骨高更老，向春初阳葩，泠泠

---

① 《全唐诗》卷554，中华书局1999年版，第6338页。
② 同上。
③ 同上书，第6348页。
④ 同上书，第6334页。

月下韵,——落海涯。"姚合则更欣赏其"格高功奇",《赠张籍太祝》云:"绝妙江南曲,凄凉怨女诗,古风无手敌。新语是人知。飞动应由格,功夫过却奇。"

在中国文学史上,历来姚贾并称。辛文房《唐才子传》卷6云:"姚合、贾岛为诗友,作诗皆好苦吟,双皆善五律,齐名,号姚贾。"姚贾与张籍的接近之处,在于平淡自然的境界。方回曾在《瀛奎律髓》中评论三人:"贾浪仙诗幽奥而清新,姚少监诗浅近而清新,张文昌诗平易而清新。"① 但贾岛多打发内心的孤介奇僻之气,"贾岛诗中写蝉虫约45次,苔藓类约22次,叶约39次,钟磬约47次"②。这些细事琐物、寂寞阴冷意象频繁出现,组织成寒瘦幽僻的诗境,传达出他内心深处的孤独凄冷。虽姚贾并称,姚合也自称苦吟,但姚与贾的诗风有很大差别,姚合的诗并不奇僻,更多地表现普遍的人生态度,追求平淡自然之趣,与晚年张籍颇有相投之处。《唐才子传·姚合传》云:"岛难吟,有清冽之风;合易作,皆平淡之气。兴趣俱到,格调稍殊。所谓方拙之奥,至巧存焉。盖多历下邑,官况萧条,山县荒凉,风景凋敝之间,最工模写也。"③

张籍的诗歌对贾岛产生了很大影响。元和年间,贾岛于长安谒见张籍,有诗云:"袖有新成诗,欲见张韩老。青竹未生翼,一步万里道。"(《携新文诣张籍韩愈途中成》)诗中反映出急于请教的心情。元和七年(812),可能是为了便于求教,贾岛为了与张籍邻近,由青龙寺移居到延寿里,有《延康吟》记其事:

寄居延寿里,为与延康邻。不爱延寿里,爱此里中人。

人非十年故,人非九族亲。人有不朽语,得之烟山春。

---

① (元)方回:《瀛奎律髓》,黄山出版社1994年版,第597页。
② 赵荣蔚:《晚唐士风与诗风》,上海古籍出版社2004年版,第14页。
③ 傅璇琮主编:《唐才子传校笺》第三册,中华书局1990年版,第124页。

"里中人"指张籍,《两京城坊考》卷4载"延康坊"为"水部郎中张籍宅"[①]。诗人表现出对张籍深深的敬仰和崇拜之情。非亲非故,只是因为爱其诗而有此心此举,张籍在贾岛心目中的地位可见一斑。张籍也视贾岛为同道,其《与贾岛同游》一诗写道:"水北原南草色新,雪消风暖不生尘。城中车马应无数,解得闲行有几人。"

张籍长于五言律体,写景生动逼真,言情体物留有表现力,注重语言的清新和语句的炼饰等,这成为贾岛五言律诗直接的取法对象。试看贾岛下面的这组诗,《题李凝幽居》:

闲居少邻并,草径入荒园。鸟宿池边树,僧敲月下门。
过桥分野色,移石动云根。暂去还来此,幽期不负言。

《题朱庆余所居》:

天寒吟竟晓,古反瓦生松。寄信船一只,隔乡山万重。
树来沙岸鸟,窗度雪楼钟。每忆江中屿,更看城上峰。

诗人在刻画自然风物的幽深清峭的形象上,表现了优美的技巧。

姚合早年由于官卑职冷,有一些自伤的情绪,其官居的萧瑟孤独,与贾岛的孤清幽僻容易有一些共鸣,因此,早年与贾岛关系最为密切。后随着官职升迁,与白居易、张籍等人的交往增多,很快摆脱了暗淡的心情,真正体味到闲适之趣。由于精神意趣的接近,姚合的五律表现出与白居易、张籍近似的艺术旨趣。他满足于眼前的际遇,时时流露出闲适自处的意趣。如:

万事徒纷扰,难关枕上身。
郎吟销白日,沉醉度青春。　　　　　　(《闲居遣怀》)

---

① 傅璇琮主编:《唐五代文学编年史》,辽海出版社1998年版,第709页。

身外无徭役，开门百事闲。　　　　　（闲居遣怀）

卑官还不恶，行止得逍遥。　　　　　（《游春》）

　　姚合一如后期的张籍，沉浸在生活的闲适之趣中。

　　概而观之，张籍对于中晚唐近体诗的影响主要体现在三个方面。第一，在创作态度上，专意为诗，苦心觅句。元和七年、八年间由于仕途的不利，张籍将自己的注意力投向了吟玩诗歌，以此弥补自己在仕途上的失落、生活中的清苦。张籍前期的乐府诗多是"为民而歌"，而后期的近体诗则有了"专意为诗"的倾向，或者说后期的诗歌创作更体现"文学自觉性"，而不是求仕途中的"副产品"。张籍的"专意为诗"表现在两方面：一是他的诗歌在构思和措辞上下了很深的功夫。张戒《岁寒堂诗话》说："白才多而意切，张思深而语精。"胡震亨《唐音癸签》说他"思难辞易"，王安石题为"看似寻常最奇崛"，这一点我们在前文已有阐述，此不赘言。二是他在诗歌作成以后还要请别人帮忙参考，力求新意。《唐摭言》卷13记载："元和中长安有沙门，（不记名氏）善病人文章，尤能看捉语意相合处。张水部颇恚之。冥搜愈切，因得句曰：'长因送人处，忆得别家时。'径往夸扬，乃曰：'此应不合前辈意也！'僧微笑曰：'此有人道了也。'籍曰：'向有何人？'僧乃吟曰：'见他桃李树，思忆后园春。'籍因抚掌大笑。"其《送萧远弟》："与君别后秋风夜，作得新诗说向谁。"《赠王建》："自君去后交游少，东野亡来箧笥贫。赖有白头王建在，眼前犹见咏诗人。"都说明张籍对诗歌艺术的追求，已经进入一种自觉的状态。就诗歌创作态度而言，晚唐诗人有接受张籍的一面，也有自己的新发展。元和年间，贾岛于长安谒张籍，有《携新文诣张籍韩愈途中成》诗云，"袖有新成诗，欲见张韩老。青竹未生翼，一步万里道"；姚合《酬张籍司业见寄》云，"新诗劳见问，吟对竹林风"，这些诗歌说明了姚合与贾岛对待诗歌创作的态度与张籍一样"专意"。但是这种"专意为诗"的程度及方式到贾岛等晚唐诗人那里发展成了苦吟。晚唐诗人经常在诗中描写自己的苦吟,那种口吻既似"自嘲"又似"自得",如"到晓改诗句,四邻嫌苦吟"、"省学为诗日,宵吟每达晨"、"吟成五字句,用破一生心"、"忽闻清演病,可料苦吟身"。可见,这些晚唐诗人已经将张籍"专意为诗"转化成了"苦心觅句"的"苦吟"之风。

第二,体现在主体精神上则是平和闲懒。元和七年至八年,张籍的人生态度发生了变化,由前期的热情用世转变为后期的平和闲懒。虽然他在诗歌创作上投入更多的热情与精力,但是平和闲懒的主体心性还是从其诗歌创作中,显露出来。这不仅体现在张籍对自身"闲懒"的直言不讳,从其诗歌题材的转变也可见一斑。如前所述,张籍乐府诗歌大部分以反映社会矛盾为题材,但是在后期的创作中这样的题材渐渐淡出,取而代之的更多是记游、回忆、送别、写景、写物,并且在诗歌中已经难以找到乐府诗中的慷慨之音,充满的是闲适、淡然,甚至是迷惘,即便是写同一题材,其主体心境也已大有变化。如,"谁能更使李轻车,收取凉州入汉家"与"征人皆白首,谁见灭胡人",前者充满生机和渴望,而后者却是一种绝望般的反问,两诗相去甚远。正是因为那种坚定的信念已经一去不回,所以张籍也开始喜欢"听夜泉"、"思旧游"。晚唐诗人更喜欢把"贫苦"和"闲懒"挂在嘴边,姚合"瘦马寒来死,羸僮饿得痴"、"阙下科名出,乡中赋籍除",曹松的"风荷摇破扇"。从这些句子看来,晚唐诗人进一步把自己的关注对象从天下收敛到一身,晚唐人无他事业,所以只能围绕身边琐事和吟风弄月的题材打圈子。晚唐人的"贫苦闲懒"比起张籍来有过之而无不及。

第三,则是张籍诗歌平淡清新的美学风貌对晚唐诗人也产生了重要影响。张籍的乐府诗已有定评,哀时托兴,思深语精,清丽深婉,专以道得人心中事为工。他的近体诗又怎样呢？从历代诗话来看，对他的五言诗比较一致的意见是"平淡可爱""天然清新"。所谓"平淡可爱"，是就张籍诗歌俚浅世俗之格调而言，把平民意识注入近体诗，使近体诗走向世俗化。张籍以世俗俚浅入诗，写来还有"非此中人不能道"的味道。如"家贫常畏客，身老转怜儿"、"市客惯曾赊贱药，家童惊见著新衣"、"马从同事借，妻怕罢官贫"。后来人用了一个与"平淡可爱"相类似的词语来评价晚唐近体诗，即"轻浅纤微"，也是指晚唐诗歌的浅显、世俗之风。下面也略举几例来体会晚唐的"轻浅纤微"，"独行潭底影，数息树边身"、"远近高低树，东西南北云"、"相思秋夜后，未答去年书"、"为客衣裳都不稳，和人诗句固难精"与张籍一样善于观察生活中不为人注意的琐碎景物，抓住日常生活中不被重视的零星感受，并以精细的刻画描写见长。方回曾在《瀛奎律髓》中评价三人："贾浪仙诗幽奥而清新，姚少监诗浅近而清新，张文昌诗平易而清新。"的确，清新是张籍、姚合、贾岛三人诗歌中最重要的共同点，即便是后来的晚唐近体诗歌也具有"清新"的风貌。说到"清新"与诗人"贫苦闲懒"的主体精神似乎是有矛盾的，但其实人的心性往往具有多重性，只是在晚唐诗人中"贫苦闲懒"表现得较为突出罢了。晚唐人之所以感到"贫苦闲懒"，是因为他们的内心深处还是活跃着关注现实的分子，只是在无情的现实中他们常常悲观失望，所以贫苦闲懒。

附录一　张籍、王建有关佛、道的作品名录

（一）张籍诗 48 首

《赠避谷者》

《不食姑》

《上国赠日南僧》

《野寺后池寄友》

《律僧》

《答僧拄杖》

《灵都观李道士》

《送闽僧》

《登咸阳寺北楼》

《送僧游五台兼谒李司空》

《题清彻上人院》

《赠箕山僧》

《宿广德寺寄从舅》

《游襄阳山寺》

《赠海东僧》

《经王处士原居》

《不食仙姑山房》

《赠梅处士》

《赠僧道》

《送安法师》

《寄灵一上人初归云门寺》

《送稽亭山寺僧》

《罗道士》

《寄西峰僧》

《禅师》

《题晖师影堂》

《宿天竺寺寄灵隐僧》

《赠华严寺僧》

《赠任道人》

《招周居士》

《送许处士》

《送律师归婺州》

《送睽师》

《送僧往全州》

《寻徐道士》

《法雄寺东楼》

《使行望悟真寺》

《题渭北寺上人》

《闲游二首》其二

《题僧院》

《寺宿斋》

《赠道士》

《玉真观》

《题故僧影堂》

《弱柏院僧影堂》

《虎丘寺》

《送闲师归江南》

《题方睦上人月台观》

（二）王建诗 26 首

《题柏岩禅师影堂》

《题东华观》

《新修道居》

《七泉寺上方》

《温门山》

《饭僧》

《赠洪哲师》

《题法云禅院僧》

《赠溪翁》

《贻小尼师》

《题应圣观》

《游降圣观》

《寻李山人不遇》

《题石翁寺》

《早登西禅寺阁》

《题江寺兼求药子》

《题诜法师院》

《赠王屋道士》

《赠太清卢道士》

《废寺》

《题禅师房》

《新受戒尼师》

《寄旧山僧》

《题柱国寺》

《秋夜对雨寄石携寺二秀才》

《酬柏侍御闻与韦处士同游灵台寺见寄》

附录二　唐人写给张籍、王建二人的赠诗

（一）写给张籍的赠诗

1. 王建

送张籍归江东

清泉浣尘缁，灵药释昏狂。君诗发大雅，正气回我肠。
复令五彩姿，洁白归天常。昔岁同讲道，青襟在师傍。
出处两相因，如彼衣与裳。行行成此归，离我适咸阳。
失意未还家，马蹄尽四方。访余咏新文，不觉道路长。
僮仆怀昔念，亦如还故乡。相亲惜昼夜，寝息不异床。
犹将在远道，忽忽起思量。黄金未为罍，无以挹酒浆。
所念俱贫贱，安得相发扬。回车远归省，旧宅江南厢。
归乡非得意，但贵情义彰。五月天气热，波涛毒于汤。
慎勿多饮酒，药膳愿自强。

酬张十八病中寄诗

本性慵远行，绵绵病自生。见君绸缪思，慰我寂寞情。
风幌夜不掩，秋灯照雨明。彼愁此又忆，一夕两盈盈。

洛中张籍新居

最是城中闲静处,更回门向寺前开。

云山且喜重重见,亲故应须得得来。

借倩学生排药合,留连处士乞松栽。

自君移到无多日,墙上人名满绿苔。

扬州寻张籍不见

别后知君在楚城,扬州寺里觅君名。

西江水阔吴山远,却打船头向北行。

留别张广文

谢恩新入凤凰城,乱定相逢合眼明。

千万求方好将息,杏花寒食的同行。

寄广文张博士

春明门外作卑官,病友经年不得看。

莫道长安近于日,升天却易到城难。

2. 韩愈

此日足可惜赠张籍

此日足可惜,此酒不足尝。舍酒去相语,共分一日光。念昔未知子,孟君自南方。自矜有所得,言子有文章。我名属相府,欲往不得行。思之不可见,百端入中肠。维时月魄死,冬日朝在房。驱驰公事退,闻子适及城。命车载之至,引坐于中堂。开怀听其说,往往副所望。孔丘殁已远,仁义路久荒。纷纷百家起,诡怪相披猖。长老守所闻,后生习为常。少知诚难得,纯粹古已亡。譬彼植园木,有根易为长。留之不遗去,馆置城西旁。岁时未云几,浩浩观湖江。众夫指之笑,谓我知不明。儿童畏雷电,鱼鳖惊夜光。州家举进士,选试缪所当。驰辞对我策,章句何炜煌。相公朝服立,工席歌鹿鸣。礼终乐亦阕,相拜送于庭。之子去须臾,赫赫流盛名。窃喜复窃叹,谅知有所成。人事安可恒?奄忽令我伤。闻子高第日,正从相公丧。哀情逢吉语,惝恍难为双。暮宿偃师西,徒展转在床。夜闻汴州乱,绕壁行彷徨。我时留妻子,仓卒不及将。相见不复期,零落甘所丁。骄儿未绝乳,念之不能忘。忽如在我所,耳若闻啼声。中途安得返,一日不可更。俄有东来说,我家免罹殃。乘船下汴水,东去趋彭城。从丧朝至洛,还走不及停。假道经盟津,出入行涧冈。日西入军门,羸马颠且僵。主人愿少留,延入陈壶觞。卑贱不敢辞,忽忽心如狂。饮食岂知味?丝竹徒轰轰。平明脱身去,决若惊凫翔。黄昏次汜水,欲过无舟航。号呼久乃至,夜济十里黄。中流上滩潬,沙水不可详。惊波暗合沓,星宿争翻芒。辕马蹢躅鸣,左右泣仆童。甲午憩时门,临泉窥斗龙。东南出陈许,陂泽平茫茫。道边草木花,红紫相低昂。百里不逢人,角角雄雉鸣。行行二月暮,乃及徐南疆。下马步堤岸,上船拜吾兄。谁云经艰难,百口无夭殇。仆射南阳公,宅我睢水阳。箧中有余衣,盎中有馀粮。闭门无书史,窗户忽已凉。日念子来游,子岂知我情。别离未为久,辛苦多所经。对食每不饱,共言无倦听。连延三十日,晨坐达五更。我友二三子,宦游在西京。东野窥禹穴,李翱观涛江。萧条千万里,会合安可逢。淮之水舒舒,楚山直丛丛。子又舍我去,我怀焉所穷。男儿不再壮,百岁如风狂。高爵尚可求,无为守一乡。

喜侯喜至赠张籍张彻

昔我在南时,数君常在念。摇摇不可止,讽咏日喁唫。如以膏濯衣,每渍垢逾染。又如心中疾,针石非所砭。常思得游处,至死无倦厌。地遐物奇怪,水镜涵石剑。荒花穷漫乱,幽兽工腾闪。碍目不忍窥,忽忽坐昏垫。逢神多所祝,岂忘灵即验?依依梦归路,历历想行店。今者诚自幸,所怀无一欠。孟生去虽索,侯氏来还歉。欹眠听新诗,星角月艳艳。杂作承间骋,交惊舌互辖。缤纷指瑕疵,拒捍阻城堑。以余经摧挫,固请发干窆。居然妄推让,见谓蓺天焰。此疏语徒妍,悚息不敢占。呼奴具盘餐,罙饾鱼菜赡。人生但如此,朱紫安足僭。

赠张籍

吾老着读书,余事不挂眼。有儿虽甚怜,教示不免简。君来好呼出,踉跄越门限。惧其无所知,见则先愧赧。昨因有缘事,上马插手版。留君住厅食,使立侍盘盏。薄暮归见君,迎我笑而莞。指渠相贺言,此是万金产。吾爱其风骨,粹美无可拣。试将诗义授,如以肉贯弗。开祛露毫末,自得高寒巉。我身蹈丘轲,爵为不早绾。固宜长有人,文章绍编划。感荷君子德,恍若乘朽栈。名令吐所记,解摘了瑟僩。顾窗口壁间,亲戚竞觇瞥。喜气排寒冬,逼耳鸣睍睆。如今更谁恨,便可耕灞浐。

调张籍

李杜文章在,光焰万丈长。不知群儿愚,那用故谤伤?蚍蜉撼大树,可笑不自量。伊我生其后,举颈遥相望。夜梦多见之,昼思反微茫。徒观斧凿痕,不瞩治水航。想当施手时,巨刃磨天扬。垠崖划崩豁,乾坤摆雷硠。惟此两夫子,家居率荒凉。帝欲长吟哦,故遣起且僵。翦翎送笼中,使看百鸟翔。平生千万篇,金薤垂琳琅。仙官敕六丁,雷电下取将。流落人间者,太山一毫芒。我愿生两翅,捕逐出大荒。精神忽交通,百怪入我肠。刺手拔鲸牙,举瓢酌天浆。腾身跨汗漫,不着织女襄。顾语地上友,经营无太忙。乞君飞霞佩,与我高颉颃。

病中赠张十八

中虚得暴下，避冷卧北窗。不蹋晓鼓朝，安眠听逢逢。籍也处闾里，抱能未施邦。文章自娱戏，金石日击撞。龙文百斛鼎，笔力可独扛。谈舌久不掉，非君亮谁双？扶几导之言，曲节初揿摐。半途喜开凿，派别失大江。吾欲盈其气，不令见麾幢。牛羊满田野，解旆束空杠。倾樽与斟酌，四壁堆罌缸。亦帷隔雪风，照炉钉明釭。夜阑纵挥閫，哆口疏眉厖。势侔高阳翁，坐约齐衡降。连日挟所有，形躯顿胮肛。将归乃徐谓，子言得无哤？回车与角逐，斫树收穷庞。雌声吐款要，酒壶缀羊腔。君乃昆仑渠，籍乃岭头泷。譬如蚁垤微，讵可陵崆峨，幸愿终赠之，斩拔枿与桩，从此识归处，东流水淙淙。

晚寄张十八助教周郎博士

日薄风景旷，出归偃前檐。晴云如擘雪，新月似磨镰。
田野兴偶动，衣冠情久厌。吾生可携手，叹息岁将淹。

题张十八所居

君居泥沟上，沟浊萍青青。蛙譁桥未扫，蝉嘒门长扃。
名秩后千品，诗文齐六经。端来问奇字，为我讲声形。

奉酬卢给事云夫四兄曲江江荷花行见寄并呈上钱七兄徼阁老张十八助教

曲江千顷秋波静，平铺红云盖明镜。大明宫中给事归，走马来看立不正。遗我明珠九十六，寒光映骨睡骊目。我今官闲得婆娑，问言何处芙蓉多。撑舟昆明度云锦，脚敲两舷叫吴歌。太白山高三百里，负雪崔嵬插花里。玉山前却不复来，曲江汀滢水平杯。我时相思不觉一回首，天门九扇相当开，上界真人足官府，岂如散仙鞭笞鸾凤终日相追陪。

玩月喜张十八员外以王六秘书至

前夕虽十五，月长未满规。君来晤我时，风露渺无涯。
浮云散白石，天宇开青池。孤质不自惮，中天为君施，
玩玩夜遂久，亭亭曙将披。况当今夕圆，又以嘉客随。
惜无酒食乐，但用歌嘲为。

与张十八同效阮步兵一日复一夕

一日复一日，一朝复一朝。祇见有不知，不见有所超。
食作前日味，事做前日调。不死久不死，悯悯尚谁要？
富贵自縶拘，贫贱亦煎焦。俯仰未得所，一世以解镳。
譬如笼中鹤，六翮无所摇。譬如兔得蹄，安用东西跳？
还看古人书，复举前人瓢。未知所究竟，且作新诗谣。

咏雪赠张籍

只见纵横落，宁知远近来？飘飘还知弄，历乱竟谁催？座暖销那怪，池清失可猜。坳中初盖底，垤处遂成堆。慢有先居后，轻多去却回。度前铺瓦陇，发本积墙隈。穿细时双透，乘危忽半摧。舞深逢坎井，集早值层台。砧练终宜捣，阶纨未暇裁。城寒装睥睨，树冻裹莓苔，片片匀如剪，纷纷碎若挼。定非燖鹄鹭，真是屑琼瑰。纬繣观朝荟，冥茫瞩晚埃。当窗恒凛凛，出户即皑皑。压野荣芝菌，倾都委货财。娥嬉华荡漾，胥怒浪崔嵬。碛回疑浮地，云平想辗雷。随车翻缟带，逐马散银杯。万屋漫汗合，千株照耀开。松篁遭挫抑，粪壤获饶培。隔绝门庭遽，挤排阶级纔。岂堪神岳镇，强欲效盐梅。隐匿瑕疵尽，包罗委琐该。误鸡宵呃喔，惊雀暗裴回。浩浩过三暮，悠悠匝九垓。鲸鲵陆死骨，玉石火炎灰。厚虑填溟壑，高愁擞斗魁，日轮埋欲侧，坤轴压将颓。岸类长蛇搅，陵犹巨象豗。水官夸杰黠，木气怯胚胎。着地无由卷，连天不易推。龙

鱼冷蜇苦，虎豹饿号哀。巧借奢华便，专绳困约灾。威贪陵布被，光肯离金罍。赏玩捐他事，歌谣放我才。狂教诗碾砺，兴与酒陪鳃。惟子能谙尔，诸人得语哉！助留风作党，劝坐火为媒。雕刻文刀利，搜求智网洓。莫烦相属和，传示及提孩。

赠张十八助教

喜君眸子清且朗，携手城南历旧游。

忽见孟生题竹处，相看落泪不能收。

贺张十八秘书得裴司空马

司空远寄养初成，毛色桃花眼镜明。

落日已曾交辔语，春风还拟并鞍行。

长令奴仆知饥渴，须着贤良待性情。

旦夕公归伸拜谢，免劳骑去逐双旌。

雨中寄张博士籍侯主簿喜

放朝还不报，半路蹋泥归。雨惯曾无节，雷频自失威。

见墙生菌徧，忧麦作蛾飞。岁晚偏萧索，谁当救晋饥？

早春与张十八博士籍游杨尚书林亭寄第二阁老兼呈白冯二阁老

墙下春渠入禁沟，渠冰初破满渠浮。

凤池近日长先暖，流到池时更见不。

同水部张员外籍曲江春游寄白二十二舍人

漠漠轻阴晚自开，青天白日映楼台。

曲江水满花千树，有底忙时不肯来。

和水部张员外宣政衙赐百官樱桃诗

汉家旧种明光殿，炎帝还书本草经。

岂似满朝承雨露，共看传赐出青冥。

香随翠笼擎初到，色映银盘写未停。

食罢自知无所报，空然惭汗仰皇扃。

早春呈水部张十八员外二首

天街小雨润如酥，草色遥看近似无，

最是一年春好处，绝胜烟柳满皇都。

莫道官忙身老大，即无年少逐春心。

凭君先到江头看，柳色如今深未深？

3. 白居易

读张籍古乐府

张君何为者？业文三十春。尤工乐府诗，举代少其伦。为诗意如何？六义互铺陈。风雅比兴外，未尝著空文。读君学仙诗，可讽放佚君。读君董公诗，可诲贪暴臣。读君商女诗，可感悍妇仁。读君勤齐诗，可劝薄大敦。上可裨教化，舒之济万民。下可理情性，卷之善一身。始从青衿岁，迨此白发新。日夜秉笔吟，心苦力亦勤。时无采诗官，委弃如泥尘。恐君百岁后，灭没人不闻。愿藏中秘书，百代不湮沦。愿播内乐府，时得闻至尊。言者志之苗，行者文之根。所以读君诗，亦知君为人。如何欲五十，官小身贱贫。病眼街西住，无人行到门。

酬张太祝晚秋卧病见寄

高才淹礼寺，短羽翔禁林。西街居处远，北阙官曹深。
君病不来访，我忙难往寻。差池终日别，寥落经年心。
露湿绿芜地，月寒红树阴。况兹独愁夕，闻彼相思吟。
上叹言笑阻，下嗟时岁侵。容衰晓窗镜，思苦秋弦琴。
一章锦绣段，八韵琼瑶音。何以报珍重，惭无双南金。

酬张十八访宿见赠

昔我为近臣，君常稀到门。今我官职冷，君君来往频。
我受狷介性，立为顽拙身。平生虽寡合，合即无缁磷。
况君秉高义，富贵视如云。五侯三相家，眼冷不见君。
问其所与游，独言韩舍人。其次即及我，我愧非其伦。
胡为谬相爱，岁晚逾勤勤？落然颓檐下，一话夜达晨。
床单食味薄，亦不嫌我贫。日高上马去，相顾犹逡巡。
长安久无雨，日赤风昏昏。怜君将病眼，为我犯埃尘。
远从延康里，来访曲江滨。所重君子道，不独愧相亲。

寄张十八

饥止一箪食，渴止一壶浆。出入止一马，寝兴止一床。
此外无长物，于我有若亡。胡然不知足，名利心遑遑。
念兹弥懒放，积习遂为常。经旬不出门，竟日不下堂。
同病者张生，贫僻住延康。慵中每相忆，此意未能忘。
迢迢青槐街，相去八九坊。秋来未相见，应有新诗章。
早晚来同宿，天气转清凉。

新昌新居书事四十韵因寄元郎中张博士

冒宠已三迁，归朝始二年。囊中贮余俸，园外买闲田。狐兔同三径，蒿莱共一廛。新园聊铲秽，旧屋且扶颠。檐漏移倾瓦，梁攲换蠹椽。平治绕台路，整顿近阶砖。巷狭开容驾，墙低垒过肩。门间堪驻盖，堂室可铺筵。丹凤楼当后，青龙寺在前。市街尘不到，官树影相连。省史嫌坊远，豪家笑地偏。敢劳宾客访，或望子孙传。不觅他人爱，唯将自性便。等闲栽树木，随分占风烟。逸致因心得，幽期遇境牵。松声疑涧底，草色胜河边。虚润冰销地，晴和日出天。苔行滑如簟，莎坐软于绵。帘每当山卷，帷多带月褰。篱东花掩映，窗北竹婵娟。迹慕青门隐，名惭紫禁仙。假归思晚沐，朝去恋春眠。拙薄才无取，疏慵职不专。题墙书命笔，沽酒率分钱。柏杵春灵药，铜瓶漱暖泉。炉香穿盖散，笼烛隔纱然。陈室可曾扫，陶琴不要弦。屏除俗事尽，养活道情全。尚有妻孥累，犹为组绶缠。终须抛爵禄，渐拟断腥膻。大抵宗庄叟，私心事竺干。浮荣水划字，真谛火生莲。梵部经十二，玄书字五千。是非都付梦，语默不妨禅。博士官犹冷，郎中病已痊。多同僻处住，久结静中缘。缓步携筇杖，徐吟展蜀笺。老宜闲语话，闷忆好诗篇。蛮榼来方泻，蒙茶到始煎。无辞数相见，鬓发各苍然。

曲江独行招张十八

曲江新岁后，冰与水相和。南岸犹残雪，东风未有波。
偶游身独自，相忆意如何？莫待春深去，花时鞍马多。

逢张十八员外籍

旅思正茫茫，相逢此道傍。晓岚林叶暗，秋露草花香。
白发江城守，青衫水部郎。客停同宿处，忽似夜归乡。

雨中招张司业宿

过夏衣香润，迎秋簟色鲜。斜支花石枕，卧咏蕊珠篇。
泥污非游日，阴沉好睡天。能来同宿否，听雨对床眠。

和张十八秘书谢裴相公寄马

齿齐膘足毛头腻，秘阁张郎叱拨驹。

洗了颔花翻假锦，走时蹄汗踏真珠。

青衫乍见曾惊否？红粟难赊得饱无？

丞相寄来应有意，遣君骑去上云衢。

喜张十八博士除水部员外郎

老何殁后吟声绝，虽有郎官不爱诗。

无复篇章传道路，空留风月在曹司。

长嗟博士官犹屈，亦恐骚人道渐衰。

今日闻君除水部，喜于身得省郎时。

江楼晚眺，景物鲜奇，吟玩成篇，寄水部张籍员外

澹烟疏雨间斜阳，江色鲜明海气凉。

蜃散云收破楼阁，虹残水照断桥梁。

风翻白浪花千片，雁点青天字一行。

好著丹青图画取，题诗寄与水曹郎。

张十八员外以新诗二十五首寄，郡楼月下吟玩通夕，因题卷后封寄微之

秦城南省清秋夜，江郡东楼明月时。

去我三千六百里，得君二十五篇诗。

阳春曲调高难和，淡水交情老始知。

坐到天明吟未足，重封转寄与微之。

答张籍因以代书

怜君马瘦衣裘薄，许到江东访鄙夫。

今日正闲天又暖，可能扶病暂来无？

重到城绝句·张十八

谏垣几见迁遗补,宪府频闻转殿监。
独有咏诗张太祝,十年不改旧官衔。

酬韩侍郎张博士雨后游曲江见寄

小园新种红樱树,闲绕花行便当游。
何必更随鞍马队,冲泥蹋雨曲江头。

4. 孟郊

寄张籍

夜镜不照物,朝光何时升?黯然秋思来,走入志士膺。
志士惜时逝,一宵三四兴。清汉徒自朗,浊河终无澄。
旧爱忽已远,新愁坐相凌。君其隐壮怀,我亦逃名称。
古人贵从晦,君子忌党朋。倾败生所竞,保全归懵懵。
浮云何当来,潜虬会飞腾。

寄张籍

未见天子面,不如双盲人。贾人对文帝,终日犹悲辛。夫人亦如盲,所以空泣麟。有时独斋心,仿佛梦称臣,梦中称臣言,觉后真埃尘。东京有眼富,不如西京无眼贫。西京无眼犹有耳,隔墙时闻天子车辚辚。辚辚车声辗冰玉,南郊坛上礼百神。西明寺后穷瞎张太祝,纵尔有眼谁尔珍?天子咫尺不得见,不如闭眼且养真。

与韩愈李翱张籍话别

朱弦奏离别,华灯少光辉,物色岂知异,人心故将违。
客程殊未已,岁华忽然微。秋桐故叶下,寒露新雁飞。
远游起重恨,送人念先归。夜集类饥鸟,晨光失相依。
马迹绕川水,雁书还闺闱。常恐亲朋阻,独行知虑非。

5. 刘禹锡

张郎中籍远寄长句开缄之日已及新秋因举目前仰酬高韵

南宫词客寄新篇，清似湘灵促柱弦。

京邑旧游劳梦想，历阳秋色正澄鲜。

云衔日脚成山雨，风驾潮头入渚田。

对此独吟还独酌，知音不见思怆然。

裴相公大学士见示答张秘书谢马诗并寄群公属和因命追作

草玄门户少尘埃，丞相并州寄马来。

初自塞垣衔首箝，忽行幽径破莓苔。

寻花缓辔威迟去，带酒垂鞭踯躅回。

不与王侯与词客，知轻富贵重清才。

6. 贾岛

投张太祝

风骨高更老，向春初阳葩。泠泠月下韵，——落梅涯。

有子不敢和，一听千叹嗟。身卧东北泥，魂挂西南霞。

手把一枝栗，往听觉余赊。水天朔方色，暖日蒿根花。

达闲幽栖山，遣寻种药家。家欲买琼瑶，惭无一木瓜。

携新文诣张籍韩愈途中成

袖有新成诗，欲见张韩老。青竹未生翼，一步万里道。

仰望青冥天，云雪压我脑。失却终南山，惆怅满怀抱。

安得西北风？身愿变蓬草。地祇闻此语，突出惊我倒。

张郎中过东原居

年长惟添懒，经旬止掩关。高人餐药后，下马此林间。

对坐天将暮,同来客亦闲。几时能至重,水味似深山。

题张博士新居

青枫何不种,林在洞庭村。应为三湘远,难移万里根。
斗牛初过伏,菡萏欲香门。旧即湖山隐,新庐茸此原。

宿姚合宅寄张司业籍

闲宵因集会,柱史话先生。身爱无一事,心期往四明。
松枝影摇动,石磬响寒清。谁伴南斋宿?月高霜满城。

哭 张 籍

精灵归恍惚,石磬韵曾闻。即日是前古,谁人耕此坟?
旧游孤棹远,故域九江分。本欲蓬瀛去,参芝御白云。

酬张籍、王建

疏林荒宅古坡前,久住还因太守怜。
渐老更思深处隐,多闲数得上方眠。
鼠抛贫屋收田日,雁度寒江拟雪天。
身是龙钟应是分,水曹芸阁柱来篇。

7. 姚合

寄主客张郎中

年长方慕道,金丹事参差。故园归未得,秋风思难持。
蹇拙公府弃,朴静高人知。以我齐杖履,昏旭讵相离。
吟诗红叶寺,对酒黄雏菊。所赏未及毕,后游良可期。
粱粱蛤省步,屑屑旅客姿。未同山中去,固当殊路歧。

赠张籍太祝

绝妙江南曲，凄凉怨女诗。古风无手敌，新语是人知。
飞动应由格，功夫过却奇。麟台添集卷，乐府换歌词。
李白应先拜，刘祯必自疑。贫须君子救，病合国家医。

野客开山借，邻僧与米炊。甘贫辞聘币，依选受官资。
多见愁连晓，稀闻债尽时。圣朝文物盛，太祝独低眉。

投张太祝

日日在心中，青山青桂丛。高人多爱静，归路亦应同。
罢吏方无病，因僧得解空。新诗劳见问，吟对竹林风。

（二）写给王建的诗

1. 张籍

逢王建有赠

年状皆齐初有髭，鹊山漳水每追随。
使君座下朝听易，处士庭中夜会诗。
新作句成相借问，闲求义尽共寻思。
经今三十余年事，却说还同昨日时。

赠别王侍御赴任陕州司马

京城在处闲人少，唯共君行并马蹄。
更和诗篇名最出，时倾杯酒户常齐。
同趋阙下听钟漏，独向军前闻鼓鼙。
今日春明门外别，更无因得到街西。

喜王六同宿

十八年来恨别离,唯同一宿咏新诗。

更相借问诗中语,共说如今胜旧时。

登城寄王秘书建

闻君鹤岭住,西望日依依。远客偏相忆,登城独不归。

十年为道侣,几处共柴扉。今日烟霞外,人间得见稀。

寄昭应王中丞

借得街西宅,开门渭水头。长贫唯要健,渐老不禁愁。

独凭藤书案,空悬竹酒钩。春风石瓮寺,作意共君游。

使至蓝溪驿寄太常王丞

独上七盘去,峰峦转转稠。云中迷象鼻,雨里下筝头。

水没荒桥路,鸦啼古驿楼。君今在城阙,肯见此中愁。

赠太常王建藤杖笋鞋

蛮藤剪为杖,楚笋结成鞋。称与诗人用,堪随礼寺斋。

寻花入幽径,步日下寒阶。以此持相赠,君应惬素怀。

赠王秘书

早在山东声价远,曾将顺策佐嫖姚。

赋来诗句无闲语,老去官班未在朝。

身屈只闻词客说,家贫多见野僧招。

独从书阁归时晚,春水渠边看柳条。

赠王秘书

不曾浪出谒公侯,唯向花间水畔游。

每著新衣看药灶,多收古器在书楼。

有官只作山人老,平地能开洞穴幽。
自领闲司了无事,得来君处喜相留。

酬秘书王丞见寄

相看头白来城阙,却忆漳溪旧往还。
今体诗中偏出格,常参官里每同班。
街西借宅多临水,马上逢人亦说山。
芸阁水曹虽最冷,与君长喜得身闲。

书怀寄王秘书

白发如今欲满头,从来百事尽应休。
只于触目须防病,不拟将心更养愁。
下药远求新熟酒,看山多上最高楼。
赖君同在京城住,每到花前免独游。

贺秘书王丞南郊摄将军

正初天子亲郊礼,诏摄将军领卫兵。
斜带银刀入黄道,先随玉辂到青城。
坛边不在千官位,仗外唯闻再拜声。
共喜与君逢此日,病中无计得随行。

寄王六侍御

渐觉近来筋力少,难堪今日在风尘。
谁能借问功名事,只自扶持老病身。
贵得药资将助道,肯嫌家计不如人。
洞庭已置新居处,归去安期与作邻。

赠王建

白君去后交游少,东野亡来箧筒贫。

赖有白头王建在,眼前犹见咏诗人。

赠王侍御

心同野鹤与尘远,诗似冰壶见底清。
府县同趋昨日事,升沉不改故人情。
上阳秋晚萧萧雨,洛水寒来夜夜声。
自叹犹为折腰吏,可怜骢马路傍行。

2. 韩愈

玩月喜张十八员外以王六秘书至

前夕虽十五,月长未满规。君来晤我时,风露渺无涯。
浮云散白石,天宇开青池。孤质不自惮,中天为君施,
玩玩夜遂久,亭亭曙将披。况当今夕圆,又以嘉客随。
惜无酒食乐,但用歌嘲为。

3. 白居易

送陕州王司马建赴任(建,善诗者)

陕州司马去何如,养静资贫两有余。
公事闲忙同少尹,料钱多少敌尚书。
只携美酒为行伴,唯作新诗趁下车。
自有铁牛无咏者,料君投刃必应虚。

别陕州司马

笙歌惆怅欲为别,风景阑珊初过春。
争得遣君诗不苦,黄河岸上白头人。

寄王秘书

霜菊花萎日,风梧叶碎时。怪来秋思苦,缘咏秘书诗。

4. 贾岛

答王建秘书

人皆闻蟋蟀，我独恨蹉跎。白发无心镊，青山去意多。

信来漳浦岸，期负洞庭波。时扫高槐影，朝回或恐过。

王侍御南原庄

买得足云地，新栽药数窠。峰头盘一径，原下注双河。

春寺闲眠久，晴台独上多。南斋宿雨后，仍许重来么。

送陕府王建司马

司马虽然听晓钟，尚犹高枕恣疏慵。

请诗僧过三门水，卖药人归五老峰。

移舫绿阴深处息，登楼凉夜此时逢。

杜陵惆怅临相伐，未寝月前多展踪。

赠张籍、王建

疏林荒宅古坡前，久住还因太守怜。

渐老更思深处隐，多闲数得上方眠。

鼠抛贫屋收田日，雁度寒江拟雪天。

身是龙钟应是分，水曹芸阁柱来篇。

5. 姚合

送王建秘书往渭南庄

白须芸阁吏，羸马月中行。庄僻难寻路，官闲易出城。

看山多失饭，过寺故题名。秋日田家作，唯添集卷成。

寄陕州王司马

家寄秦城非本心，偶然头上有朝簪。

自当台直无因醉，一别诗宗更懒吟。

世事每将愁见扰，年光唯与老相侵。

欲知居处堪长久，须向山中学煮金。

赠王建司马

久向空门隐，交亲亦不知。文高轻古意，官冷似前资。

老觉僧斋健，贫还酒债迟。仙方小字写，行坐把相随。

6. 刘禹锡

送王司马之陕州（自太常丞授，工为诗）

暂辍清斋出太常，空携诗卷赴甘棠。

府公既有朝中旧，司马应容酒后狂。

案牍来时唯署字，风烟入兴便成章。

两京大道多游客，每遇词人战一场。

7. 杨巨源

寄昭应王丞

武皇金辂辗香尘，每岁朝元及此辰。

光动泉心初浴日，气蒸山腹总成春。

讴歌已入云韶曲，词赋方归侍从臣。

瑞霭朝朝犹望幸，天教赤县有诗人。

参考文献

专著类

[1]（南朝宋）郭茂倩编：《乐府诗集》，中华书局1998年版。

[2]（唐）张籍：《张籍诗集》，中华书局1959年版。

[3]（唐）张籍：《张籍诗集》，李建昆校注，台北华泰文化事业公司2001年版。

[4]（唐）王建：《王建诗集》，中华书局1959年版。

[5]（唐）王建：《王建诗集》，尹占华校注，巴蜀书社2006年版。

[6]（唐）王建：《王建诗集》，王宗堂校注，中州古籍出版社2006年版。

[7]（唐）贾岛：《长江集》，《四部丛刊》初编本，第120册，上海书店出版社1989年版。

[8]（唐）姚合：《姚少监诗集》，《四部丛刊》初编本，第126册，上海书店出版社1989年版。

[9]（唐）王维：《王维集校注》，陈铁民校注，中华书局1997年版。

[10]（唐）李白：《李太白全集》，（清）王琦注，中华书局1977年版。

[11]（唐）杜甫：《杜诗详注》，（清）仇兆鳌注，中华书局1979年版。

[12]（唐）杜甫：《读杜心解》，（清）浦起龙注，中华书局 1977 年版。

[13]（唐）岑参：《岑参诗集编年笺注》，刘开扬笺注，巴蜀书社 1995 年版。

[14]（唐）岑参：《岑参集校注》，陈铁民、侯忠义校注，上海古籍出版社 2004 年版。

[15]（唐）元稹：《元稹集》，冀勤点校，中华书局 1982 年版。

[16]（唐）白居易：《白居易集》，顾学颉点校，中华书局 1972 年版。

[17]（唐）白居易：《白居易集》，朱金城校笺，上海古籍出版社 1988 年版。

[18]（唐）韩愈：《韩昌黎诗系年集释》，钱仲联集释，上海古籍出版社 1984 年版。

[19]（唐）刘禹锡：《刘禹锡集》，卞孝萱校订，中华书局 1990 年版。

[20]（唐）李贺：《李贺诗歌集注》，（清）王琦等注，上海古籍出版社 1977 年版。

[21]（唐）范摅：《云溪友议》，《四部丛刊》续编本，上海书店出版社 1984 年版。

[22]（唐）孟棨：《本事诗》，丁福保辑《历代诗话续编》本，中华书局 1983 年版。

[23]（唐）元结、殷璠等：《唐人选唐诗（十种）》，上海古籍出版社 1958 年版。

[24]（唐）张为：《诗人主客图》，丁福保辑《历代诗话续编》本，中华书局 1983 年版。

[25]（唐）杜佑：《通典》，中华书局 1995 年版。

[26]（宋）王溥：《唐会要》，中华书局 1955 年版。

[27]（五代）王定保：《唐摭言》，上海古籍出版社 1978 年版。

[28]（后晋）刘昫等：《旧唐书》，中华书局 1975 年版。

[29]（宋）计有功：《唐诗纪事》，中华书局 1965 年版。

[30]（宋）欧阳修、宋祁等：《新唐书》，中华书局 1975 年版。

[31]（宋）司马光：《资治通鉴》，中华书局 1977 年版。

[32]（宋）郑樵：《通志》，中华书局 1995 年版。

[33]（宋）李昉：《太平广记》，中华书局 1961 年版。

[34]（宋）洪迈：《容斋随笔》，上海古籍出版社 1978 年版。

[35]（宋）王灼：《碧鸡漫志》，岳珍校正，巴蜀书社 2000 年版。

[36]（宋）李昉、扈蒙等编：《文苑英华》，中华书局 1966 年版。

[37]（宋）王谠：《唐语林》，上海古籍出版社 1978 年版。

[38]（宋）晁公武：《郡斋读书志》，《四部丛刊》三编本，第 29 册，上海书店出版社 1985 年版。

[39]（宋）严羽：《沧浪诗话》，（清）何文焕辑《历代诗话》本，中华书局 1981 年版。

[40]（宋）阮阅编：《诗话总龟》，周本淳点校，人民文学出版社 1987 年版。

[41]（宋）薛居正等：《旧五代史》，中华书局 1976 年版。

[42]（宋）尤袤：《全唐诗话》，（清）何文焕辑《历代诗话》，中华书局 2004 年版。

[43]（宋）王钦若等编：《册府元龟》，明崇祯十五年（1642）刻本。

[44]（宋）魏泰：《临汉隐诗话》，（清）何文焕辑《历代诗话》，中华书局 2004 年版。

[45]（宋）欧阳修：《六一诗话》，（清）何文焕辑《历代诗话》，中华书局 2004 年版。

[46]（宋）陈振孙：《直斋录解题》，上海古籍出版社1987年版。

[47]（宋）陈师道：《后山诗话》，（清）何文焕辑《历代诗话》，中华书局2004年版。

[48]（宋）刘克庄：《后村诗话》，王秀梅点校，中华书局1983年版。

[49]（宋）许顗：《彦周诗话》，（清）何文焕辑《历代诗话》，中华书局2004年版。

[50]（宋）葛立方：《韵语阳秋》，（清）何文焕辑《历代诗话》，中华书局2004年版。

[51]（宋）魏庆之编：《诗人玉屑》，上海古籍出版社1959年版。

[52]（宋）何汶：《竹庄诗话》，常振国、绛云点校，中华书局1984年版。

[53]（金）元好问编：《唐诗鼓吹》，韩成武等点校，河北大学出版社2000年版。

[54]（元）方回：《瀛奎律髓汇评》，李庆甲集评点校，上海古籍出版社2005年版。

[55]（元）辛文房：《唐才子传校笺》，傅璇琮主编，中华书局1990年版。

[56]（明）胡震亨：《唐音癸签》，上海古籍出版社1981年版。

[57]（明）杨慎：《升庵诗话》，丁福保辑《历代诗话续编》本，中华书局1983年版。

[58]（明）许学夷：《诗源辩体》，杜维沫点校，人民文学出版社1987年版。

[59]（明）钟惺、谭元春编：《唐诗归》，明万历间刻本。

[60]（明）邢昉：《唐风定》，贵阳邢氏思适斋1934年刻本。

[61]（明）高棅：《唐诗品汇》，上海古籍出版社1982年版。

[62]（明）胡应麟：《诗薮》，上海古籍出版社1958年版。

[63]（明）谢榛：《四溟诗话》，丁福保辑《历代诗话续编》本，中华书局1983年版。

[64]（清）王士禛编：《五代诗话》，郑方坤删补，戴洪森点校，人民文学出版社1989年版。

[65]（清）鲁九皋：《诗学源流考》，郭绍虞编选，富寿荪点校《清诗话续编》本，上海古籍出版社1983年版。

[66]（清）贺裳：《载酒园诗话》，郭绍虞编选，富寿荪点校《清诗话续编》本，上海古籍出版社1983年版。

[67]（清）翁方纲：《石洲诗话》，郭绍虞编选，富寿荪点校《清诗话续编》本，上海古籍出版社1983年版。

[68]（清）沈德潜编：《唐诗别裁集》，中华书局1975年版。

[69]（清）张戒：《岁寒堂诗话》，（清）何文焕辑《历代诗话》，中华书局2004年版。

[70]（清）周紫竹：《竹坡诗话》，（清）何文焕辑《历代诗话》，中华书局2004年版。

[71]（清）何文焕辑：《历代诗话》，中华书局2004年版。

[72]（清）丁福保辑：《历代诗话续编》，中华书局1983年版。

[73]（清）彭定求等编：《全唐诗》，中华书局1960年版。

[74]（清）董诰等编：《全唐文》，上海古籍出版社1990年版。

[75] 陈寅恪：《元白诗笺证稿》，古典文学出版社1958年版。

[76]［法］丹纳：《艺术哲学》，傅雷译，人民文学出版社1963年版。

[77] 游国恩等：《中国文学史》，人民文学出版社1963年版。

[78] 钟忧民：《新乐府诗派研究》，辽宁大学出版社1975年版。

[79] 刘开扬：《唐诗通论》，四川人民出版社1981年版。

[80] 傅璇琮等编：《唐五代人物传记资料综合索引》，中华书局 1982 年版。

[81] 钱锺书：《谈艺录》，中华书局 1984 年版。

[82] 萧涤非：《汉魏六朝乐府文学史》，人民文学出版社 1984 年版。

[83] 张修蓉：《中唐乐府诗研究》，台北文津出版社 1985 年版。

[84] 卞孝萱：《唐代文史论丛》，山西人民出版社 1986 年版。

[85] 纪作亮：《张籍研究》，黄山书社 1986 年版。

[86] 陈伯海：《唐诗学引论》，东方出版中心 1988 年版。

[87] 陈伯海、朱易安编：《唐诗书录》，齐鲁书社 1989 年版。

[88] 赵文润：《隋唐文化史》，陕西师范大学出版社 1992 年版。

[89] 蒋寅：《大历诗风》，上海古籍出版社 1992 年版。

[90] 赵谦：《唐七律艺术史》，台北文津出版社 1992 年版。

[91] 吴汝煜主编：《唐五代人交往诗索引》，上海古籍出版社 1993 年版。

[92] 许总：《唐诗史》，江苏教育出版社 1994 年版。

[93] 蒋寅：《大历诗人研究》，中华书局 1995 年版。

[94] 林庚：《中国文学简史》，北京大学出版社 1995 年版。

[95] 白寿彝：《中国通史》，上海人民出版社 1995 年版。

[96] 罗根泽：《乐府文学史》，东方出版社 1996 年版。

[97] 萧华荣：《中国诗学思想史》，华东师范大学出版社 1996 年版。

[98] 王昆吾：《隋唐五代燕乐杂言歌辞研究》，中华书局 1996 年版。

[99] 余恕诚：《唐诗风貌》，安徽大学出版社 1997 年版。

[100] 叶嘉莹：《迦陵论诗丛稿》，河北教育出版社 1997 年版。

[101] 陈伯海主编：《唐诗汇评》，浙江教育出版社 1997 年版。

[102] 迟乃鹏：《王建研究丛稿》，巴蜀书社 1997 年版。

[103] 曾广开：《元和诗论》，辽海出版社 1997 年版。

[104] 葛晓音：《诗国高潮与盛唐文化》，北京大学出版社 1998 年版。

[105] 孟二冬：《中唐诗歌之开拓与新变》，北京大学出版社 1998 年版。

[106] 袁行霈主编：《中国文学史》，高等教育出版社 1999 年版。

[107] 丁如明等点校：《唐五代笔记小说大观》，上海古籍出版社 2000 年版。

[108] 吴相洲：《唐代诗歌与歌诗》，北京大学出版社 2000 年版。

[109] 唐晓敏：《中唐文学思想史》，北京师范大学出版社 2000 年版。

[110] 岑仲勉：《隋唐史》，河北教育出版社 2000 年版。

[111] 李浩：《唐诗的美学阐释》，安徽大学出版社 2000 年版。

[112] 胡晓明：《中国诗学之精神》，江西人民出版社 2001 年版。

[113] 杜晓勤：《隋唐五代文学研究》，北京出版社 2001 年版。

[114] 刘宁：《唐宋之际诗歌演变研究——以元白之元和体创作影响为中心》，北京师范大学出版社 2002 年版。

[115] 王运熙：《中国文学批评史》，上海古籍出版社 2002 年版。

[116] 姜剑云：《审美的游离——论唐代怪奇诗派》，东方出版社 2002 年版。

[117] 罗宗强：《隋唐五代文学思想史》，中华书局 2003 年版。

[118] 胡可先：《政治兴衰与唐诗演化》，中国社会科学出版社 2003 年版。

[119] 赵荣蔚：《晚唐诗风与士风》，上海古籍出版社 2004 年版。

[120] 尚永亮：《唐代诗歌的多元观照》，湖北人民出版社 2005 年版。

[121] 吕思勉：《隋唐五代史》，上海古籍出版社 2005 年版。

[122] 许总：《唐宋诗宏观结构论》，人民文学出版社 2006 年版。

[123] 吴明贤、李天道编：《唐人的诗歌理论》，巴蜀书社 2006 年版。

[124] 吴相洲：《中唐诗文新变》，学苑出版社 2007 年版。

[125] 王运熙：《乐府诗论述》（增补本），上海古籍出版社 2007 年版。

论文类

[126] 塞长春：《试论白居易对永贞革新的态度及新乐府运动的历史背景》，《西北师范大学学报》1979 年第 3 期。

[127] 朱安群：《中唐新乐府运动的历史经验》，《江西师范大学学报》1980 年第 4 期。

[128] 潘竞翰：《张籍系年考证》，《安徽师范大学学报》1981 年第 2 期。

[129] 白应东：《张籍和他的乐府诗》，《新疆师范大学学报》1981 年第 2 期。

[130] 周明：《新乐府运动三题》，《南京大学学报》1981 年第 2 期。

[131] 张国光：《唐乐府诗人张籍生平考证》，《全国唐诗讨论会论文选》，陕西人民出版社 1984 年版。

[132] 吴汝煜：《论刘禹锡诗歌的渊源》，《南开学报》1985 年第 1 期。

[133] 卞孝萱：《白居易与新乐府运动》，《文史知识》1985 年第 3 期。

[134] 王启兴：《白居易领导过"新乐府运动"吗》，《江汉论坛》

1985 年第 10 期。

[135] 蹇长春：《新乐府诗派与新乐府运动——关于白居易评价的一个问题》，《西北师范大学学报》1986 年第 4 期。

[136] 单书安：《元白新乐府与汉乐府联系的再认识》，《陕西师范大学学报》1987 年第 3 期。

[137] 卞孝萱、乔长阜：《王建的生平和创作》，《贵州大学学报》1987 年第 3 期。

[138] 朱继琢：《谈唐代新乐府的几个问题》，《广东民族学院学报》1988 年第 2 期。

[139] 陈节：《中唐民俗氛围中的王建乐府》，《福建师范大学学报》1990 年第 2 期。

[140] 鲁歌：《白居易和新乐府运动》，《内蒙古大学学报》1991 年第 1 期。

[141] 何林天：《从"新乐府"辨析看所谓"新乐府运动"说》，《晋阳学刊》1991 年第 6 期。

[142] 李一飞：《张籍、王建交游考述》，《文学遗产》1993 年第 2 期。

[143] 葛晓音：《新乐府的缘起与界定》，《中国社会科学》1995 年第 3 期。

[144] 刘学忠：《"新乐府运动"辨》，《衡阳师范学院学报》1995 年第 4 期。

[145] 葛晓音：《论杜甫的新题乐府》，《社会科学战线》1996 年第 1 期。

[146] 朱炯远：《张、王乐府中的唱和现象》，《上海大学学报》1997 年第 5 期。

[147] 迟乃鹏：《〈张籍、王建交游考述〉商榷》，《文学遗产》

1998 年第 3 期。

[148] 王宗堂：《王建生平轨迹及其诗歌艺术》，《中州学刊》1998 年第 6 期。

[149] 王锡九：《张王乐府与宋诗》，《铁道师院学报》1998 年第 6 期。

[150] 谢思炜：《从张王乐府诗体看元白的"新乐府"概念》，《北京师范大学学报》1999 年第 5 期。

[151] 朱炯远、金程宇：《论新乐府运动中争议的几个问题》，《文艺理论研究》2000 年第 2 期。

[152] 邓全明：《论汉乐府、新乐府的叙述发展》，《苏州教育学院学报》2001 年第 3 期。

[153] 方磊：《张籍诗歌的艺术特色论析》，《西南民族大学学报》2001 年第 9 期。

[154] 李军：《论"张籍、王建体"的艺术特征》，《连云港职业技术学院学报》2002 年第 1 期。

[155] 吴相洲：《论元白新乐府创作与歌诗传唱的关系》，《中国诗歌研究》第 2 辑，中华书局 2003 年版。

[156] 尚丽新：《论新乐府的界定》，《云南艺术学院学报》2003 年第 1 期。

[157] 张佩华：《谈张籍、王建对新乐府运动的贡献》，《青海社会科学》2003 年第 2 期。

[158] 刘光秋：《王建张籍歌诗"同变时流"解》，《黔东南民族师范高等专科学校学报》2003 年第 5 期。

[159] 许总：《论张王乐府与唐中期诗学思潮转向》，《华侨大学学报》2004 年第 2 期。

[160] 刘航：《对风俗内涵的着意开掘——中唐乐府的新思路》，

《文学遗产》2004 年第 4 期。

[161] 张煜：《唐人所说"乐府"含义考》，《社会科学辑刊》2004 年第 6 期。

[162] 张佩华：《论张籍、王建的乐府诗成就》，《青海民族学院学报》2005 年第 2 期。

[163] 徐礼节、余恕诚：《张王与元白新乐府创作关系考论》，《安徽师范大学学报》2005 年第 4 期。

[164] 左汉林：《唐代采诗制度及其与元白新乐府创作的关系》，《山东大学学报》2006 年第 6 期。

[165] 邓大情：《张籍诗歌的贡献及影响》，《阜阳师范学院学报》2007 年第 3 期。

[166] 张煜：《张王乐府与元白新乐府创作关系再考察》，《文学评论》2007 年第 4 期。

[167] 焦体检：《张籍的方外之交及佛道思想研究》，《郑州航空工业管理学院学报》2008 年第 1 期。

[168] 徐礼节：《论张王乐府寓"变"于"复"的艺术追求》，《合肥师范学院学报》2008 年第 2 期。

[169] 徐礼节：《张籍、王建生年及张籍两次入幕考?》，《巢湖学院学报》2008 年第 5 期。

[170] 王一兵、栾为：《〈乐府诗集〉中的"张王乐府"研究》，《学习与探索》2008 年第 6 期。

[171] 孙尚勇：《乐府史研究》，博士学位论文，扬州大学，2002 年。

[172] 王立增：《唐代乐府诗研究》，博士学位论文，扬州大学，2004 年。